LA RÉVOLTE DES DRAGONS

LIVRE 1

ANGIE SAGE

LA RÉVOLTE DES DRAGONS

LIVRE 1

Traduit de l'anglais (États-Unis)
par Julie Lopez

GALLIMARD JEUNESSE

Titre original : *Rise of the Dragons*

1

Sirin Sharma

La nuit tombait sur Londres. D'épais nuages gris arrivaient par l'est, apportant l'odeur de la mer lointaine. Au dernier étage de la tour d'habitation la plus vieille et la plus miteuse au sud du fleuve, Sirin Sharma alluma la lumière dans le petit appartement qu'elle partageait avec sa mère et leur chatte, Sammi.

Sirin entendit un miaulement plaintif à ses pieds et prit la petite chatte noir et blanc dans ses bras.

– Hé, Sammi, murmura-t-elle, son regard se perdant dans l'obscurité grandissante.

Elle la serra contre elle et observa les longues lignes des toits qui serpentaient dans la nuit brumeuse. Les lampadaires scintillaient d'un jaune pâle et les phares des voitures se déplaçaient lentement, par deux, clignotant comme de petits yeux de démons. Levant le visage vers le ciel, elle regarda la bruine qui tombait et, le nez appuyé contre le verre froid, elle plissa les yeux et pensa distinguer la ligne d'horizon sombre de la mer.

Une soudaine bourrasque ébranla la fenêtre et Sammi s'échappa des bras de sa maîtresse et sauta à terre. Sirin referma les rideaux fins et revint à la réalité, à la petite pièce froide, à sa mère assise sur le canapé fatigué, enveloppée dans une couette sur laquelle Sammi s'installait maintenant confortablement.

– Que souhaites-tu faire, mon cœur ? demanda sa mère.

Le sous-entendu « pour notre dernière soirée ensemble » resta en suspens, pesant, sans être exprimé.

Sirin avait déjà décidé.

– Parle-moi des dragons, répondit-elle immédiatement. Et de notre pierre.

– Je savais que tu répondrais ça, dit sa mère en souriant.

D'une main fine et délicate comme une patte d'oiseau – si mince que Sirin en voyait tous les os —, elle fouilla dans une poche et en sortit une petite bourse en cuir souple, dont elle retira une magnifique pierre ronde sertie d'un épais bandeau d'argent auquel pendait une boucle. L'éclat bleu-vert de la pierre semblait se mouvoir comme de l'huile sur de l'eau.

– Voilà, ma chérie.

Elle la posa sur la main tendue de Sirin, qui referma ses doigts sur la pierre. Elle aimait la façon dont elle chauffait au creux de sa paume. Elle avait l'impression de pouvoir encore ressentir la chaleur du feu de dragon d'autrefois, et le poids de la pierre la surprenait toujours. Sa mère disait qu'elle était plus lourde que l'or, car « c'est ce qui arrive à une pierre prise dans les flammes d'un dragon ».

Sirin et Sammi se blottirent sous la couette et s'installèrent pour écouter leur histoire.

– Il était une fois au temps des dragons, commença sa mère avec ces mots si familiers, avant de s'arrêter pour reprendre son souffle.

Sirin entendit le sifflement au fond de ses poumons et un frisson d'horreur la prit au ventre. Elle serra un peu plus fort la pierre de dragon et tenta de se concentrer sur la voix de sa mère qui poursuivait :

– Il y a fort longtemps, si longtemps que la plupart des gens l'ont oublié, les hommes et les dragons vivaient en harmonie. Il y avait des dragons des forêts, des dragons des mers, des dragons des montagnes, et des dragons des grandes plaines ondoyantes, et au fil du temps, il y a même eu des dragons des villes.

Elle se mit à tousser. Sirin courut chercher un verre d'eau, et comme les quintes se calmaient, sa mère dit d'une voix faible :

– Raconte la suite, ma chérie.

Sirin se glissa de nouveau sous la couette en se tortillant, posa Sammi sur ses jambes et tenta de poursuivre l'histoire tant aimée qu'elle connaissait sur le bout du doigt.

– Les dragons étaient d'anciennes et sages créatures qui montraient une grande patience envers nous, humains jeunes et belliqueux. Certaines personnes avaient la chance de devenir si proches d'un dragon qu'ils restaient ensemble toute leur vie. Ils comprenaient même les pensées de l'autre. Quand cela se produisait, on disait qu'ils devenaient « Échos ».

Sirin s'arrêta et regarda sa mère.

– Ça doit être incroyable d'être Écho avec un dragon, non ?

Sa mère regarda ses yeux vert foncé débordant d'excitation et passa la main dans ses courtes boucles brunes.

– Oui, c'est sûr. Mais je ne crois pas que ça plairait à Sammi. Les chats et les dragons ne font pas bon ménage.

Comme pour confirmer cette remarque, Sammi bondit de la couette et sortit de la pièce d'un air digne, la queue tendue vers le ciel avec dédain.

Maintenant qu'elle avait onze ans, Sirin savait que, même si elle le désirait de tout son cœur, elle ne verrait jamais de dragon. Les dragons avaient disparu il y avait très longtemps et ne reviendraient pas. La plupart des gens pensaient même qu'ils n'avaient jamais existé. Sirin eut un sourire mélancolique.

– De toute façon, ça ne risque pas d'arriver, dit-elle.

– Non, en effet, lui accorda sa mère. Alors, où en étions-nous ?

Elle reprit alors le cours de l'histoire. Et tandis que la nuit avançait et que la pièce sombrait dans l'obscurité, seulement brisée par un cercle de lumière autour du canapé, Sirin s'autorisa à oublier ses inquiétudes et à voyager vers un lieu où les dragons et les hommes vivaient égaux, côte à côte. Elle écouta le récit familier de sa mère sur le monde fabuleux que dragons et humains avaient bâti ensemble avant, malheureusement, qu'il ne s'effondre. Un groupe de dragons et d'humains enivrés de pouvoir avaient commencé à s'attaquer aux autres. Ces dragons se faisaient appeler les Raptors et, encouragés par leurs Échos humains, ils avaient développé un appétit pour la chair humaine. Le monde était devenu un endroit terrifiant, et le ciel une source permanente de danger.

Sirin se blottit contre sa mère et observa les couleurs changeantes de la pierre de dragon qui miroitait sous la lumière de la lampe.

– Tu penses que c'est un feu de Raptor qui a fait ça ? demanda-t-elle à voix basse.

– Peut-être. J'aime à penser qu'elle appartenait à l'un de nos ancêtres pris dans une bataille de dragons, et qu'il a survécu pour raconter son histoire. Les batailles furent nombreuses dans les derniers jours des dragons.

– Les derniers jours des dragons…, murmura Sirin d'un ton endormi.

D'une voix douce et faible, sa mère termina l'histoire :

– Dans les derniers jours des dragons, on dit qu'un dragon argenté surgit hors des nuages, scintillant comme les reflets du soleil sur l'eau, rapide comme l'éclair. L'Argenté nous a sauvés. Il a attiré les Raptors dans le ciel et les a fait disparaître pour toujours. On dit même qu'un Argenté reviendra un jour…

Comme satisfaite de la disparition des Raptors, Sammi réapparut et sauta sur la couette avec un doux ronron. La mère de Sirin pensa à l'hôpital, si éclairé, si bruyant, si plein et pourtant si vide, qui l'accueillerait dans seulement quelques heures, et elle sut qu'elle devait ajouter quelque chose.

– Sirin, tu sais que quand je serai à l'hôpital, Sammi et toi resterez chez Ellie, n'est-ce pas ?

Sirin hocha la tête. Elle avait été impatiente d'habiter chez sa copine Ellie, mais maintenant que le départ approchait, elle ne voulait plus y aller. Elle voulait seulement rester avec sa mère.

Celle-ci toussa et poursuivit :

– Et je sais que tu vas bien t'amuser là-bas. Mais,

ma chérie, je veux que tu saches que quoi qu'il arrive, je serai toujours avec toi. Tu le sais, hein ? Parce qu'une maman, c'est comme un dragon. C'est pour la vie.

N'osant dire un mot, Sirin acquiesça.

Elles restèrent silencieuses, à écouter les bruits lointains de la circulation dans les rues en contrebas, et Sirin finit par s'endormir. Sa mère la regarda, pelotonnée sous la couette, ses yeux remuant sous ses paupières pendant qu'elle rêvait, et elle décida de la laisser dormir là, paisible et serrée contre elle.

Elles passeraient leur dernière nuit ensemble, en sécurité, au chaud dans un halo de lumière douce, car nul ne savait ce que l'avenir leur réservait.

2

Une escadrille de Raptors

À un monde de là, sur les toits de la forteresse Lennix, perchée au sommet d'une montagne, une silhouette grande et mince vêtue d'une tunique et d'un pantalon ajustés, d'une large ceinture bleu vif et d'une longue cape lui battant les talons, traversait à grands pas une immense arène balayée par les vents. Rejoignant un petit groupe de dragons, tous de redoutables Raptors, Di Mara Lennix, cheffe de clan, observait les derniers rayons du soleil couchant tracer un arc-en-ciel de couleurs qui se reflétait sur les dragons verts, rouges, jaunes et bleus.

Le soleil disparut derrière la masse énorme du mont Lennix, qui se dressait derrière la forteresse, et, au grand plaisir de Di Mara, la pénombre recouvrit les dragons. Il s'agissait de la Première Escadrille, la force d'élite de la forteresse Lennix, et Di Mara n'aimait pas voir la lumière du soleil sur leurs écailles, qui les faisait briller comme des bijoux.

Pour elle, les dragons étaient des créatures graves, puissantes et ténébreuses. Elle contempla les pics montagneux entourant la forteresse et remarqua avec satisfaction le calme de l'air et le ciel dégagé. C'était une nuit idéale pour un raid.

Ses bottines aux talons d'acier cliquetaient tandis qu'elle traversait rapidement l'aire d'atterrissage qui occupait tout le haut de la forteresse, un bâtiment de granit carré et massif dont les fondations plongeaient dans le soubassement du col, des centaines de mètres plus bas. C'était là, dans un dédale de pièces reliées par un labyrinthe de couloirs, que vivaient les dragons de la forteresse Lennix.

Nombre d'entre eux avaient éclos et avaient été élevés ici même, sortis des œufs raflés dans leurs terres natales autrefois paisibles, leur nature de dragon pacifique pervertie par une éducation de Raptor. D'autres, en quête de pouvoir et d'émotions fortes, avaient déserté leurs tribus, et certains avaient des ancêtres devenus Échos de membres de la famille Lennix à une époque lointaine.

Comme dans tout groupe de créatures ambitieuses et agressives vivant en vase clos, des factions avaient émergé parmi les Raptors. Jusqu'à présent, un équilibre subtil les avait contenues et elles ne représentaient aucune menace directe pour les Lennix, mais récemment, Di Mara s'était aperçue qu'un groupe de Raptors jeunes et impatients s'agitait de plus en plus. À cet instant, et pour la première fois, elle ressentit un soupçon d'anxiété en se dirigeant vers le groupe s'apprêtant à mener le raid, troublée par la sensation qu'une jeune Rouge nommée Valkea, entourée de ses complices, scrutait chacun de ses pas.

Un humain se tenait au milieu de la Première Escadrille : Edward Lennix, l'époux de Di Mara, et meneur du raid de cette nuit-là. Edward, homme séduisant aux épaules carrées, aux jambes légèrement arquées, vêtu d'un pantalon en cuir prévu pour monter à dos de dragon et d'une ceinture rouge, regardait Di Mara d'un air impatient, tapotant les pavés de ses bottes à éperons. Il tenait à partir au plus vite.

– Je ne comprends pas pourquoi elle fait tant d'histoires, Decimus, fit-il remarquer au Rouge puissant et marqué par le combat qui était son Écho. J'aimerais bien qu'elle nous laisse partir. Une bonne nuit de chasse nous attend.

Decimus baissa les yeux sur l'homme qu'il connaissait mieux que toute autre créature, dragon ou humain. Comme tous les dragons, Decimus parlait la langue propre à son espèce, une mélodie rythmée connue sous le nom de chandragon, mais Edward n'était jamais parvenu à la comprendre. Les seuls mots qu'il connaissait étaient « tuer », « feu », et, étrangement, « chaton ». Alors, comme seuls les

Échos le pouvaient, Decimus envoya un message directement dans les pensées d'Edward :

– *Chaque chose en son temps, Lennix. Profite du moment présent. Ces Verts valent la peine d'attendre.*

Puis il envoya un souffle chaud qui sentait le cochon sur la moustache aux poils raides d'Edward.

– Tu as raison, comme toujours, acquiesça celui-ci. Permission de monter ?

Il était très mal vu de monter sur le dos d'un dragon, même son propre Écho, sans en demander la permission, et Edward Lennix était très à cheval sur les bonnes manières.

– *Permission accordée, Lennix*, fut sa réponse, et Edward se hissa dans le creux à la base du cou du dragon.

Il s'appuya contre les larges omoplates de Decimus, content de ne pas être désavantagé par sa taille, pour une fois, lorsque Di Mara arriva.

– Bonsoir, Di Mara, lança-t-il, levant son avant-bras sans bouger le coude, dans un salut lennixien.

Par égard pour la famille, il ne ferma pas le poing, mais tint la main ouverte vers l'avant.

– Bonsoir, Edward. Bonsoir, Decimus, répondit Di Mara en lui rendant son salut.

Par prudence, elle s'arrêta à une distance de sécurité de Decimus qui, contrairement à Edward, n'avait pas peur d'elle. Decimus se plaisait à marcher de temps à autre sur le pied de Di Mara, par accident intentionnel, pour se venger des injures qu'elle lançait régulièrement à son Écho.

Di Mara examinait le groupe impressionnant de dragons alignés derrière Edward et Decimus. Impatients de s'envoler, ils faisaient jaillir des étincelles de leurs griffes frappant les pavés et leur souffle chaud lançait des nuages de vapeur dans l'air. Bien que ravie de l'étalage de puissance en face d'elle, Di Mara n'était pas entièrement satisfaite.

– Edward, où sont les autres cavaliers ? demanda-t-elle.

– C'est moi qui mène ce raid, Di Mara, pas toi, répondit-il avec la confiance que lui procurait le fait d'être installé sur Decimus. Quand nous serons partis, je veux être le seul à donner des ordres.

Di Mara se crispa. Edward ne semblait pas comprendre l'importance de leur mission.

– Edward, Decimus, écoutez-moi, insista-t-elle. Vous savez tous les deux parfaitement ce que vous recherchez, n'est-ce pas ?

Decimus ne daigna pas répondre, mais Edward se sentit offensé.

– Des œufs, dit-il d'un ton sec.

– Très drôle, Edward, rétorqua Di Mara.

Elle s'avança de quelques pas, et pendant quelques secondes grisantes, Edward pensa qu'elle allait lui donner un baiser d'au revoir.

– Rappelez-vous simplement ce que j'ai dit sur les affinités entre les Verts et les Argentés. Je suis absolument persuadée que les Verts gardent un œuf argenté. Un Argenté ! Vous devez vider ce nid. Retournez-le de fond en comble. Prenez absolument tout. Avez-vous prévenu l'escadrille ?

– L'escadrille a pour ordre de dévaliser le nid et de ne rien y laisser. Et c'est ce qu'elle va faire, répondit froidement Edward.

Il se pencha en avant, et à voix basse, sur un ton exaspéré, il ajouta :

– Je n'accepterai pas d'être questionné de la sorte en public, Di Mara. En particulier au sujet de ton obsession.

Les yeux de Di Mara brillèrent de colère sous ses paupières à demi closes, et ses tresses finement entrelacées parurent se resserrer un peu plus, comme de petits serpents prêts à attaquer.

– Je te questionnerai quand bon me semblera, Edward Lennix. Rapporte-moi cet Argenté. Il nous le faut ici. Il le faut.

Di Mara était si frustrée qu'elle grinça des dents. Elle aurait voulu mener le raid elle-même, mais son dragon, Krane, se remettait de la redoutable fièvre des écailles, et elle refusait de voler sur un autre dragon.

Edward s'appuya contre Decimus et regarda au loin d'un œil froid.

– Di Mara, reprit-il d'un ton glacial, je t'ai dit que si l'œuf argenté qui compte tant pour toi est là-bas, nous le prendrons. Et nous le rapporterons. Tu as ma parole. Et je tiens toujours parole.

Di Mara regarda derrière elle et vit que Valkea et son équipe la dévisageaient.

– C'est peut-être une question de vie ou de mort. Pour nous. Pour toute notre famille, Edward.

Celui-ci s'étrangla de rire.

– Oh, Di Mara, tu exagères toujours. Je sais que tu veux simplement un nouveau jouet.

Il vit alors une fureur redoutable poindre sur le visage de sa femme et se reprit rapidement.

– Nous te rapporterons ton Argenté, promit-il.

– Tu as intérêt, répliqua-t-elle d'un ton cassant.

Puis elle tourna sur ses talons métalliques et s'éloigna.

Dans la pénombre, un dragon massif, d'un vert un peu passé, observait Di Mara. Bellacrux, le Grand Lennix, le plus ancien de tous les dragons de la famille, veillait à se tenir au courant de tout ce qui se passait à la forteresse Lennix. Grâce à son ouïe affûtée, elle n'avait pas manqué un mot de la discussion entre Di Mara et Edward, et maintenant, la tête lui tournait en pensant à toutes les possibilités fascinantes qu'offrait un œuf argenté. Un Argenté ! Elle attendait ça depuis d'innombrables années.

Elle regarda Di Mara ouvrir les portes des

appartements Lennix et disparaître à l'intérieur. Ses yeux perçants suivirent sa progression rapide dans l'escalier de la tourelle, sa silhouette élancée se découpant dans la lumière jaune vif des lampes, et quand elle apparut à la fenêtre sombre de sa chambre en haut de la tour de guet, Bellacrux affila méthodiquement ses griffes sur les pierres à aiguiser placées au pied de toutes les voûtes. Il fallait se préparer à l'arrivée de l'Argenté.

L'heure du départ avait sonné pour la Première Escadrille. Les dragons décollèrent à leur manière traditionnelle, sur la piste large, en dévers, qui se détachait des remparts de l'aire d'atterrissage comme un immense plongeoir. Decimus, naturellement, partit en tête. Le dragon s'élança d'un pas lourd sur la piste et, à la toute dernière seconde – alors qu'Edward se demandait s'ils n'allaient pas tomber comme une pierre dans le vide —, il s'éleva lentement dans les airs et se mit à tournoyer au-dessus d'eux, regardant décoller les autres dragons l'un après l'autre.

Bellacrux aiguisa sa dernière griffe et posa les yeux sur les dragons qui manœuvraient pour se placer derrière Decimus, adoptant une formation en V. Leurs bas-ventres arboraient fièrement le trident tatoué des Raptors. De son regard perçant, elle suivit la pointe de la Première Escadrille tandis qu'elle partait en direction du col long et étroit qui la conduirait au-delà des montagnes à la vallée Secrète des Verts qui, hélas pour ces derniers, n'avait plus de secrète que le nom.

Bellacrux observa les dragons jusqu'à ce qu'ils ne soient plus que de petits points au loin dans la nuit, puis elle prit le sentier large et sinueux menant à sa chambre au dernier étage, le niveau un, du Perchoir des Raptors. Elle traversa lentement le grand atrium et, lorsqu'elle atteignit les immenses portes richement décorées de sa chambre, elle envoya un petit souffle d'air chaud sur les bottes de son vieux domestique, Harry, qui s'était assoupi. Il sursauta et commença à tirer les énormes portes tandis que Bellacrux attendait, tapotant impatiemment de ses griffes affûtées le sol en marbre brillant. Les portes s'ouvrirent complètement et Harry s'inclina. Bellacrux entra dans sa magnifique chambre vert et or, fraîchement nettoyée, parsemée de tapis moelleux et d'immenses coussins brodés, avec des fruits et des viandes maigres sur une table basse, comme il convenait à un Grand Lennix.

Elle s'installa sur les coussins, saisit délicatement une langue d'agneau d'une griffe et la fit tomber dans sa gueule. Pendant ce temps, des pensées exaltées lui traversaient l'esprit. Un Argenté ! Un Argenté pourrait tout changer…

3

Joss

Joss Moran se réveilla en sursaut. Il était allongé sur son lit de planches dans son abri de berger et fixait le plafond, terrifié. Des battements d'ailes synchronisés faisaient tanguer sa roulotte comme un bateau en mer.

Des dragons survolaient la zone.

Le sang battant à ses tempes, il resta parfaitement immobile, de peur que le moindre mouvement n'attire l'attention des dragons, car ceux qui volaient au-dessus de lui étaient de l'espèce dont nul ne souhaitait jamais l'attention. Il savait au rythme militaire de leurs battements d'ailes qu'il s'agissait d'une escadrille de Raptors.

Joss pensa aux moutons qu'il avait rassemblés à la tombée de la nuit dans un enclos camouflé et espéra qu'ils ne paniqueraient et ne s'enfuiraient pas. Une escadrille de Raptors pouvait décimer un troupeau en quelques minutes et emporter leur berger avec elle. Mais s'ils prenaient ses moutons, autant qu'ils l'emmènent aussi ; il ne voulait pas savoir ce qu'il adviendrait de lui s'il perdait les précieuses bêtes des Zoll.

À son grand soulagement, les Raptors passèrent rapidement au-dessus de la roulotte et, bientôt, tout fut à nouveau calme et silencieux. Il remonta la couverture rêche sur lui et pensa à des jours plus heureux, quand les dragons n'étaient pas tous de violents Raptors. Quand ses parents étaient en vie, il avait connu de nombreux dragons aimables qui appréciaient réellement les humains. Il y avait eu un jeune Jaune, un dragon de sable au cœur sensible, qui lui avait appris les bases du chandragon. Mais juste le jour où ce Jaune lui avait proposé de l'emmener faire son premier vol, chose que Joss attendait avec impatience, une escadrille de Raptors avait tué ses parents – et le dragon de sable, ainsi que tous ses frères et sœurs encore nourrissons.

Joss tenta de chasser sa nostalgie des jours plus heureux et ferma les yeux. Mais aussitôt, une image terrifiante lui vint à l'esprit : le tatouage en forme de trident sur le bas-ventre des Raptors tandis qu'ils plongeaient sur sa mère et son père, et les reflets de leurs griffes aiguisées, recourbées, mortelles, lorsqu'ils les sortirent pour tuer. Joss se cacha sous la couverture et commença à se chanter les sons apaisants du chandragon. Très vite, la berceuse que le dragon de sable entonnait autrefois pour ses petites sœurs le fit sombrer dans un sommeil profond et, heureusement, sans rêves.

Il lui sembla que quelques secondes seulement s'étaient écoulées quand la lumière qui se déversait entre les planches de la roulotte le réveilla. Il dégringola de son lit, le regard encore trouble, s'aspergea le visage d'eau glacée pour se réveiller complètement et passa les doigts dans ses boucles brunes emmêlées. Puis il ouvrit la porte fragile et admira la magnifique matinée qui s'annonçait.

La roulotte était posée au centre d'un cercle de pierres anciennes. Joss l'avait lui-même poussée jusqu'à cet endroit, car il s'y sentait en sécurité, comme si les hautes pierres dressées étaient des gardiennes qui le protégeaient. Quand il y réfléchissait, toutefois, cela n'avait aucun sens. Mais peu de choses avaient du sens dans le monde de Joss, et en général, il évitait de réfléchir quand il le pouvait. Et il évitait en particulier de penser aux dix-neuf années de servitude que lui et sa sœur Allie devaient encore aux Zoll.

Il sourit à la vue du spectacle qui s'offrait à lui. L'air était vif et limpide, et une fine couche de givre recouvrait le sol. Cinq grandes pierres s'élevaient à une vingtaine de mètres devant lui, absorbant les premiers rayons de soleil, et les petits cristaux qu'elles renfermaient scintillaient comme des diamants. Derrière ses gardiennes étincelantes, des collines en pente douce se dessinaient, saupoudrées par la blancheur du givre, leurs sommets teintés par le rose de l'aube. Joss frissonna ; il était maigre et ressentait intensément le froid, et son gilet et son pantalon usés le protégeaient peu de l'air glacial du matin. Il attrapa sa couverture et l'enroula autour de son cou, comme une cape de fortune, avant de descendre rapidement les marches, touchant le pas de porte circulaire fatigué pour se porter chance. Puis il se dirigea vers l'enclos des moutons.

Il traversait la clairière lorsque, horrifié, il vit dans le ciel pâle du matin le V sombre de l'escadrille de Raptors qui revenait vers lui. Il se jeta sur l'herbe courte et souple et se roula en boule sous la couverture, tremblant de peur.

Les battements d'ailes synchronisés faisaient vibrer l'air. Les dragons volaient si bas que Joss entendait leur respiration bruyante et le crissement de leurs ailes. Il se prépara au pire, convaincu que sa prochaine sensation serait celle de griffes affûtées qui le transperceraient. Il ne savait que trop bien qu'aucun Raptor ne laisserait filer une proie humaine facile. Mais il avait de la chance. Les dragons avaient les griffes pleines. S'il avait osé regarder, il aurait vu que chaque dragon portait un œuf vert chatoyant, à part le plus jeune d'entre eux, un Bleu, en queue de l'escadrille. Son œuf était d'une délicate couleur gris argenté.

En tête du vol, Edward Lennix savourait son triomphe.

– Eh bien, Decimus, ça a été une grande nuit. Nous avons complètement nettoyé ce nid.

– *On a blessé quelques Verts aussi, Lennix*, répondit son Écho.

– Il faut bien que l'escadrille s'amuse un peu. Et je crois que nous avons trouvé le jouet argenté de Di Mara. J'ai vu ce Bleu le ramasser en même temps qu'un tas de crottes de dragon.

Ah ! De la crotte de dragon, gloussa son Écho. *Ça lui apprendra à être aussi peureux. Quand on fait une descente dans un nid, on fonce tête baissée et on reste concentré. Ça ne sert à rien de faire de petits bonds au bord du nid comme une poule constipée.*

Edward sourit. Cette drôle de manière qu'avait Decimus de tourner ses phrases l'amusait toujours. Il regarda par-dessus son épaule la vieille roulotte de berger se balançant sur son châssis et le berger terrifié sous sa cape, qui faisait semblant d'être un rocher, et il rit à gorge déployée. Un matin comme celui-ci, il faisait bon être un Lennix.

Tandis que l'escadrille dépassait les collines au-delà du cercle de pierres, le jeune Bleu, Ramon, baissa les yeux sur le butin entre ses griffes. Il faisait sombre quand ils avaient pillé le nid et Ramon n'avait remarqué aucune différence de couleur. Mais le soleil levant révélait maintenant la terrible vérité. Il avait commis une grave erreur. Il avait ramassé un gros caillou. Il se ridiculiserait s'il le rapportait et, préférant qu'on le juge maladroit plutôt que stupide, il décida de s'en débarrasser. Et ainsi, alors qu'il survolait la colline qui s'élevait derrière la bergerie, il lâcha son fardeau et poursuivit sa route, espérant que personne ne l'avait vu.

Sous sa couverture, Joss entendit quelque chose heurter le sol avec un bruit sourd. Il se figea. Un Raptor venait-il d'atterrir ? Dévalait-il maintenant la colline, ailes déployées, les dents luisantes de salive à l'idée du petit déjeuner qui l'attendait sur l'herbe ? La peur lui coupait les jambes. Il savait qu'il aurait dû se lever et partir en courant, mais pour aller où ? Il n'avait nulle part où se cacher. Il était seul et sans défense. Il ne pouvait rien faire. Il resta donc allongé, attendant le rugissement terrifiant d'un Raptor devant son repas mais, au bout de quelques secondes, il rassembla assez de courage pour soulever prudemment la couverture et jeter un regard au-dehors. Il soupira de soulagement : pas de Raptor bave aux lèvres sur le point de le dévorer. L'escadrille volait maintenant à des kilomètres, réduite à une tache en forme de V, en direction de la ligne sombre et déchiquetée des montagnes.

Il se releva à grand-peine et, se protégeant les yeux

des rayons obliques du soleil, vit avec stupéfaction qu'une grosse pierre dévalait la colline dans sa direction. Sur la pente abrupte, elle gagnait de la vitesse et rebondissait. Fasciné, Joss ne la quittait pas des yeux et ce fut seulement lorsqu'elle heurta une bosse et fut projetée dans les airs comme un boulet de canon qu'il comprit qu'il devait s'écarter de son chemin. Il accéléra pour éviter le choc. Un grand bruit sourd retentit, puis la pierre s'immobilisa dans l'herbe.

Intrigué, Joss se précipita vers elle et s'agenouilla pour l'observer de plus près. Elle avait la forme d'un œuf énorme, mais elle était rugueuse et criblée de trous, et une profonde fissure la traversait, sans doute causée par la chute. L'examinant plus attentivement, il vit qu'elle n'était pas d'un gris banal, mais parsemée de petites taches argentées qui scintillaient quand le soleil les touchait. Allie l'adorerait, pensa-t-il. Il caressait l'une de ces taches, étonné par sa douceur, lorsqu'il retira brusquement sa main, comme si on venait de le piquer, et fit un bond en arrière. Quelque chose bougeait à l'intérieur. Les yeux rivés sur la pierre, il entendit alors un son venant de l'intérieur : *tac tac tac… tacatac tac tac… tac tacatac…*

Fasciné, mais aussi gagné par la peur, il vit la fissure s'élargir et, à l'intérieur, un éclair argenté. Puis, brusquement, une lame affûtée comme une petite dague apparut à la lumière du soleil. Joss bondit en arrière, perdit l'équilibre et tomba lourdement sur les fesses, mais sans quitter la pierre des yeux. La dague sciait la fissure, l'élargissant d'un mouvement régulier de bas en haut. Le bon sens de Joss lui disait de partir en courant, de s'éloigner rapidement avant que la chose qui tenait la dague ne saute hors de la pierre, mais quelque chose le retenait sur place, comme ensorcelé. Quand la lame argentée réussit à se libérer et se révéla être une dent au bout du museau d'un petit dragon, Joss sut exactement pourquoi il ne s'était pas enfui : le caillou gris cabossé était un œuf de dragon.

Joss se mit à genoux, prit dans ses mains la tête étonnamment lourde et soutint le bébé dragon qui s'efforçait d'ouvrir la coquille épaisse à l'aide de ses deux courtes pattes avant et de ses longues griffes recourbées. Puis, dans un élan soudain, il parvint à se libérer et Joss attrapa la petite créature humide et brillante avant qu'elle ne tombe à terre. Plus heureux que jamais, il fixa ses yeux d'un vert profond.

– Bonjour, murmura-t-il. Je m'appelle Joss.

« Joss. » Comme un écho, le nom revint dans ses pensées. C'était comme si, pensa-t-il, le dragon l'avait prononcé. Mais c'était impossible, se dit-il.

– *Joss*, refit la voix.

Puis, avec plus d'enthousiasme :

– *Joss, Joss ! Bonjour.*

Il sourit au petit dragon dans ses bras.

– Hé, c'est toi qui parles ? demanda-t-il.

– *Oui, oui, c'est moi !* répondit la voix aiguë et rapide dans ses pensées. *Joss, c'est moi, Lysandre !*

4

Le café

Sirin se réveilla sur le canapé juste avant l'aube. Elle avait froid et se trouvait dans une position inconfortable. Elle était seule. Elle se leva d'un bond, effrayée tout à coup à l'idée que sa mère soit déjà partie.

– Maman… Maman ? Tu es là, maman ? appela-t-elle en se précipitant dans le couloir.

– Sirin ? répondit sa mère d'une voix faible depuis la petite cuisine.

Sirin poussa la porte et la trouva assise à la petite table branlante, Sammi confortablement installée sur ses genoux.

– Bonjour, ma chérie. Que fais-tu debout si tôt ?

– Je me suis réveillée et tu n'étais pas là. Alors je suis venue te retrouver, s'empressa-t-elle d'ajouter en voyant les larmes monter aux yeux de sa mère. Et si je nous préparais un café, un vrai café ? Comme celui que tu buvais chez toi quand tu étais petite ?

– Ce serait adorable, ma chérie, répondit sa mère avec un sourire nostalgique, mais je ne crois pas qu'il nous en reste.

– Si ! annonça Sirin d'un air triomphant. J'en ai acheté un paquet hier. Spécialement pour toi.

Elle chercha au fond du placard et en sortit un petit emballage marron, qu'elle ouvrit en ôtant l'étiquette bleu foncé. Le parfum intense du café moulu éveilla ses sens, et elle apporta le paquet à sa mère. Celle-ci n'avait presque plus d'odorat, mais Sirin savait qu'elle pouvait encore percevoir des odeurs si elle inspirait très profondément. Elle la regarda approcher l'emballage ouvert de son visage et prendre une grande inspiration. Un sourire illumina ses traits.

– Oh, Sirin. C'est un excellent café que tu as choisi. Il sent… hmm… le soleil et la douceur.

Sirin contempla par la fenêtre la lumière grise de l'aube qui tentait de percer le mauvais temps. Il leur faudrait autant de soleil que possible, pensa-t-elle.

Elle se mit à préparer le café exactement comme sa mère et elle l'aimaient. D'un geste sûr, elle remplit de café finement moulu leur petite cafetière dotée d'un long manche en cuivre, puis elle ajouta les trois cuillerées de sucre et l'eau. Ensuite, comme sa mère le lui avait appris, elle tint soigneusement la cafetière au-dessus de la flamme de la gazinière et surveilla la mixture épaisse qui montait en bouillonnant, pour la retirer juste avant que le liquide ne déborde. Elle fit cela trois fois de suite, consciente et heureuse du regard approbateur de sa mère, qui suivait chacun de ses mouvements.

Puis, avec Sammi qui ronronnait doucement, Sirin et sa mère s'assirent ensemble dans la petite cuisine, désormais réchauffée par la préparation du café, et dégustèrent leur boisson sucrée et épaisse dans de délicates tasses ayant appartenu à sa grand-mère maternelle.

Si elle avait pu figer le temps à cet instant précis, Sirin l'aurait fait. Mais le café se refroidit et le temps passe inexorablement. Elle savait que chaque seconde les rapprochait un peu plus de la sonnerie de l'interphone et des ambulanciers qui monteraient dans l'ascenseur avec le fauteuil qui emmènerait sa mère.

5

Allie

Allie, la sœur de Joss, s'était elle aussi levée avant l'aube. Elle dormait dans l'appentis de la cuisine qui se trouvait dans l'arrière-cour du domaine des Zoll et, si elle ne se levait pas pour donner aux oies leurs graines, elles commençaient à cacarder dès les premières lueurs. Or rien n'agaçait autant Mme Zoll que d'être réveillée au fond de son lit de plume par des oies contrariées.

Allie nourrit les volatiles puis entama sa longue liste de tâches quotidiennes. Elle alluma la cuisinière à l'ancienne, sortit tirer de l'eau au puits et fit partir le grand feu dans le salon principal. Elle commença ensuite la seule tâche qu'elle attendait avec impatience : préparer le panier du berger. Elle avait des instructions strictes concernant son contenu : pas de viande, pas de pain de moins de trois jours, pas de beurre, pas de lait frais et absolument rien de sucré. Même si Mme Zoll l'effrayait, c'était le moment où Allie osait la défier. Tout ce qui plairait à Joss, il l'aurait. Ce matin, le panier était particulièrement réussi : une épaisse tranche de jambon, deux oignons au vinaigre, trois petits pains de la veille seulement, un énorme morceau de fromage, deux petites pommes et le reste d'un gâteau aux fruits.

Le sourire aux lèvres, elle enveloppa ces trésors dans une serviette en tissu, fixa le couvercle du panier et se précipita hors de la cuisine, pour faire aussitôt marche arrière : elle avait entendu le son reconnaissable entre mille d'un vol de Raptors à l'approche. Elle se recroquevilla dans l'ombre derrière la porte tandis que les souvenirs inondaient ses pensées. Elle se frotta les yeux d'un geste rageur, comme pour se convaincre que ce n'était que la poussière soulevée par le passage de l'escadrille qui irritait ses yeux. Elle se força à regarder en l'air et vit les tridents tatoués sur les ventres des dragons et les reflets d'œufs de dragon dérobés. « Je vous déteste, je vous déteste ! » pensa Allie, réprimant à grand-peine son envie de le crier vers le ciel.

Elle observa le vol, manifestement sur la route du retour, jusqu'à être sûre qu'ils avaient dépassé Joss et ses moutons. Puis elle inspira profondément et traversa en trombe le vaste domaine désert sur lequel se trouvait la ferme, entre des murs élevés surmontés de piques de fer. Elle regarda la tour de guet, que le seigneur Zoll avait bâtie l'année précédente afin d'abattre des loups et toute autre chose qui l'agaçait depuis son fauteuil douillet. Au grand soulagement d'Allie, la tour était vide. Elle haïssait ces moments où le seigneur suivait chacun de ses pas de ses petits yeux noirs de fouine.

Il y avait un peu moins de deux kilomètres de prairie ondoyante et dégagée jusqu'au cercle de pierres, et Allie marchait vite en scrutant le ciel perfide. Malgré les Raptors, c'était une belle matinée. La fine couche de givre craquait sous ses pieds et les dernières étoiles s'estompaient, laissant un ciel clair et limpide, à l'exception de quelques nuages roses vers les lueurs de l'horizon. L'air avait un parfum frais et Allie se réjouissait à l'idée de voir Joss. Quand elle atteignit le pied de la colline qui cachait son frère des yeux indiscrets de la tour des Zoll, elle s'arrêta pour regarder le mystérieux cercle de pierres et la vieille roulotte délabrée de Joss, à cette place centrale incongrue. Un trait de lumière se glissa entre les collines environnantes et illumina les merveilleuses pierres hautes, faisant scintiller leurs cristaux. Allie était fascinée par ces pierres anciennes, dont certaines se rejoignaient pour former d'immenses portes, qu'elle voyait parfois comme des passages vers un autre monde. Aujourd'hui, alors qu'elle respirait dans le calme parfait, ce lieu lui parut encore plus magique. Cependant, elle ne voyait personne. D'habitude,

Joss venait en courant à sa rencontre, affamé et impatient de parler à un être humain.

La peur la saisit tandis qu'elle descendait le sentier. Où était Joss ?

Elle se mit à courir. Peut-être, se dit-elle, peut-être qu'il ne s'était tout simplement pas réveillé. Le rythme de son cœur s'emballait, et elle franchit à toute vitesse le cercle de pierres, les yeux rivés sur la roulotte. Tandis qu'elle s'approchait, elle vit l'abri se balancer légèrement sur ses roues. Une vague de soulagement la submergea ; Joss était là, sans doute paniqué à cause de son réveil tardif. Elle monta les marches en courant et ouvrit la porte.

– Hé ! dit-elle en riant. Fainéant, tu…

Elle se figea, la bouche grande ouverte, dont plus aucun mot ne sortit.

Joss leva les yeux et sourit. D'abord, Allie avait remarqué combien son frère paraissait heureux, comme lorsque leurs parents vivaient encore. Il était agenouillé à côté du tas de paille qui faisait office de lit, et sur cette paille, il y avait… quelque chose. Elle ne voyait que les reflets métallisés de surfaces lisses qui, emboîtées, formaient le corps d'une créature. « Peut-être qu'il a trouvé une armure argentée pour une sorte d'animal », pensa-t-elle. Elle aimait beaucoup les émeraudes vertes et brillantes serties dans le petit casque. Elles paraissaient si vives et si naturelles qu'elle les aurait prises pour des yeux…

Allie poussa un cri. C'étaient bel et bien des yeux qui la dévisageaient.

– C'est un dragon, murmura Joss, un dragon argenté.

Les yeux émeraude scintillants se détournèrent après une rapide inspection d'Allie pour revenir à la personne qui les intéressait le plus : Joss.

– Il s'appelle Lysandre, annonça son frère.

Allie ne le quittait pas des yeux, médusée. Un dragon. Un bébé dragon si petit qu'il devait être tout juste sorti de l'œuf. Et c'était un Argenté. Allie ne savait pas qu'il existait des dragons argentés.

– Mais comment… Enfin, où… où l'as-tu trouvé ? bégaya-t-elle.

– Il était dans un œuf. Et il a dévalé la colline jusqu'à moi. Comme s'il venait spécialement pour moi. Et tu sais quoi, Allie ? demanda-t-il, les yeux brillants d'excitation. Après son éclosion, j'ai entendu sa voix dans mes pensées. Pour de vrai. Il a dit : « Bonjour, Joss ! » Et il m'a dit qu'il s'appelait Lysandre.

– Joss ! souffla Allie. Ça veut dire que…

– Nous sommes devenus Échos ! termina-t-il. Et maintenant, nous ferons équipe pour la vie. Et nous vivrons ensemble. Nous ferons tellement de choses…

Il s'interrompit et regarda vraiment sa sœur pour la première fois depuis son arrivée.

– Allie, dit-il d'un ton soudain calme et sérieux. C'est mon rêve qui devient réalité.

Ébahie, elle posa le panier du petit déjeuner et s'assit sur les marches de l'abri de berger. Les dragons n'apportaient jamais de bonnes nouvelles dans leur famille.

– Joss, commença-t-elle du même ton grave que son frère, tu te souviens de ce qui est arrivé à grand-tante Ettie ?

– Hein ? fit-il, perplexe.

– Voyons, tu sais très bien ce qui lui est arrivé. Ettie a été enlevée par les Lennix pour servir les Raptors. Et ensuite, elle a eu l'insolence de devenir Écho avec leur Grand Dragon. Avec Bellacrux. Et celle-ci l'a tuée. Joss, ce dragon a tué son propre Écho.

– Que dis-tu, Allie ? s'offusqua-t-il. Lysandre ne ferait jamais ça. Jamais.

– J'espère que non, mais tu ne sais pas du tout comment il sera quand il sera adulte. Ce n'est pas un dragon ordinaire. Est-ce qu'il… Qui sait ce que deviennent les Argentés ? Et je suppose que tu n'as même pas pensé aux Zoll ?

– Pourquoi faut-il que tu gâches tout en parlant d'eux ? grommela Joss.

– Les Zoll ne vont pas disparaître par magie simplement parce que tu ne les mentionnes pas. Que vont-ils faire quand ils apprendront qu'un dragon argenté est sur leurs terres, d'après toi ?

Joss haussa les épaules.

– Je vais te dire ce qu'ils feront. D'abord, ils le prendront pour eux. Et ensuite, parce que c'est un Argenté, j'imagine que Mme Zoll le vendra pour un bon prix. À prix d'or, même.

Joss semblait dévasté et Allie se sentit tout de suite coupable.

– Je suis désolée, mais c'est très sérieux. On doit préparer un plan.

Joss aurait aimé que sa sœur ne s'inquiète pas autant. Il voulait seulement profiter de la magie de la présence de ce bébé dragon argenté, là, dans sa roulotte, à cet instant précis.

– Je sais qu'il faudra trouver une solution, admit-il. Mais, Allie, d'abord, je te présente Lysandre.

Elle entra dans l'étroite habitation et s'approcha de la créature roulée en boule sur la paille. Épuisé par ses efforts pour sortir de l'œuf, le petit dragon s'était endormi.

– Il est magnifique, hein ? murmura Joss en contemplant Lysandre avec l'expression attendrie d'une jeune maman.

Allie acquiesça. La petite créature brillait si vivement qu'on avait peine à croire qu'elle n'était pas en métal. Son petit ventre rebondi montait et descendait et Allie vit ses ailes souples et courbes. Elle était absolument magnifique et semblait si vulnérable. « Je n'ai jamais vu des ennuis se présenter aussi joliment », pensa-t-elle. Puis, comme pour chasser ses inquiétudes, elle dit :

– Hé, Joss, je t'ai apporté ton petit déjeuner. Il est dehors si tu le veux.

– Oh, oui, s'il te plaît, répondit-il, ressentant tout à coup la faim.

Ils s'assirent sur les marches et pendant que Joss mangeait, Allie contempla les pierres hautes qui les encerclaient comme des sentinelles protectrices. Et Joss et Lysandre allaient avoir grand besoin de protection, pensa-t-elle. Son frère insista pour partager le précieux gâteau aux fruits avec elle et quand ils eurent fini, il posa le bras sur les épaules de sa sœur.

– Hé, ne te fais pas autant de souci, dit-il. Je ne finirai pas comme Ettie, tu sais.

Elle lui jeta un regard sombre.

– Jossie, ce sont les Zoll qui m'inquiètent.

– Eh bien, ne t'inquiète pas. On trouvera une solution.

– J'espère.

6

La récolte des œufs

Depuis sa tour de guet, Di Mara Lennix scrutait l'escadrille qui revenait à l'aide de sa lunette à vision nocturne. L'impatience lui affolait le cœur, et elle commença à compter les Raptors qui arrivaient. À sa grande joie, elle s'aperçut que chacun portait un œuf entre ses griffes, même s'ils étaient trop loin pour qu'elle puisse en distinguer la couleur. Ne pouvant attendre une seconde de plus, elle se précipita jusqu'à l'aire d'atterrissage pour diriger les opérations. Elle ne laisserait personne gâcher cette arrivée cruciale.

La cour vibrait d'excitation. Trois de ses quatre enfants étaient là : les jumelles de quatorze ans, Tamra et Mirra, ainsi que leur grand frère de seize ans, Declan, tous debout au centre de la croix d'atterrissage. Ils tenaient entre eux un grand filet pour aider les dragons dans leur approche. Kaan, leur plus jeune frère, manquait à l'appel.

Di Mara s'approcha rapidement, nerveuse. Atterrir avec un œuf entre les griffes était une manœuvre délicate pour un dragon et exigeait une assistance humaine. L'œuf devait être lâché dans un endroit sûr, sans quoi le poids du dragon le briserait au contact du sol. Toutefois, il était important que le dragon arrive à la plus basse altitude possible pour éviter le phénomène du choc de l'œuf, lorsque le sac embryonnaire se rompait, entraînant presque toujours la mort de son occupant.

Il y eut un moment de tension lorsque la couvée dérobée aux Verts s'approcha de l'aire d'atterrissage de la forteresse Lennix. Decimus entra en premier. Il ralentit pour planer au-dessus de la croix et Edward se pencha pour crier à son fils :

– Declan ! Place-toi sur cette fichue croix ! Tout de suite ! On arrive !

Declan se vexa. Il avait attendu au centre de la croix ces dix dernières minutes jusqu'au moment où, l'escadrille arrivant au-dessus de leurs têtes, ses idiotes de sœurs avaient tiré sur le filet pour le décaler. Il savait qu'elles l'avaient fait exprès pour que, comme d'habitude, la faute retombe sur lui. Agacé, il tira sur le filet pour le remettre à la bonne place. Il leva les yeux et vit l'immense surface blanche du ventre de Decimus, marqué d'une cicatrice juste au-dessus de son tatouage. Il sentit le courant d'air puissant créé par les ailes et aperçut l'œuf d'un vert brillant entre les griffes épaisses et recourbées du dragon.

– Tenez-le bien fermement ! cria-t-il à ses sœurs, avant de s'adresser à Decimus : Lâche ! Lâche !

Dragon vétéran, Decimus n'aimait pas du tout qu'un enfant lui hurle des ordres. Il lâcherait l'œuf quand il serait prêt, pas avant.

– Lâche ! cria de nouveau Declan. Lâche tout de suite !

– *Lennix, dis à ton petit morveux de la mettre en veilleuse, veux-tu ?*

Le grognement irrité de Decimus résonna dans les pensées d'Edward.

– Silence, Declan ! cria-t-il en direction du sol.

Son fils se renfrogna. Il ne faisait que son travail.

Decimus largua l'œuf, qui tomba presque au centre du filet. Au grand soulagement de Declan, le filet était tendu à la perfection : assez lâche pour ne pas que l'œuf rebondisse et s'écrase par terre, mais assez ferme pour éviter qu'il touche le sol.

– Ce n'est qu'un Vert, déclara sa mère d'une voix déçue avant de désigner les assistants du Perchoir qui attendaient impatiemment dans leurs uniformes blancs immaculés. Donne-le-leur.

Ils prirent l'œuf et le portèrent avec précaution jusqu'à une longue boîte garnie de paille au fond de la cour.

Tandis que Decimus repartait pour atterrir plus loin, le Raptor suivant se présenta et les adolescents se préparèrent à nouveau. Di Mara observait ses enfants d'un air frisant l'approbation.

Après le cinquième largage réussi, elle se dirigea vers la caisse des œufs pour examiner le butin et tenter de calmer son angoisse. Elle remarqua que le premier œuf était de loin le plus gros. Sans aucun doute le prochain Grand Vert, pensa-t-elle. En temps normal, une telle prise l'aurait ravie, mais un sentiment de malaise la gagnait. Où était l'Argenté ? Di Mara entendit des pas rapides et se tourna pour voir Edward qui approchait, sa jolie petite moustache frémissant d'excitation. Son cœur se gonfla de soulagement. De toute évidence, il lui apportait de bonnes nouvelles.

– Nous les avons tous pris, dit-il avec enthousiasme. Absolument tous. Nous avons nettoyé le nid de fond en comble. Nous aurons une belle récolte de Raptors verts, je peux te l'assurer. Et nous avons également trouvé ce petit quelque chose qui t'intéressait.

Di Mara saisit les mains de son mari, ses yeux brillant si fort qu'ils évoquèrent à Edward des tessons de verre noir.

– Vous avez trouvé un Argenté ! Je le savais, je le savais !

– Ça n'a pas été simple. Les Verts se sont

férocement battus, mais on ne leur a laissé aucune chance. Leur couvée entière est là, Di Mara.

– Oh, les Verts, on s'en moque ! lança-t-elle d'un ton cinglant. Ce ne sont que de misérables gratteurs de terre.

Elle se retourna pour regarder l'aire d'atterrissage et plissa les yeux dans la clarté du matin.

– Mais cet Argenté, où est-il ?

– Patience, Di Mara. Il était tout au fond du nid. Il avait un aspect bizarre, tout recouvert de crotte de dragon. Un jeune Bleu l'a ramassé. Comment s'appelle-t-il, déjà ? Le rapide… Ramon, voilà. Il était en queue d'escadrille.

Di Mara blêmit.

– Es-tu en train de me dire que tu as laissé le plus précieux des œufs au Raptor le plus jeune et le moins expérimenté ?

– Ramon est peut-être jeune, Di Mara, mais c'est un bon Raptor, rétorqua-t-il sèchement. Ah, regarde, il arrive.

Di Mara et Edward regardèrent le dernier membre de l'escadrille descendre en piqué vers la croix d'atterrissage orange. Declan et les jumelles lâchèrent rapidement le filet et s'écartèrent de son chemin. Leurs compétences en réception d'œufs n'étaient plus nécessaires, car il n'y en avait plus à récupérer.

Di Mara jura et pivota pour faire face à son époux.

– Où est mon œuf argenté ?

Edward dévisageait le Bleu, qui avait atterri et regardait autour de lui d'un air peu rassuré.

– Je… je ne comprends pas, balbutia-t-il. Je l'ai vu prendre l'Argenté. Je l'ai vu.

Di Mara fixait son époux, les yeux plissés.

– Tu n'as rien vu de la sorte, espèce de crottin de dragon, siffla-t-elle. Veule petit menteur.

– Mais c'est vrai, Di Mara. Ramon l'a pris. Je te le jure.

Elle vit l'état de confusion de son mari, et elle le connaissait assez bien pour le croire.

– Dans ce cas, Edward, dit-elle en sortant son petit couteau tranchant de son étui, ton Bleu n'aura qu'à nous dire ce qu'il en a fait, n'est-ce pas ?

Sur ce, elle traversa la cour tambour battant, ses talons métalliques projetant des étincelles sur le sol. Elle s'arrêta face à Ramon.

– Où est l'œuf ? hurla-t-elle.

Le silence gagna l'aire d'atterrissage. Les Raptors de la Première Escadrille, qui rejoignaient leurs quartiers, se retournèrent.

Ramon fixait Di Mara et son couteau, en état de choc. Il tenta de parler, mais le doux rythme du chan-dragon s'éteignit dans sa gorge. Il lança un regard suppliant à Decimus.

– Tu vas me dire ce que tu as fait de mon œuf, reprit Di Mara d'une voix si menaçante qu'Edward en frissonna. Tu vas me le dire ou je t'arrache les écailles une par une.

Les Raptors qui assistaient à la scène échangèrent des regards choqués et Decimus souffla un avertissement à Di Mara : tout membre senior du clan Lennix qu'elle était, ce n'était pas une manière de traiter un Raptor, encore moins un membre de la Première Escadrille.

– Maman, s'il te plaît ! intervint Declan en regardant nerveusement les dragons autour de lui. Tu ne peux pas faire ça. Laisse-moi parler à Ramon. Tu n'obtiendras rien de lui avec un couteau.

Di Mara s'en prit à son fils :

– Tu es trop gentil, Declan. Tu ne seras jamais respecté avec cette attitude.

Edward posa la main sur le bras de son épouse pour la contenir, mais elle secoua l'épaule pour se dégager.

– Laisse Declan essayer, mon amour. Nous mettrons le Bleu au cachot et Declan pourra lui parler. Si ça ne donne rien, tu pourras passer autant de temps que tu voudras en bas. Les Raptors n'aiment pas ce genre de scène, tu sais, ajouta-t-il en baissant la voix.

Di Mara regarda autour d'elle. Elle vit les yeux jaunes et verts brillants des Raptors braqués sur elle comme autant d'armes à feu, et ce ne fut qu'à cet instant qu'elle remarqua le sifflement grave et furieux des dragons. Elle s'écarta à contrecœur.

– Force-le à tout te raconter, ordonna-t-elle à son fils. Tu as une heure.

Declan emmena Ramon avant que sa mère ne change d'avis. Les Raptors s'écartèrent en silence pour les laisser passer avant de regagner leurs chambres, marmonnant encore entre eux. Deux des amis de Ramon partirent à la recherche de Valkea ; elle serait contente d'apprendre ces derniers événements.

Peu de temps après, Declan courut jusqu'à la chambre de sa mère, en haut de la tour de guet.

– Eh bien ? demanda Di Mara.

– Il l'a largué sur les collines basses proches du domaine des Zoll. À côté du cercle de pierres. Il pensait que l'œuf était un caillou.

Di Mara frappa du poing sur son bureau d'ébène.

– Imbécile de dragon ! cracha-t-elle avant de se tourner vers Edward. C'est ta faute. Tu n'as pas donné les bonnes instructions à l'escadrille. Je veux cet œuf. Et je le veux tout de suite.

Edward était furieux contre lui-même. Il avait fait à Di Mara la promesse de rapporter son précieux œuf argenté et il ne l'avait pas tenue. Il savait qu'elle avait raison, qu'il aurait dû confier la tâche à Decimus, mais il n'allait pas lui faire le plaisir de l'admettre.

– On ira le chercher à la tombée de la nuit, Decimus et moi, répondit-il sèchement.

– À la tombée de la nuit ! s'exclama-t-elle avec horreur. Pourquoi pas tout de suite ?

– Parce que je ne veux pas que ce M. Zoll qui fourre son nez partout nous observe depuis sa tour, voilà pourquoi.

– Qu'importe qu'il nous regarde ? répliqua Di Mara d'un ton méprisant. Zoll n'est rien de plus qu'un simple fermier.

– Il est peut-être l'un de nos fermiers, mais il a bien un droit de regard sur ce qui tombe dans son domaine. Et je préfère garder de bonnes relations avec lui, si ça ne te dérange pas, Di Mara.

Cela la dérangeait, mais sans dragon pour voler, elle savait qu'elle n'avait pas son mot à dire. Elle devait laisser Edward agir à sa guise.

– Très bien. Mais je veux cet œuf argenté ici ce soir. Tu comprends bien à quel point il est important pour nous, n'est-ce pas ?

Il haussa les épaules.

– Edward, les Raptors sont de plus en plus agités. Tu sais très bien qu'il est beaucoup plus difficile de s'approvisionner en humains de nos jours. En l'état actuel des choses, nous ne pouvons pas entretenir nos Raptors à hauteur de leurs besoins, et je ne sais vraiment pas comment nous allons faire avec ce nouvel arrivage d'œufs. Il y a de l'orage dans l'air, crois-moi.

– Menacer de torturer l'un d'entre eux ne va rien arranger ! fit remarquer Edward.

Elle rougit.

– J'en ai déjà discipliné, des Raptors.

– Oui, mais pas ainsi. Et pas sans consulter d'abord les dragons de rang supérieur.

– Nous marchons sur la corde raide. Si nous paraissons faibles, ils nous attaqueront, et nous ne pouvons laisser aucune négligence impunie. Cet idiot de Bleu a perdu l'Argenté, Edward. Il a largué la seule chose qui nous permettait de regagner la loyauté des Raptors.

Son mari se mit à rire.

– Pourquoi ? Eux aussi aiment les bibelots argentés, Di Mara ?

Elle se retint difficilement de frapper son visage arrogant. Elle se contenta de se pencher vers lui pour le faire reculer.

– Dois-je vraiment te faire un dessin ? L'Argenté nous ouvrira l'accès aux Terres perdues, à un monde nouveau. On pourra y prendre ce qu'on voudra. On pourra donner à nos Raptors tout ce qu'il leur faut et plus encore. Cela nous assurera leur loyauté pour toujours.

Choqué, Edward dévisageait sa femme.

– Tu ne crois quand même pas ces âneries à propos des Terres perdues ?

– Ce ne sont pas des âneries, répondit-elle avec colère. Je te préviens, Edward, si tu ne récupères pas cet Argenté, à cette même période l'an prochain, il n'y aura plus de famille Lennix. La forteresse sera aux mains des Raptors et nous ne serons qu'un tas d'ossements dans la fosse aux excréments.

Sur ces mots, elle se retira à grands pas, sous le regard mauvais de son époux.

Cela ne faisait aucun doute, pensa Edward, Di Mara perdait tout contact avec la réalité. Les Raptors allaient très bien, ou iraient très bien si elle leur montrait seulement le respect qui leur était dû et si elle cessait les scènes stupides comme celle de ce soir. En outre, Decimus l'aurait prévenu si des ennuis réels couvaient. Il s'agissait seulement d'une excuse pour s'emparer d'un œuf argenté. Il erra jusqu'au bord de la cour et contempla les montagnes d'un air sombre. Il aurait aimé ne jamais avoir trouvé cet œuf maudit.

7
Lysandre

Toute la journée, Joss garda le troupeau près de l'enclos pour ne pas s'éloigner de Lysandre. Il partageait son temps entre vérifier l'état du petit dragon, qui dormait comme le bébé qu'il était, et ramasser tous les fragments de coquille d'œuf pour les rapatrier dans la roulotte. Joss savait qu'un nouveau-né devait manger sa coquille pour bien fortifier ses os, et il voulait offrir à Lysandre le meilleur départ possible dans la vie.

C'était une journée merveilleusement ensoleillée et Joss en savourait chaque seconde. Assis sur l'herbe courte et moelleuse, à surveiller les moutons, il sortit du panier une pomme qu'il avait mise de côté. Il la regarda avec envie, et décida de la conserver pour Lysandre. Espérant calmer la faim qui le tiraillait, il s'allongea sur le dos et contempla les nuages blancs cotonneux qui dérivaient dans le ciel. Ses yeux se fermèrent lentement et tandis qu'il s'endormait, enveloppé par le son soporifique des moutons qui broutaient, il eut l'étrange sensation qu'il était Lysandre. Il sentait le sol rugueux de la roulotte, la courbe de sa queue coincée sous sa tête, la couverture rêche qui sentait le mouton contre ses écailles douces et souples. La journée passa lentement, et enfin, tandis que le soleil descendait vers l'horizon, Joss ramena les moutons dans leur enclos. Puis, marchant parmi les ombres qui s'étiraient, il traversa le cercle de pierres en direction de la roulotte.

À l'intérieur, Lysandre savait que son Écho approchait. Excité à l'idée de revoir Joss, le dragon s'assit et attendit l'ouverture de la porte. Mais de l'autre côté de celle-ci, le berger s'était arrêté. Il se rappela les mots d'avertissement d'Allie et prit soudain peur. Et si Mme Zoll était venue fureter pendant qu'il ramenait les moutons ? Si elle avait trouvé Lysandre et l'avait emmené ? Mais tandis qu'il se tenait immobile, une voix résonna dans ses pensées :

– *Hé, Joss ! Est-ce qu'on peut jouer, maintenant ? S'il te plaît, s'il te plaît, on peut ?*

Il se mit à rire, poussa la porte, et une petite boule argentée pleine d'énergie se jeta sur lui. Il prit Lysandre dans ses bras et ils s'assirent tous les deux sur le pas de porte, pour jouer à se chatouiller et à compter les griffes. Tandis que le soleil entamait sa descente derrière les collines à l'ouest, Joss décida de laisser le dragon courir en liberté. Il ferait bientôt nuit et Mme Zoll ne s'aventurait jamais dehors après le coucher du soleil. Il posa Lysandre sur l'herbe et regarda le petit dragon filer entre les arches de pierre, se déplaçant si vite qu'on aurait dit un éclair argenté. Comme une flèche. Et il ne faisait pas que courir vite, il grandissait aussi très rapidement. Il était déjà bien plus grand qu'au matin.

Joss sortit de sa poche la pomme qu'il avait gardée et envoya un message à son Écho.

– *Hé, Lysandre ! J'ai une pomme pour toi.*

Le petit dragon vint en bondissant, saisit la pomme et s'enfuit avec. Un message parvint à Joss :

– *Tu peux pas m'attraper !*

– *Tu paries ?* répondit-il, et il se mit à courir après Lysandre tandis que celui-ci décrivait des boucles entre les pierres dressées. Après trois tours du cercle, le dragon s'arrêta subitement et s'assit. En bon père anxieux, Joss se précipita vers lui, de peur qu'il se soit blessé, mais il trouva Lysandre simplement endormi à poings fermés et la pomme, criblée de marques de dents, abandonnée sur l'herbe. Joss les ramassa tous les deux pour les porter jusqu'à la roulotte.

Il venait d'installer le petit dragon sur le lit de paille quand il entendit un bruit. Il y avait quelqu'un à la porte. Il se figea, le cœur battant à tout rompre. Mme Zoll ! Elle avait dû voir Lysandre et venait maintenant le chercher. Joss rejoignit la porte sur la pointe des pieds et s'appuya de tout son poids contre elle. Il ne la laisserait jamais lui prendre Lysandre. Jamais, jamais, jamais !

Il sentit que quelqu'un poussait la porte. Enfonçant ses talons dans le sol, il contra la pression de toutes ses forces. Personne n'entrerait. Personne. Alors, il entendit une voix, douce et inquiète :

– Joss ? Joss, tu es là ? Ça va ?

Le soulagement lui fit lâcher la poussée et il ouvrit rapidement la porte. Allie se tenait là, ses cheveux sombres et fins s'échappant de sa natte, le visage rougi par sa course à travers champs. Elle souriait largement, comme à l'époque où leurs parents vivaient encore.

– Allie ! Oh, je suis si content de te voir !

Il n'avait pas réalisé à quel point elle lui avait manqué ce jour-là. Il lui semblait anormal de ne pas partager avec elle un événement aussi important de sa vie.

– J'avais tellement envie de vous voir, Lysandre et toi, dit-elle, encore essoufflée. Ils ne m'ont pas vue partir, mais je ne peux pas rester longtemps. Comment va-t-il ?

Avec fierté, Joss lui montra le dragon endormi.

– Il a tellement grandi, fit-elle remarquer d'une voix soucieuse. Il doit être deux fois plus grand que ce matin.

– Oui, acquiesça Joss en souriant. On dit que les Argentés grandissent vite, hein ? Lui, c'est une flèche.

Ils sortirent de la roulotte sur la pointe des pieds et s'assirent sur les marches.

– Alors, tu as réfléchi à ce qu'on va faire pour Lysandre ? demanda Allie, soucieuse.

Joss se tourna vers sa sœur, les yeux brillants d'excitation.

– Ah oui, j'y ai beaucoup réfléchi. Oh, c'est tellement excitant !

– Joss ! Je ne parle pas des jeux que vous allez faire ensemble. Comment va-t-on le nourrir ? Comment va-t-on le cacher aux Zoll ? Penses-y, Joss. S'il te plaît, penses-y.

– Mais j'y ai pensé, répliqua-t-il, vexé.

– Bien.

– Je crois que Lysandre est la clé de notre liberté ! Dès qu'il sera assez grand, nous pourrons nous échapper. Nous pourrons nous envoler sur son dos et ils ne nous rattraperont jamais. Jamais !

– Mais comment va-t-on le dissimuler jusqu'à ce qu'il soit assez grand ? demanda Allie, exaspérée.

– On y arrivera, j'en suis sûr, répondit Joss, les yeux brillants. Et le moment venu, tu pourras t'enfuir discrètement une nuit et on s'envolera loin et les horribles Zoll ne nous reverront plus jamais.

– On pourrait rentrer chez nous, dit-elle d'un air mélancolique.

Allie pensa à leur petite maison au bord de l'océan, à l'école et sa poignée d'enfants, aux jeux auxquels ils jouaient sur la plage, aux soirées heureuses passées à écouter les adultes parler jusque tard dans la nuit. Mais elle se souvint comment, une par une, les familles avaient disparu. Certaines parties se mettre à l'abri dans les montagnes, d'autres emportées par des Raptors pendant qu'elles pêchaient, et d'autres encore qui n'étaient jamais revenues de leur cueillette. Puis ce terrible jour où tout avait pris fin : des Raptors avaient attrapé leurs parents alors que Joss et elle étaient cachés sous un bateau renversé.

– Sauf qu'on n'a personne à retrouver là-bas, finit-elle d'une voix triste.

– Mais on pourra trouver d'autres endroits, dit Joss, et de nouvelles personnes.

Allie secoua la tête.

– Il ne reste plus beaucoup de monde, les Raptors y ont veillé.

Mais Joss refusait de se décourager.

– Allie, même si c'est vrai, on peut quand même s'échapper d'ici. On peut quand même trouver un endroit loin des Zoll, à l'abri des Raptors et…

Soudain, Allie se leva brusquement en tirant son frère avec elle.

– Rentre ! Rentre dans la roulotte ! siffla-t-elle.

Les peurs de Joss revinrent au galop.

– Pourquoi ? murmura-t-il.

– Des Raptors ! dit-elle en pointant du doigt le ciel, où une flèche sombre formée par trois dragons apparaissait au-delà des collines.

Aucun doute, ils venaient dans leur direction.

En une seconde, les enfants s'engouffrèrent dans la roulotte et claquèrent la porte. Ils se jetèrent au sol, Joss recouvrant de son corps Lysandre endormi. Le sang battant à leurs tempes, Allie et Joss restèrent allongés sur les planches rugueuses. Quelques secondes plus tard, ils entendirent les battements d'ailes cadencés devenir de plus en plus forts jusqu'à se trouver juste au-dessus d'eux. La roulotte se balançait de manière effrayante dans le courant d'air descendant, et ils voyaient par les fentes entre les planches l'herbe qui virevoltait comme dans un brusque tourbillon.

Ils demeurèrent figés comme des statues tandis que les ombres immenses des dragons dérivaient sur l'herbe, s'agrandissant à mesure qu'ils descendaient.

– Ils nous encerclent, murmura Allie.

Joss ne se sentait pas bien.

– Ça doit être à cause de Lysandre, dit-il à voix basse. Ils ont dû apprendre son existence.

N'osant plus parler, ils regardèrent les ombres massives des dragons décrivant nonchalamment des cercles. Allie trouva la main de Joss. Elle la serra fort, et ensemble, osant à peine respirer, ils attendirent. Après ce qui leur sembla une éternité, Allie remarqua que les ombres effrayantes rapetissaient et comprit que les Raptors avaient repris de l'altitude.

– Je crois qu'ils s'en vont, murmura-t-elle.

Il serra sa main pour lui répondre. Ils virent les ombres se réduire encore jusqu'à disparaître et l'herbe s'immobiliser. Avec précaution, Allie ouvrit la porte et regarda au-dehors.

– Ils sont partis, dit-elle, profondément soulagée.

Ils contemplèrent les collines désertes. Étrangement, tout était comme auparavant à l'exception du ciel, qui s'assombrissait rapidement, projetant des ombres profondes sur le cercle de pierres.

– Il commence à faire nuit, dit Allie d'un ton inquiet. Je dois rentrer. Tout de suite.

– Mais imagine que les Raptors reviennent ?

Un cri rauque se fit entendre au loin et Allie porta ses mains à sa bouche, horrifiée.

– C'est madame !

Et sur ces mots, elle partit en courant.

Joss se précipita pour la suivre jusqu'au pied de la colline, puis il s'arrêta et resta debout dans l'ombre. Il observa le ciel. Il n'y avait aucun signe des Raptors, mais il savait qu'on les voyait difficilement dans la semi-obscurité. Il regarda anxieusement la silhouette fine de sa sœur traverser en trombe la prairie, en direction des murs élevés et menaçants du domaine Zoll. Il aperçut une silhouette trapue dans un peignoir flottant qui allait à sa rencontre : Mme Zoll. L'estomac noué, il vit Allie la rejoindre et s'incliner. Leur patronne lui donna un coup sur la tête. Elles partirent ensemble, la femme tirant Allie par le col, puis elles disparurent dans l'obscurité. Les yeux remplis de larmes, Joss se retourna et fit voler une pierre d'un coup de pied furieux. Il détestait voir sa sœur traitée ainsi, et il détestait encore plus son impuissance face à cette situation. Dès que Lysandre serait assez grand, il emmènerait Allie loin de ce lieu horrible. Et si les Zoll tentaient de l'arrêter, ils devraient se battre. Le vent allait bientôt tourner.

Il se hâta de rejoindre sa roulotte et bloqua la porte derrière lui avec une cale, puis il se blottit contre Lysandre et le serra fort contre lui.

– Nous partirons bientôt, murmura-t-il. Nous commencerons une nouvelle vie et tout ira bien.

Lysandre renifla, puis s'étira et se tortilla, essayant de trouver une position confortable alors qu'une nouvelle rangée d'écailles commençait à se former.

8

Edward et Decimus

Au petit matin, Edward, Decimus et leurs deux éclaireurs rentrèrent par le col abrupt qui menait à la forteresse Lennix. Edward avait retardé leur retour le plus possible, dans l'espoir que Di Mara, lasse d'attendre, soit allée se coucher. Mais quand ils se posèrent sans bruit sur l'aire d'atterrissage, son cœur se serra : la bougie brûlait toujours au poste de guet de Di Mara.

Trois gardiens de nuit coururent à leur rencontre. Ils prirent les ordres de l'escorte concernant le repas d'après raid et les raccompagnèrent à leurs chambres. Ni Edward ni Decimus ne ressentaient la moindre faim, Edward parce qu'il craignait de rapporter son échec à Di Mara et Decimus parce que le malaise de son Écho lui nouait le ventre.

Decimus baissa la tête pour regarder Edward dans les yeux.

– *Nous avons fait de notre mieux,* dit-il.

– Notre mieux ne suffit pas, grommela Edward, les yeux rivés sur la silhouette élancée de Di Mara qui regardait par la fenêtre.

Decimus n'aimait pas être d'accord avec Di Mara, mais il avait le sentiment qu'Edward s'était trompé en partant à la tombée de la nuit.

– *Lennix*, dit-il, *la prochaine fois, nous devrons le chercher à la lumière du jour.*

Le dragon marqua une pause, hésitant à poursuivre. Il voulait aborder un sujet en particulier avec son Écho, mais jusqu'à présent, partagé entre l'allégeance à ses camarades Raptors et sa loyauté envers son Écho, il n'avait pas voulu en parler.

– Qu'y a-t-il ? demanda Edward, ressentant le dilemme de son Écho.

– *J'entends des choses, Lennix. Des Raptors impatients. De l'orage dans l'air.*

– De l'orage dans l'air ? répéta Edward, déconcerté.

– *Un groupe de jeunes assez puissants expriment leur mécontentement. Ils disent que l'escadrille a perdu de sa superbe.*

– Vraiment ? grommela Edward en fronçant les sourcils. Et qui sont précisément les membres de ce groupe ?

Decimus refusa de répondre.

– *Oh… des têtes brûlées. Ils veulent plus d'action. Plus de… sang. Et ils tiennent la famille pour responsable.*

Decimus jeta un regard autour de lui pour vérifier que personne n'écoutait.

– *Le problème avec cet Argenté, Lennix, et cela me coûte de le dire, c'est que Di Mara a raison.*

– Ah ? dit Edward en levant un sourcil.

Decimus disait rarement du bien de Di Mara.

– *Ce monde est dévasté. Il ne nous convient plus. Un Argenté, si c'est vraiment ce que nous avons trouvé, nous donnerait accès à cet autre endroit.*

Edward grogna.

– Decimus ! Ne me dis pas que tu crois toi aussi à ces âneries sur cet « autre monde » ?

Decimus effectua l'équivalent d'un haussement d'épaules chez les dragons : une brève inclinaison de la tête.

– *Toutes les histoires anciennes parlent d'un autre lieu. Hier encore, un vieux Vert dissertait dans le Grand Hall et débitait un long poème monotone à ce sujet. Je dois admettre que je me suis endormi à la moitié. J'ai ronflé, apparemment. Mais tu ne peux pas le nier, Lennix. Il y a peut-être bien quelque chose de vrai dans les légendes. Et l'Argenté fait toujours le lien entre les mondes. Tu connais le proverbe : Tous les nuages sont bordés d'argent.*

– Ce n'est qu'une formule, dit Edward, réticent à se laisser convaincre.

– *Il y a souvent plus de vérité qu'on ne le croit dans ces vieilles expressions*, répondit son Écho. *Et les souvenirs des dragons remontent plus loin que ceux des humains. Imagine seulement un monde tout nouveau pour nous. Tout frais et rempli d'humains. L'escadrille te mangerait dans la main.*

– Tant qu'ils ne me mangent pas la main, lança Edward pour faire un mot d'esprit, qu'il regretta aussitôt.

L'appétit pour le sang humain était une chose enivrante, et même s'il avait pleinement confiance en son Écho, ce n'était pas la peine de lui donner des idées. Decimus adressa un regard interrogateur à Edward et celui-ci se demanda s'il n'avait pas lu dans ses pensées.

– Nous trouverons cet œuf, lui assura-t-il. Fais-moi confiance.

Decimus hocha la tête.

– *Il nous faut un plan, Lennix. Je propose que nous refassions le chemin en entier jusqu'à la vallée Verte. Je doute que Ramon ait la moindre idée de l'endroit où il a lâché ce maudit œuf.*

– Tu as raison, comme toujours. J'étudierai les cartes demain matin à la première heure.

Il ressentit une grande tendresse pour son Écho. Decimus était la créature la plus loyale et la plus fiable qu'il connaissait. Il appuya son nez aquilin contre le doux museau de Decimus, dans un geste d'affection.

– Merci, mon ami.

Decimus regarda son Écho traverser d'un pas décidé l'aire d'atterrissage en direction des doubles portes éclairées et fortifiées ouvrant sur un escalier qui menait aux appartements Lennix. Le dragon secoua la tête avec tristesse. Il ne comprenait pas pourquoi les humains s'imposaient le mariage. Il traversa lentement l'immense terrasse jusqu'à la longue loggia qui menait aux chambres des Raptors, où il fut salué par un gardien de nuit prêt à recevoir ses ordres. À l'abri du regard menaçant de Di Mara, Decimus sentit son appétit lui revenir.

– *Dir-ra mi farouna né frimine*, dit-il.

Les doux sons du chandragon paraissaient incongrus dans la bouche d'une telle bête de guerre balafrée.

– Quatre têtes de mouton, répéta le gardien. Bien sûr, monsieur. Avec plaisir.

Edward Lennix grappilla quelques heures de sommeil et se leva avant l'aube, bien plus tôt que Di Mara. En silence, il sortit discrètement des appartements Lennix et se dirigea vers les froids tunnels de granit qui s'enfonçaient au plus profond de la forteresse massive. Les murs gris sombre rayonnaient faiblement à la lueur des bougies placées dans les innombrables alcôves. Tandis qu'il pressait le pas, il réfléchissait aux mots de Decimus la veille. Son Écho avait raison : il savait que les Raptors étaient à cran, mais il avait préféré l'ignorer. Et maintenant, il tenait autant que Di Mara à récupérer l'œuf argenté. Outre le fait que sa propre fierté était en jeu, c'était très probablement une question de survie pour la famille Lennix.

Tandis qu'il avançait à grands pas dans le froid, traversant les ombres tremblantes des tunnels et manquant de peu de renverser le domestique chargé d'éteindre les bougies, il se mit à fulminer contre sa propre stupidité. Il avait perdu ce maudit œuf par négligence, parce qu'il était contrarié que Di Mara lui donne des ordres. Il n'avait pas été professionnel. Décidé à se concentrer totalement désormais, il arriva à son bureau et, après cinq minutes à ouvrir tous les verrous, il se précipita vers les étagères qui bordaient la pièce et commença à sortir d'immenses cartes roulées de leurs casiers.

Il travailla sans interruption toute la matinée, étudiant les cartes méticuleusement. Son bureau était une ancienne chambre forte et ne disposait que d'une seule fenêtre munie de barreaux, qui donnait sur le mur de pierre s'élevant à l'arrière de la forteresse Lennix. Cela convenait parfaitement à Edward, qui n'aimait pas les distractions. Mais ce qu'il préférait par-dessus tout dans son bureau, c'était l'épaisseur des murs et sa porte en acier renforcé, équipée de nombreux verrous dont Di Mara n'avait pas les clés. Ainsi, lorsqu'elle frappa lourdement à la porte plus tard ce matin-là, sans obtenir de réponse, puis qu'elle hurla à travers le judas : « Edward ! Sors de là ! Je sais que tu es là ! », celui-ci ne l'entendit même pas.

Decimus se réveilla lui aussi avant l'aube. Tandis que le soleil se levait, il sortit discrètement de sa chambre voûtée rouge et or et se dirigea vers la large rampe menant à la loggia de l'aire d'atterrissage. Il émergea dans une brume froide et humide qui flottait sur la forteresse lugubre et revêtait les pavés d'une fine pellicule d'eau brillante. C'était le genre de temps que les dragons détestaient : l'humidité s'infiltrait dans les plis de leurs ailes et provoquait des éternuements. Mais malgré cela, tout au bout de la cour, Decimus ne fut pas surpris de distinguer les formes vagues de cinq Raptors, parmi lesquels Valkea, une jeune Rouge extrêmement ambitieuse. Decimus avait en tête une liste des possibles fauteurs de troubles et, à la première place, loin devant les autres, se trouvait Valkea. À ses côtés, Decimus ne doutait pas de trouver les numéros deux à cinq de sa liste.

En tant que Raptor parmi les plus gradés, devancé seulement par Bellacrux, personne n'osait jamais mettre en question la présence de Decimus, où que ce soit. Toutefois, il ne voulait pas que Valkea croie qu'il la tenait à l'œil. Il s'attela donc à une inspection du muret entourant l'aire d'atterrissage, le longeant lentement, sachant qu'à l'extrémité, il tomberait sur Valkea. Après quelques minutes à faire semblant d'être absorbé par l'état de la maçonnerie, Decimus vit la pointe rouge d'une queue juste devant lui. Il leva les yeux, feignant la surprise.

– *Stehfa !* lança-t-il, s'excusant de cette intrusion.

Valkea était contente de voir Decimus. Elle soignait ses relations avec les dragons les plus gradés et les plus influents du Perchoir. C'était une Raptor élégante, à l'ossature fine, qui mesurait normalement une tête de plus que le puissant et trapu Decimus. Très subtilement, elle inclina légèrement le cou pour paraître plus petite et le regarda par en dessous, droit dans ses yeux jaune foncé.

– *Forsarrhi inn hiinkeu ti, somma lahé*, murmura-t-elle, pour dire à Decimus que c'était toujours un plaisir de le voir.

Celui-ci lui retourna le compliment et prit soin de saluer ses compagnons, deux Bleus, un Vert et un Jaune, effectivement les numéros deux à cinq de sa liste. Contrairement à son Écho, Decimus était fin diplomate. Donnant l'impression de ne rien faire de plus que discuter brièvement avec cinq des plus respectés de ses collègues, il entreprit de trouver des réponses à certaines questions pressantes :

Valkea et ses compagnons étaient-ils en colère à cause de la perte de l'œuf argenté ?

Saisissaient-ils l'importance de la découverte de l'Argenté ?

Prévoyaient-ils de semer le trouble ?

– Quelle matinée brumeuse, dit-il. C'est encore plus contrariant pour vous les jeunes, qui avez besoin d'action.

Valkea inclina poliment la tête.

– Nous ferons avec. En outre, la contrariété peut nous enseigner certaines choses, vous ne pensez pas ?

– Tout à fait, acquiesça Decimus d'un air obscur. Enfin, une journée de repos auprès du feu à écouter le conteur n'est pas une mauvaise chose. Tous les nuages sont bordés d'argent.

– L'argent ! Ah ! marmonna le Vert derrière Valkea. On a peu de chances de le voir, apparemment.

– On a peu de chances de faire quoi que ce soit, ici…, ajouta le Bleu ténébreux.

Decimus fit mine de n'avoir rien entendu. Paraître un peu sourd était un stratagème parfois utile pour un vieux dragon.

– Et l'été sera là en un rien de temps, reprit-il sur un ton jovial. Tout est mieux sous le soleil.

– C'est bien vrai. Et tout ira effectivement mieux cet été, murmura Valkea.

– Beaucoup mieux, renchérit le Bleu ténébreux, tandis que le regard affûté de Decimus remarquait un contact furtif de la pointe des queues des cinq dragons, un signe indéniable de conspiration.

– Au moins, dit Decimus en baissant les yeux sur le mur d'un air fasciné, c'est une bonne matinée pour inspecter les pierres. L'humidité révèle toutes les failles.

Il ne savait absolument pas si c'était vrai, mais ça sonnait bien.

– Ah bon ? demanda Valkea en le regardant d'un air inquisiteur. Toutes les failles ?

Sentant le danger, Decimus se mit à rire.

– C'est ce qu'on dit. Mais tout me semble en bon état.

Il regarda Valkea dans les yeux d'un air qu'il espérait simple, clair, et témoignant d'une totale confiance.

– Les jeunes, je vous souhaite une excellente matinée, et j'espère que cette brume se lèvera vite.

– Une excellente matinée à vous aussi, répondit Valkea.

Puis elle fit un pas un arrière, emmenant ses complices avec elle, pour permettre à Decimus de poursuivre son inspection.

Il longea lentement la dernière portion de mur, réfléchissant aux réponses à ses trois questions. Elles étaient, comme il l'avait craint : oui, oui et oui.

Quelques instants plus tard, dans sa chambre forte, Edward reçut un message de son Écho.

– Il faut qu'on parle, Lennix. Retrouve-moi sur ton toit dans dix minutes.

L'inquiétude s'insinua comme un ver dans le ventre d'Edward. Il était en effet rare que Decimus envoie un message longue distance. Il mit soigneusement de côté cinq cartes et rangea les autres dans leurs casiers. Puis il gravit l'échelle qu'il utilisait d'habitude pour atteindre les plus hautes étagères et ouvrit une petite trappe au plafond. Quelques secondes plus tard, il se tenait dans l'ombre profonde et froide, sur la toiture plate en plomb, scrutant le ciel brumeux tandis que son Écho négociait l'espace étroit entre la paroi rocheuse et le corps principal de la forteresse. Edward sourit. Il savait que rien ne plaisait plus à Decimus qu'un atterrissage exigeant.

Ensemble, les Échos s'élevèrent dans la brume tenace et glaciale et émergèrent dans la lumière du soleil. Decimus trouva un courant ascendant et, ses grandes ailes déployées, il prit de l'altitude dans l'immense ciel bleu tandis qu'Edward regardait la douce couverture blanche qui enveloppait toujours la forteresse Lennix en contrebas. Désormais à l'abri des yeux indiscrets et des oreilles curieuses, car un dragon pouvait parfois intercepter le message d'un autre, ils pouvaient parler librement. Ils étaient, comme toujours, sur la même longueur d'onde, et il leur fallut peu de temps pour s'entendre sur une stratégie.

– C'est d'accord, Lennix. Nous affaiblissons la relation entre Valkea et ses conspirateurs. Nous divisons ses fidèles. Nous attisons leur jalousie.

– *Nous la gardons près de nous,* précisa Edward, *en la faisant entrer dans la Première Escadrille à la place du Bleu.*

– *Nous séparons ses partisans en les envoyant en mission de reconnaissance aux quatre points cardinaux. Seuls,* ajouta Decimus.

– *Et pendant que les fauteurs de troubles sont à l'écart,* conclut Edward, *nous récupérons cet œuf argenté.*

– *Tu peux être sûr qu'on l'aura, Lennix,* affirma Decimus. *Sûr et certain.*

Satisfait de leur stratégie, le dragon entama une lente descente vers la brume et les problèmes qu'elle recouvrait.

Ce soir-là, à la tombée de la nuit, lors d'une cérémonie se tenant devant tout le Perchoir des Raptors, à la lumière de torches enflammées et au rythme solennel des tambours, Valkea fut investie au sein de la Première Escadrille, sous le regard de ses quatre complices dissimulant à peine leur jalousie. Ces derniers se préparaient à partir pour leur mission en solitaire et ne cessaient de regarder Valkea, dans l'espoir qu'elle intervienne du haut de son nouveau statut. Mais elle se détourna et rejoignit son escadrille. Ses anciens camarades furent envoyés aux quatre points cardinaux. Ils avaient pour ordre, délibérément vague, de « rechercher des mouvements de rébellion » et de ne pas revenir sans preuve. C'était une mission cauchemardesque par son imprécision et sa dangerosité, car un Raptor seul était une cible de choix pour des tribus isolées en quête de vengeance. Personne ne pensait les revoir un jour.

Le vieux dragon observa les quatre Raptors qui s'envolaient seuls dans la nuit.

– *Bravo, Decimus, un coup de maître, si j'ose dire,* entendit-il dans ses pensées de la part d'Edward.

Il inclina la tête et partit prendre son dîner.

Les cinq jours suivants, la Première Escadrille partit à l'aube pour revenir à la tombée de la nuit. Le premier jour, grâce à ses précieuses cartes, Edward était certain qu'il repérerait l'Argenté, mais il revint les mains vides. Idem le deuxième jour, comme le troisième, le quatrième et le cinquième. Au sixième jour, Edward désespérait. Il n'y avait pas la moindre trace de l'œuf argenté. Où pouvait-il bien se trouver ?

9
L'heure de la visite

Sirin attendait l'assistante sociale.

Assise dans le salon soigneusement rangé de la maison d'Ellie, elle caressait les poils doux de Sammi tout en écoutant la pluie qui tambourinait sur la poubelle dans le petit jardin de devant. Ellie était partie à son cours de patinage et sa mère travaillait à l'étage. Sirin avait des devoirs à finir, mais elle n'arrivait pas à se concentrer. Comment pouvait-elle se soucier de l'invention de l'aspirateur alors qu'elle était déjà en retard pour rendre visite à sa mère ?

Une courte sonnerie retentit et elle courut jusqu'à la porte. La maman d'Ellie apparut en haut de l'escalier.

– Tu peux t'en occuper ? demanda-t-elle à Sirin.

Sirin ouvrit. Son assistante sociale, Anna, rencontrée seulement la veille, se tenait sur le pas de la porte. Elle avait des cheveux blond clair attachés en une longue queue-de-cheval et portait un jean, des baskets et un gros blouson orange bouffant. Elle lui fit un grand sourire.

– Je suis vraiment désolée d'être en retard, Sirin. J'imagine que tu veux partir tout de suite.

Sirin embrassa Sammi, saisit son manteau et, consciente que la maman d'Ellie la regardait partir d'un air soulagé, elle s'empressa de sortir en refermant avec soin la porte derrière elle.

– Alors, commença gaiement Anna tandis que Sirin s'installait sur le siège passager de sa petite voiture, comment ça va aujourd'hui ?

– Ça va, marmonna-t-elle.

Elle regarda sa montre et se dit qu'elle n'aurait qu'une demi-heure avec sa mère ce soir, au mieux.

– Vous êtes à nouveau amies, Ellie et toi ? demanda Anna en prenant la rue principale pour rejoindre une longue file de voitures.

Sirin secoua la tête, les yeux rivés sur la circulation, espérant que les voitures allaient se mettre à bouger. Pendant les premiers jours, Ellie et elle s'étaient bien amusées : elles avaient discuté jusque tard dans la nuit, gloussant et se racontant leurs secrets. Mais tout avait changé lorsque Sirin avait montré sa pierre de dragon à Ellie, dont celle-ci était devenue jalouse. Elle s'était ensuite moquée d'elle parce qu'elle croyait aux dragons. Tout avait changé après cet épisode. À l'école, Ellie avait parlé à son groupe d'amies des « idioties » auxquelles Sirin croyait, et maintenant elles aussi se moquaient d'elle.

– Quel dommage, dit Anna. Est-ce que je peux faire quelque chose pour toi ?

Sirin secoua à nouveau la tête et contempla la pluie qui ruisselait sur la vitre. Personne ne pouvait rien faire, se dit-elle, abattue. La voiture avançait petit à petit tandis qu'elle voyait défiler sur sa montre les minutes de visite restantes.

– Une goutte de pluie et tout le monde prend sa voiture, lança Anna d'un ton enjoué. Ne t'inquiète pas, nous arriverons à temps.

Mais ce fut impossible. Le parking de l'hôpital était plein et Anna dut en faire trois fois le tour avant de trouver une place. Elles arrivèrent au service au moment où l'heure des visites se terminait. Au bureau des infirmières, Anna demanda si Sirin pouvait voir sa mère « deux minutes seulement ». L'infirmière baissa les yeux sur elle d'un air préoccupé avant de les reposer sur Anna.

– Je suis vraiment désolée, dit-elle. Nous avons laissé un message. Mme Sharma a été transférée en soins intensifs. Elle a subi une procédure d'urgence cet après-midi. Il y a eu… des complications.

– Bon, dit Anna à Sirin tandis qu'elles quittaient le service pour rejoindre les ascenseurs. Tout compte fait, tu n'as pas raté l'heure de visite.

Sirin se demanda si Anna aurait été aussi gaie si ça avait été sa mère à elle qu'on avait transférée en soins intensifs. Elle fixa les chiffres lumineux des étages jusqu'au dixième. Puis les portes s'ouvrirent dans un glissement bruyant et elles s'engagèrent dans un couloir silencieux au bout duquel se trouvaient deux doubles portes avec, au-dessus de chacune, un panneau indiquant SERVICE DES SOINS INTENSIFS, brillant d'une lueur jaune pâle.

Elles s'arrêtèrent devant et Sirin sentit l'angoisse lui serrer le ventre. Anna appuya sur la sonnette et tandis qu'elle attendait la permission d'entrer, elle prit la main de Sirin et la serra délicatement.

10

Rêves d'envol

Tandis que la Première Escadrille cherchait en vain l'œuf argenté, son ancien occupant était en sécurité au milieu du cercle de pierres et les journées du jeune dragon avaient pris une tournure routinière.

Chaque matin, Allie apportait le panier du petit déjeuner et avec celui-ci l'assurance que les Zoll ne suspectaient absolument rien. Chaque matin, Joss la pressait malgré tout de questions. Il ne parvenait pas à se détendre. Il n'attendait que le moment où Lysandre serait assez grand pour les emporter sur son dos et était terrifié à l'idée qu'un événement vienne empêcher ce projet. Par chance, Lysandre ne semblait pas du tout inquiet. Il mangeait avec régularité sa coquille d'œuf et devenait de plus en plus rapide et fort. Il dormait tout le jour et se réveillait dès que Joss posait le pied sur la première marche de la roulotte. Ensuite, ils couraient dans tous les sens, jouant à attrape-la-queue-du-dragon jusqu'à ce que Lysandre tombe de sommeil.

Il grandissait vite.

– Une véritable flèche, lui rappela Allie alors que son frère lui montrait qu'il remplissait presque la roulotte. Et d'ici peu, il sera assez grand pour qu'on s'envole sur son dos.

Joss sourit. Ce jour ne pourrait arriver assez vite.

Le soir du septième jour, sans aucune trace de l'œuf argenté, Decimus et Edward s'envolèrent tous les deux au-dessus des montagnes.

– Ça ne va pas, Decimus, dit Edward tandis qu'ils planaient sous le pic le plus haut du mont Lennix, observant l'apparition des premières étoiles du soir.

– *En effet,* acquiesça Decimus. *Valkea utilise notre échec comme une excuse pour provoquer de nouveaux troubles. Nous devons la faire avancer dans la formation de l'escadrille pour pouvoir la tenir à l'œil.*

– Je ne pensais pas à Valkea, répondit Edward d'un ton lugubre, je pensais à Di Mara. Elle est furieuse.

Decimus n'avait aucune envie de gaspiller ses pensées en évoquant Di Mara.

– *Écoute, Lennix, je sais que nous ne l'avons pas vu la dernière fois, mais peut-être que Ramon a vraiment lâché l'œuf près du cercle de pierres.*

– Je commence à me dire la même chose, admit Edward. Tu te rappelles cette roulotte de berger au centre du cercle ? Imagine que le berger le cache à l'intérieur.

– *Ou dans l'enclos à moutons,* ajouta Decimus.

Les deux Échos réfléchirent quelques minutes en silence tandis que le dragon sortait de l'ombre pour voler dans la lumière claire du soir. Un magnifique panorama s'offrait à eux, des plaines vertes ondulant comme de longues vagues nonchalantes et, au loin, les lumières scintillantes du domaine Zoll.

Edward brisa le silence :

– Il faut y retourner. Vérifier pour de bon.

– *Rien que nous deux.*

– Demain matin à la première heure.

– *Nous dispenserons l'escadrille de vol en lui offrant un jour de repos. Sauf Valkea. Je l'occuperai en l'affectant à l'organisation du raid.*

– Bien vu.

Satisfaits de leur décision, Edward et Decimus redescendirent en planant lentement vers la forteresse Lennix. Ils atterrirent à la lueur des flambeaux qu'on venait d'allumer, et tandis qu'un gardien de nuit accourait à leur rencontre, Decimus distingua la forme familière de Di Mara à la fenêtre de sa tour. Il envoya un message à son Écho :

– *Si tu veux passer la nuit dans ma chambre, tu es le bienvenu, Lennix.*

– Bonne idée, Decimus, dit Edward, qui avait aussi remarqué la silhouette menaçante. Très bonne idée.

11
Le premier portail

Decimus et Edward n'étaient pas les seuls Échos levés tôt le lendemain matin ; faisant une poussée de croissance juste avant l'aube, Lysandre finit par devenir trop grand pour l'abri du berger. La pression soudaine d'une puissante queue de dragon signa la fin des vieilles planches abîmées, qui se disloquèrent comme dans un soupir de soulagement, emportant avec elles le toit qui dégringola sur l'herbe couverte de rosée.

Joss se réveilla brusquement et se rendit compte qu'il regardait le ciel étoilé. Il sortit de sous l'aile de Lysandre et reçut un message triomphant de son Écho :

– *Hé, j'ai tué la roulotte !*

Lysandre détestait dormir dans l'abri et ne comprenait pas pourquoi Joss refusait de le laisser dormir dehors. Mais maintenant, pensa Lysandre, il n'aurait plus le choix.

Joss sauta des décombres et examina les restes de la roulotte, atterré. Le dragon était assis majestueusement sur ce qui n'était plus désormais qu'un chariot entouré de débris de bois. Joss ne comprenait plus comment Lysandre avait pu tenir à l'intérieur. Celui-ci déploya lentement ses ailes, la peau entre les doigts de ses pattes miroitant comme du cuir fin et argenté. Ses écailles scintillaient dans le jour naissant, et il redressa la tête vers le ciel, dilata ses narines et prit une longue inspiration d'air frais. Il était sublime. Joss le trouvait aussi un peu trop fier de lui.

– *Ce n'est pas drôle, Lysandre,* lui dit-il par la pensée. *Tout le monde peut nous voir à présent.*

Lysandre ne saisissait pas le problème. Il était un dragon, un dragon argenté, de taille presque adulte, et le monde était à ses pieds. Il se moquait bien de qui pourrait le voir.

– *Hé, Joss, ne te tracasse pas,* répondit-il.

Puis, très lentement, il baissa ses ailes, les releva, les baissa à nouveau, et au grand émerveillement du garçon et de lui-même, il s'éleva dans les airs en poussant de petits cris de joie.

Joss le regarda, scintillant dans le ciel qui s'éclaircissait rapidement, décrire un cercle parfait juste au-dessus des pierres anciennes. Un frisson le parcourut tandis qu'il suivait chaque battement d'ailes, et il sut qu'il n'était pas le premier à voir un dragon argenté voler au-dessus de ce cercle. Quelque chose lui disait qu'il ne serait pas non plus le dernier. Lysandre descendit gracieusement en piqué pour se poser avec une telle aisance qu'on avait du mal à croire que c'était son tout premier atterrissage. Il replia soigneusement ses ailes et, la tête penchée sur le côté, considéra Joss comme pour dire : « Regarde ce que je viens de faire ! »

– *Lysandre, c'était incroyable.*

– *Vole toi aussi !* répondit-il.

Joss se mit à rire.

– Je ne peux pas voler. Je n'ai pas d'ailes.

Lysandre fit un drôle de bruit que Joss interpréta comme un rire.

– *Je vois ça. Ces deux petits bâtons avec ces trucs au bout ne te mèneront pas loin. Il va falloir que tu empruntes les miennes alors, non ?*

Et sur ces mots, il s'agenouilla.

Il n'eut pas à le demander deux fois. Joss grimpa sur les épaules de Lysandre et glissa sur les écailles lisses jusqu'au petit renfoncement devant l'épaule du dragon, qui semblait l'endroit idéal pour s'asseoir. Dès qu'il fut installé, Joss se sentit à sa place. Il mit les mains de chaque côté du cou du dragon et, lorsque celui-ci se redressa, Joss sentit la puissance de ses muscles. Lysandre déplia ses ailes et après un grand mouvement vers le bas, ils décollèrent pour leur premier vol ensemble.

– Youhou ! cria Joss, grisé par la vitesse à laquelle le sol s'éloignait et la sensation de fendre l'air vif du matin.

Il serra ses genoux autour des muscles du cou de Lysandre et ses mains se posèrent aisément sur l'une des pointes de la crête au bas de sa nuque, qui semblait faite pour ça. Ils montèrent de plus en plus haut jusqu'à ce que le cercle de pierres ressemble à une roue composée de minuscules points sur le vert lumineux de l'herbe, la roulotte écroulée au centre. Le soleil se levait à présent, sphère rose immense se faufilant au-dessus du vert brumeux des collines. Tandis qu'il volait sur son dragon argenté dans le ciel bleu clair parsemé de petits nuages roses, Joss sut qu'il n'avait jamais été aussi heureux.

Et ce fut à ce moment où tout semblait parfait qu'une ombre bougea au-dessus d'eux. Joss leva les yeux et vit, bien plus haut qu'eux, l'immense ventre blanc d'un dragon rouge marqué du trident des Raptors. Il se figea, observant d'un air terrifié le dragon qui descendait en piqué droit sur eux avec ses gigantesques griffes noires tendues.

– Lysandre ! Écarte-toi de son chemin !

Il n'avait pas besoin qu'on le lui dise. Il se détournait déjà, mais Joss s'aperçut avec horreur que le dragon montait en flèche en direction du Raptor qui s'approchait.

– Non, non ! cria Joss tandis que Lysandre passait en trombe à quelques centimètres du museau du Raptor, qui cracha une langue de feu orange vif, les manquant de quelques centimètres.

Tandis qu'ils les frôlaient à toute vitesse, Joss vit le cavalier du dragon : un homme trapu, musclé, dans une combinaison en cuir avec de longs gants à crêtes, qui portait une écharpe rouge arborant la marque des Lennix. Joss sut qu'il s'agissait d'Edward Lennix sur Decimus. Ils étaient dans de beaux draps.

Lysandre prit encore de l'altitude, s'élevant dans le ciel comme une alouette, suivant un puissant instinct qui l'invitait à rechercher la sécurité en hauteur, Decimus les suivant à pleine vitesse. Joss serra les bras autour de son cou, regardant par-dessus son épaule pour voir s'ils distançaient Decimus. Ce n'était pas en bonne voie. Lysandre était novice en matière de vol. Il manquait encore de force musculaire, et Joss sut immédiatement qu'ils n'avaient aucune chance de semer un poursuivant aussi puissant et aussi déterminé. Ils s'élevèrent encore, le froid de l'air le pénétrant jusqu'aux os. Il regarda le sol et ressentit un vertige immense : les pierres n'étaient plus que des points minuscules. Mais plus effrayant encore que l'altitude était la vue de Decimus et Edward plus proches que jamais.

Le beuglement féroce d'Edward parvint à Joss :

– Laisse tomber, gamin ! Fais redescendre ton dragon ou nous te ferons descendre dans les flammes !

Mais Joss n'était pas prêt à abandonner. Il avait assisté à quelques batailles de Raptors et savait qu'un petit dragon agile possédait des avantages particuliers, même face à une brute telle que Decimus.

– *Lysandre, tu dois faire une embardée, une esquive ou plonger. Fais quelque chose qu'il n'attend pas.*

Lysandre le prit au mot. Dans un brusque changement de direction, il vira à gauche et s'enfuit, plus rapide à présent qu'il ne montait plus. Joss vit Decimus tourner sur lui-même d'un air confus puis, encouragé par les cris d'Edward, il se lança à leur poursuite, à une vitesse élevée et constante, donnant l'impression d'une réserve d'énergie inépuisable.

– *Lysandre, fais des zigzags,* lui conseilla Joss.

Mais il se fatiguait rapidement et ne put effectuer qu'un écart dérisoire. Le garçon regarda derrière lui. Decimus approchait. Dans un mélange d'horreur et de fascination, il fixa la gueule grande ouverte du Raptor, la ligne des crocs brillants, jusqu'à ce que cette vision devienne insupportable et qu'il ferme les yeux en serrant les paupières. Puis il sentit la vague brûlante du feu de dragon qui touchait la queue de Lysandre.

Les flammes glissèrent sur ses écailles argentées comme sur une surface métallique, mais la surprise le fit bondir en avant, et il se précipita vers un petit nuage encore rosi par l'aube. Lysandre se sentait étrangement attiré par ce nuage. Il lui semblait sûr et accueillant tandis qu'il s'y enfonçait. Joss et lui sentirent soudain une secousse les traverser, comme si la foudre les frappait, et Joss hurla, pensant que Decimus avait fini par les rattraper.

Mais ce n'était pas Decimus, c'était quelque chose de bien plus puissant, une porte d'entrée vers l'endroit que Di Mara appelait les Terres perdues. Un portail que seul un Argenté pouvait trouver. Et c'est ainsi que, comme de la poudre de fer attirée par un aimant, ils tombèrent en tourbillonnant dans un vortex de lumière blanche aveuglante. Quelques secondes plus tard, comme si on les avait recrachés, ils surgirent dans un ciel brumeux, sans trace d'Edward Lennix et Decimus.

Le message de Lysandre était puissant et plein d'excitation :

– *Hé, Joss, on a réussi !*

– Tu as réussi, répondit-il, à bout de souffle. C'était un vol extraordinaire. Comment as-tu fait ce tourbillon ?

– *Je ne sais pas,* admit Lysandre.

Il déplia ses ailes pour détendre ses muscles fatigués et entama un long vol plané à basse altitude.

Mais tandis qu'ils descendaient progressivement, Joss commença à sentir que quelque chose n'allait pas. Même si le cercle de pierres familier apparaissait en contrebas, il semblait différent. Non seulement la roulotte avait disparu – planches, châssis et tout le reste –, mais tout le paysage avait changé. Les collines s'étaient aplanies en ondulations vertes luxuriantes, bien différentes des terres brûlées par les Raptors auxquelles Joss était habitué. D'étranges bandes noires traversaient les espaces verts comme des rubans, sur lesquels se déplaçaient des boîtes de différentes couleurs. Joss entendit un grognement sourd comme un volcan qui gronde, et il remarqua une drôle d'odeur dans l'air. Mais le plus étrange, c'était que son cercle n'était plus seul, mais flanqué de bâtiments, comme ceux du domaine Zoll, et que les pierres étaient entourées par une barrière élevée, comme emprisonnées. À travers la brume, Joss fut sidéré de voir ce qui ressemblait à de longues files de gens qui marchaient autour de la barrière. Il ne savait pas qu'il existait autant de gens.

– Où sommes-nous ? murmura-t-il.

– *Je ne sais pas !* répondit Lysandre, tout excité. Ça sent bizarre.

Il avait raison. L'air humide avait une odeur étrange, à la fois métallique et terreuse. Le grondement sourd et inconnu qui montait du sol mettait Joss mal à l'aise. Ça ne ressemblait à aucun autre endroit qu'il connaissait. Une légende que sa mère lui avait contée un jour lui revint en mémoire : contrairement aux autres dragons, les Argentés pouvaient voyager vers un autre monde, les Terres perdues, comme elle les avait appelées. Et quelque chose dans l'étrangeté du lieu indiquait à Joss que l'histoire de sa mère pouvait être vraie, et que Lysandre et lui survolaient effectivement les Terres perdues. Un frisson le parcourut.

– Lysandre, peut-on rentrer à la maison ? murmura-t-il. S'il te plaît ?

Le dragon sentit la peur de son Écho, même s'il ne la comprenait pas. Il voulait explorer ce nouvel endroit intéressant, mais si Joss n'était pas partant, ce ne serait pas amusant. Il cessa son vol plané et commença à prendre de l'altitude. Joss, anxieux, se demanda s'il saurait comment revenir à leur monde, mais il semblait que son Écho apprenait vite. Quelques secondes plus tard, ils plongeaient dans un nuage, puis à pleine vitesse dans un tunnel lumineux et tourbillonnant dont ils sortirent comme des flèches dans un ciel bleu vif. Joss sut immédiatement qu'ils étaient rentrés. L'odeur était normale, il se sentait normal et en contrebas, au centre du cercle de pierres, reposait la roulotte détruite. Il ressentit un immense soulagement. Refermant ses bras autour du cou du dragon, il murmura :

– Merci, Lysandre, merci.

Celui-ci ne savait pas trop pourquoi Joss le remerciait, mais il commençait à se rendre compte que les humains n'étaient pas tout à fait comme les dragons. Ils lui apparaissaient comme des créatures nerveuses. À un moment, elles hurlaient de peur, et une seconde plus tard, elles élaboraient calmement des plans. Il trouvait cela intéressant, et curieusement attachant.

Joss se sentait encore nerveux. Il scrutait le ciel d'un air anxieux à la recherche de Decimus et Edward et, à son grand soulagement, vit qu'ils étaient déjà loin, rejoignant la ligne en dents de scie des montagnes Noires. Mais la lumière du petit matin se reflétait sur les écailles de Lysandre, et Joss savait qu'il suffirait qu'Edward Lennix se retourne pour les voir briller comme un phare.

– Lysandre, nous devons vite descendre.

– *Vite à quel point ?* demanda-t-il, pensant qu'il était grand temps de s'amuser.

Joss crut déceler un sourire dans sa voix.

– Très, très vite, répondit-il.

Lysandre aimait les défis.

– *Accroche-toi,* lança-t-il.

Il baissa le museau, remonta la queue et replia ses ailes vers l'arrière. Joss vit le cercle de pierres. Il ressemblait à une cible avec la roulotte comme centre. Pendant un instant, ils parurent flotter, immobiles, puis ils plongèrent vers le sol comme si on venait de les abattre. L'air filait si vite autour d'eux que Joss était persuadé que sa tête allait se décrocher d'un moment à l'autre. Il était hors de question de respirer. Il ferma les yeux et un cri sauvage parvint à ses oreilles :

– Yiiiiiiihaaaaaaaaa !

Quelques secondes plus tard, sa tête miraculeusement restée en place, Joss osa ouvrir les yeux. Lysandre les avait fait descendre sous la ligne des plus hautes collines. Plus aucun Lennix ne pouvait les voir désormais. Le dragon entama un vol plané et Joss, euphorique, desserra ses bras.

Un message réprobateur lui parvint :

– *J'ai mal aux oreilles.*

– Moi aussi, répondit-il.

– *Mais moi, j'ai mal aux oreilles parce que tu leur hurlais dedans,* précisa Lysandre en décrivant de larges cercles élégants au-dessus des pierres anciennes, perdant un peu plus d'altitude à chaque virage. Joss aurait voulu que le vol dure toujours, mais la voix d'Allie interrompit ses pensées :

– Joss ! cria-t-elle. Mais que fais-tu ?

Joss lui fit signe.

– Je vole !

Allie regardait le ciel, la main en visière. Lysandre était splendide avec ses ailes pleinement déployées et la lumière du soleil qui se reflétait sur sa peau argentée. Elle regarda le dragon et son frère atterrir en douceur sur l'herbe souple, aussi confiants et à l'aise que s'ils avaient passé leur vie ensemble. Le dragon argenté leva la tête vers le ciel d'un air triomphant, et elle eut du mal à croire que c'était son frère, Joss, qui montait cette magnifique créature. Il semblait être né pour ça. Elle soupira. Lysandre allait changer leur vie, cela ne faisait aucun doute. Elle espérait simplement que ce serait dans le bon sens.

12

Stratagèmes argentés

Edward Lennix et Decimus volaient dans les ombres glacées du col qui menait à la forteresse Lennix. Edward ne prêtait aucune attention aux imposantes parois à pic qui s'élevaient de chaque côté. Son esprit était électrisé par l'image dansante et scintillante d'un petit dragon argenté.

Ils étaient à l'endroit où le col se rétrécissait dangereusement et Decimus avait à peine un mètre de marge de chaque côté de ses ailes. Avec un certain effort, Edward chassa le dragon argenté de ses pensées. Il devait rester calme pour permettre à son Écho de naviguer avec les idées claires dans ce passage particulièrement périlleux, que Decimus trouvait toujours un peu délicat. Edward se vida l'esprit tandis que le dragon pliait à moitié ses ailes et réussissait, à la toute dernière seconde, à se faufiler dans le goulet qui marquait la fin du col. Ils étaient sortis, mais n'en avaient pas fini avec les dangers. Les Aiguilles, trois pointes rocheuses qui avaient déchiré plus d'une aile de dragon novice, se dressaient devant eux. Decimus ne se laissa pas démonter ; dans une poussée puissante, il franchit les pics sans encombre.

Ayant désormais passé le pire, Edward se détendit et profita du reste de l'approche impressionnante au-dessus d'une série de précipices et de plateaux en granit qui formaient les vastes avant-postes de la forteresse Lennix. C'était une montée abrupte à travers des poches de brume froide et moite qui flottaient autour des plus hautes montagnes. Des tourelles de pierre isolées dépassaient, certaines surmontées d'habitations désertées qui tombaient désormais en ruine. Ils montèrent encore. L'air se raréfiait mais, infatigable, Decimus s'élevait à vitesse constante en direction de la forteresse posée sur le plus haut plateau des contreforts les plus élevés du mont Lennix, point culminant des montagnes Noires.

Edward Lennix apercevait maintenant la forme parfaitement carrée de la forteresse, et il sourit en pensant à sa rencontre avec Di Mara. Dans l'ombre épaisse du mont Lennix, la croix d'atterrissage orange était difficile à voir ce matin-là. Néanmoins, Decimus la connaissait si bien qu'il aurait pu se poser les yeux fermés, ce qu'il faisait parfois pour atténuer l'ennui des voyages routiniers. Il atterrit parfaitement, en plein centre de la croix, et attendit qu'Edward pivote sur lui-même pour descendre. À nouveau, Decimus distingua la silhouette qui les observait depuis la fenêtre de guet.

– *Bonne réunion*, dit Decimus.

– *Cette fois-ci, ce sera agréable,* répondit Edward. *Et merci, Decimus. Superbe vol.*

L'homme entra d'un pas léger dans la tour de guet de Di Mara et s'assit dans le fauteuil près de la fenêtre, s'installant confortablement, car il était heureux, pour une fois, d'en savoir plus que sa femme. Et il était décidé à savourer chaque seconde de cet entretien. Il lança un regard à son épouse, assise derrière son bureau dans son impressionnant fauteuil d'ébène sculptée, qui représentait trois dragons aux cous sinueux. Elle l'observait d'un air impatient, sans dire un mot.

Edward attendit juste assez longtemps pour agacer Di Mara par son silence, puis il se redressa et la regarda calmement.

– Il est sorti de l'œuf, annonça-t-il.

Sa phrase eut l'effet désiré. Di Mara dévisagea Edward.

– Quoi ?

Il croisa les bras de la manière qui exaspérait toujours Di Mara, et un sourire suffisant apparut sur ses lèvres fines.

– L'Argenté, dit-il lentement, décidé à savourer ce moment le plus longtemps possible, est sorti de l'œuf.

Di Mara se leva d'un bond.

– Sorti de l'œuf ? Tu l'as vu ?

Edward hocha la tête.

– Je l'ai vu voler. Avec un garçon.

– Avec un garçon ? Il est déjà assez grand pour voler avec quelqu'un ?

– C'est ce que j'ai vu, Di Mara. L'Argenté avec un garçon.

Elle se mit à faire les cent pas dans la pièce.

– Des flèches, marmonna-t-elle. On les appelle des flèches. Voilà pourquoi. Ils grandissent vite également.

Elle s'arrêta devant le fauteuil de son époux et baissa les yeux sur lui.

– Alors, où est-il ? demanda-t-elle. Et, surtout, pourquoi n'est-il pas ici ? En ce moment même ?

Imperturbable, Edward soutint son regard.

– Je ne pouvais quand même pas laisser Decimus attraper un précieux jeune Argenté dans ses griffes, n'est-ce pas ? Pas sans endommager la créature.

Di Mara dut admettre qu'il avait raison. Elle le jaugea d'un air suspicieux.

– Tu es sûr qu'il s'agissait d'un Argenté ? Parfois, la lumière du soleil sur les écailles peut donner à un Bleu un éclat argenté.

– J'en suis sûr à cent pour cent. Nous avons fait l'épreuve du feu. Les flammes ont glissé comme sur du métal, sans laisser aucune trace.

Di Mara posa sur son époux un regard qui frisait le respect.

– Vous vous êtes assez rapprochés pour faire l'épreuve du feu ?

Elle se remit à marcher de long en large, les yeux brillants d'excitation.

– Un Argenté. Nous avons un Argenté !

– Pour être précis, les Zoll ont un Argenté, nuança Edward.

– Les Zoll ? Donc l'œuf a bien été largué là où disait le Bleu ?

– On dirait.

– Mais qui est ce garçon ? Les Zoll n'ont pas d'enfants.

Edward haussa les épaules.

– Qui se soucie du garçon ?

Di Mara grinça des dents avec impatience.

– Moi, Edward. Il est peut-être devenu Écho avec le dragon.

Elle se dirigea vers sa bibliothèque et sortit un lourd ouvrage intitulé *Registre des locataires*.

– Le garçon, lança-t-elle, quel âge ?

– Oh... environ onze ans, je suppose. Ou douze, peut-être. Je ne sais pas. Très mince. J'imagine qu'ils ne lui donnent pas grand-chose à manger.

Di Mara parcourut la liste d'un doigt étonnamment viril.

– Tous les ouvriers agricoles sont des adolescents plus âgés. Il y a cette jeune domestique et… ah oui, il y a son frère, un jeune berger sous contrat d'apprentissage, Joshua Moran, dont l'âge correspond. Ce doit être lui.

Edward se leva.

– Je vais faire descendre l'escadrille immédiatement et exiger qu'ils nous le livrent.

Di Mara referma bruyamment le registre.

– Assieds-toi, Edward ! ordonna-t-elle.

Il obéit, se demandant comment il avait pu perdre si rapidement l'avantage. Di Mara était une femme habile, pensa-t-il, cela ne faisait aucun doute.

Elle le dévisageait, satisfaite de l'avoir à nouveau sous son contrôle.

– Réfléchis vraiment, pour une fois, dit-elle. Il est évident que les Zoll ne savent rien de l'Argenté.

– Ah bon ? répondit Edward, confus.

Où Di Mara allait-elle chercher tout ça ?

– Si c'était le cas, ils ne laisseraient pas un berger le monter, n'est-ce pas ? Donc, si toi et ton escadrille apparaissez pour demander l'Argenté, nous devrons le payer, et au prix fort. Et même dans ce cas-là, ils seront en droit de refuser.

– Qu'ils essaient un peu pour voir, répliqua Edward avec colère. Leur domaine serait rasé dans la seconde.

– Et l'Argenté avec ? Vous donneriez à cet affreux Zoll une excuse pour le prendre en otage ? Demander une rançon ? Peut-être même le jeter de sa pitoyable tour de guet ? Non, prendre l'Argenté de force serait trop risqué.

Edward était perplexe.

– Comment va-t-on faire pour le récupérer, alors ?

Di Mara marcha jusqu'à la fenêtre et contempla le vert brumeux des plaines qu'on apercevait à peine dans un creux entre les pics déchiquetés, au loin.

– Krane est bien plus en forme aujourd'hui, dit-elle. Il peut m'emmener jusqu'aux plaines. Je finirai à pied.

– À pied ? répéta Edward, interloqué. Pourquoi ? Pour aller où ? Pourquoi marcher ?

Di Mara se retourna et sourit, révélant une rangée serrée de petites dents pointues, qu'elle avait fait limer alors qu'elle était jeune adolescente.

– On n'attrape pas les mouches avec du vinaigre, dit-elle. Surtout pas les argentées.

13

Di Mara et Krane

Cheveux au vent, vêtue d'une longue tunique multicolore ondoyante et portant un petit sac à dos et un grand bâton de marche, Di Mara Lennix sortit à grands pas des appartements Lennix. Elle emprunta le passage privé qui s'étirait sous l'aire d'atterrissage jusqu'au Perchoir, descendit en vitesse l'escalier Lennix et prit la porte marquée du numéro 4.

La chambre de Krane au niveau quatre du Perchoir reflétait son temps passé ici plutôt que son rang élevé, en qualité d'Écho de Di Mara. Elle avait hâte de voler avec lui. Ses plus beaux souvenirs étaient ceux des expéditions qu'ils avaient menées dans des terres lointaines et au cours desquelles ils avaient terrorisé les habitants locaux, humains comme dragons. Elle avait fermé les yeux sur les os humains que Krane avait parfois recrachés en toussant.

C'était lors d'une de ces expéditions que Krane avait contracté la fièvre des écailles, maladie tant redoutée, qui impliquait de nombreuses rechutes et dont elle savait qu'elle dégraderait la vie de Krane à jamais. Mais Di Mara aimait trop son Écho pour lui tourner le dos comme d'autres l'auraient fait. Elle avait trouvé une île quasi déserte sur laquelle elle pouvait le soigner en sécurité et dans la solitude. Durant ces longues semaines, elle était restée à ses côtés, regardant ses écailles tomber et protégeant sa délicate peau bleue avec de l'herbe douce jusqu'à ce que la fièvre s'apaise et qu'enfin les écailles commencent à repousser. Les deux habitants terrifiés de l'île s'étaient révélés utiles. Ils avaient volontiers fourni à Di Mara de la nourriture et de l'eau, et une fois que Krane avait commencé à se rétablir, ils lui avaient eux-mêmes procuré, un peu moins volontiers, les protéines nécessaires pour que le dragon retrouve son appétit et sa force. Lorsqu'ils avaient fini par quitter l'île, elle était tout à fait déserte.

Après cela, Di Mara et Krane étaient devenus inséparables. Edward en faisait peu de cas, mais lorsqu'ils étaient plus jeunes, les enfants de Di Mara étaient contrariés que leur mère montre une patience infinie envers Krane et ses accès périodiques de fièvre, mais peu avec eux. Ils avaient fini par comprendre qu'ils ne pouvaient qu'accepter le fait que le dragon occupait la plus grande place dans le cœur de leur mère, et qu'ils devaient se faufiler dans les recoins inconfortables qu'il leur laissait.

Tandis que Di Mara s'approchait de la grande porte bleue menant à la chambre de Krane, la domestique, qui soignait une main bandée, la laissa entrer avec une révérence respectueuse. Puis elle se remit à sa tâche, la préparation du dîner de Krane, que compliquait légèrement le fait qu'elle avait perdu la veille son index et son pouce dans la gueule de Krane.

Di Mara entra dans la chambre du dragon et regarda autour d'elle d'un air approbateur. Il n'était peut-être qu'un résident du niveau quatre, mais il avait ce que Di Mara pouvait offrir de mieux. D'immenses coussins de velours dans un large éventail de nuances de bleu intenses parsemaient le sol recouvert de tapis moelleux et épais aux fils indigo et or. Un réseau de poutres bleu azur s'élevait comme une voûte de cathédrale et une rangée de fenêtres aux vitraux colorés, qui donnaient sur les montagnes, dessinaient des points lumineux sur les tissus somptueux. Di Mara sourit. Cette pièce la mettait toujours de bonne humeur. Krane était un dragon long et élégant avec un museau au profil féroce qui présentait à son extrémité une dent aiguisée comme un couteau. Il était allongé, à moitié endormi, la tête posée sur une pile de coussins, mais à l'entrée de Di Mara, il ouvrit paresseusement un œil jaune à la paupière lourde, et examina son Écho d'un air extrêmement confus.

– *Mais quel est cet accoutrement ?* demanda-t-il.

– *Des habits d'expédition*, répondit Di Mara.

Krane fit sortir l'une de ses griffes affûtées comme des lames de rasoir et retira un petit os de mouton d'entre ses dents.

– *Quel genre d'expédition exige que tu sois habillée comme une petite tente bariolée, Di ? Explique-moi.*

Elle s'approcha de son Écho et passa la main sur le haut de sa tête, remarquant avec satisfaction que ses écailles avaient retrouvé un éclat sain et leur couleur bleue magnifique, hors du commun.

– *Nous avons trouvé l'Argenté !* dit-elle.

Il releva la tête d'un air surpris.

– *Vraiment ? C'est une merveilleuse nouvelle. J'ai du mal à le croire ! Puis-je le voir ? Je ne suis plus en quarantaine, maintenant.*

– *Malheureusement, mon très cher, l'Argenté n'est pas encore là. Il est chez les Zoll.*

– *Ah, les charmants seigneur et Mme Zoll.*

Krane lança l'os de mouton de l'autre côté de la chambre, où il atterrit dans un petit seau rempli d'os similaires ; Krane était légèrement obsessionnel.

– *Nul doute qu'Edward le libérera au plus tôt.*

– *Pas Edward*, répliqua Di Mara, si fort que le dragon tressaillit. *Il ne ferait que nous attirer de nouveaux ennuis. J'irai récupérer l'Argenté moi-même. Toutefois, je souhaiterais que Mme Zoll ne sache pas qui je suis. Ainsi, je prendrai l'Argenté sous son nez long et pointu sans faire d'histoires.*

– Ah, ah. Je suis soulagé de savoir que cette tente n'est qu'une aberration temporaire. Ça ne te va pas du tout, Di.

Di Mara sourit.

– Je sais, mon cœur. Mais ça en vaut la peine. Car si tout se passe bien, tu auras très bientôt quelque chose de plus intéressant à manger que des moutons.

Elle s'approcha de la grande poignée de cuivre reliée au mécanisme d'enroulement placé à côté d'une immense trappe bleu et or, qui occupait presque tout le mur sous les fenêtres multicolores. Elle se tourna vers Krane et demanda :

– Alors, mon cœur, j'espère que tu es assez en forme aujourd'hui pour m'emmener au-delà des montagnes ?

– Mes ailes me démangent, répondit-il en se levant déjà. *J'ai hâte de voler.*

Di Mara abaissa la grande trappe bleue et la laissa s'ouvrir lentement jusqu'à ce qu'elle soit suspendue à deux chaînes épaisses comme un plongeoir au-dessus du vide. Krane la rejoignit et ils regardèrent au-dehors : un petit soleil blanc traversait le ciel bleu vif loin au-dessus d'eux, brûlant les tourbillons de brume qui flottaient en contrebas des montagnes et faisant scintiller les sommets montagneux enneigés. Une odeur pure et vive imprégnait l'air froid, et Krane ressentit un frisson d'excitation. Il leva la tête et prit une si grande inspiration que Di Mara entendit comme un sifflement dans ses poumons.

– *Tu fais du bruit quand tu respires,* dit-elle, anxieuse.

– *Et toi tu fais des histoires pour rien, Di. Allez, volons.*

Di Mara se hissa sur son dos, et avec son Écho resplendissante dans sa robe, telle une reine guerrière, Krane s'engagea fièrement sur la plateforme d'envol. Quelques secondes plus tard, ils s'élançaient au-dessus de la forteresse Lennix, emportés par les premiers courants ascendants du jour, et prenaient de l'altitude à grande vitesse. Di Mara débordait de joie. Voler avec Krane éloignait toujours ses déceptions.

Le dragon descendit tranquillement dans le col en vol plané, se déportant d'un côté à l'autre, s'élevant ou descendant en piqué, toujours avec une maîtrise parfaite et, dix minutes plus tard, Di Mara et lui jaillirent hors des ombres d'un canyon profond dans la chaleur lumineuse des hauts plateaux.

– *Merci, mon cœur,* dit Di Mara, *tu peux me poser maintenant.*

Krane décrivit une large courbe et le sol se rapprocha lentement d'eux. Il atterrit en douceur, replia ses ailes et attendit pendant que Di Mara se laissait glisser sur l'herbe. Il la regarda d'un air interrogateur.

– *Alors ? Pourquoi ici ?*

– *Je vais marcher jusque chez les Zoll.*

Il hocha la tête.

– *Ah, je comprends. Et ils ne devineront jamais que c'est toi.*

Elle posa doucement la main sur son museau.

– *Je savais que tu comprendrais et que je n'aurais pas besoin de tout t'expliquer.*

Krane retroussa sa lèvre supérieure dans un sourire.

– *J'aurais aimé venir,* ajouta-t-il d'un ton mélancolique.

– *Nous nous retrouverons bientôt, mon amour. Tu m'attendras ici ?*

– *Je t'attendrai où tu veux, Di. Mais il y a une petite grotte agréable en haut du plateau de l'avant-poste. Je pourrai te voir revenir. Je serai là-bas.*

Pour se préparer à se séparer de son Écho et faciliter la déconnexion, Di Mara se mit à parler à haute voix :

– Merci, mon Krane adoré. J'en aurai peut-être pour quelques jours, je ne sais pas encore. Dès que tu me verras, pourras-tu aller chercher les jumelles, s'il te plaît ? Et deux gardes avec des filets ?

– *Tout ce que tu voudras. Même les jumelles.*

Pour retarder le moment du départ, Di Mara contempla la vue qui s'offrait à elle. Les terres broussailleuses ondulaient délicatement comme les vagues d'un océan, mais les prairies autrefois fertiles formaient aujourd'hui un paysage morne, mis à nu par les jets de flammes des Raptors. Un sentier blanc et sinueux à travers la brousse marquait son chemin, zigzaguant d'une habitation en ruine à la suivante comme un serpent paresseux, et au loin, délimitée par la ligne bleue brumeuse de collines, se trouvait sa destination : le domaine Zoll. À sa grande surprise, Di Mara éprouva une bouffée d'excitation à l'idée de l'aventure qui l'attendait. Elle referma ses bras autour du cou de Krane, l'embrassa pour lui dire au revoir et se mit en route d'un pas léger. Quelque chose dans ses cheveux dénoués et ses habits colorés voletants lui donnait un sentiment d'insouciance, comme si elle partait en voyage.

14

Le domaine Zoll

Il était minuit passé et Allie terminait l'ultime tâche de la journée, remplir six énormes casseroles avec de l'eau du puits, lorsqu'elle entendit un léger *toc toc toc*. Le son était si faible, presque comme si on s'en excusait, qu'elle n'y prêta aucune attention, se disant que ce devait encore être un rat dans le mur. Mais le *toc toc toc* suivant, bien plus fort, semblait signaler un début d'impatience, et elle comprit que quelqu'un était à la porte et souhaitait entrer. Tout de suite.

Pensant trouver un travailleur agricole ayant besoin de quelque chose, elle ouvrit la porte et fut étonnée de voir une étrangère, une femme échevelée enveloppée dans de longs habits poussiéreux, appuyée sur son bâton de marche et vacillant d'épuisement.

– Oh ! s'exclama Allie.

La femme commença à parler d'une voix rauque :

– Mademoiselle, je suis perdue et épuisée. Je vous supplie de me donner un verre d'eau et le gîte pour la nuit.

La coutume voulait que les fermes isolées offrent aux voyageurs le gîte pour la nuit dans la grange. Mais c'était différent au domaine Zoll, et Allie le savait bien. Elle hésita. La femme était exténuée, mais prendrait-elle le risque de l'emmener à la grange ?

– De l'eau, belle demoiselle, répéta la voyageuse d'une voix râpeuse. Je vous en supplie. Un peu d'eau.

De l'eau, Allie pouvait lui en donner. Elle se précipita vers les casseroles, plongea une tasse en métal dans l'eau fraîche et la tendit à l'étrangère. Elle l'observa tandis qu'elle buvait à grandes gorgées, se demandant quoi faire. Quelque chose chez cette femme la mettait mal à l'aise, l'impression d'être observée par ces yeux aux paupières lourdes, presque comme une proie. Juste au moment où elle se disait que c'était là une étrangère à qui elle serait presque heureuse de refuser l'entrée, la porte de la cuisine s'ouvrit brusquement, avec une telle force qu'elle percuta le mur dans un bruit assourdissant. Allie se retourna et son cœur s'emballa. Mme Zoll, une femme petite, aux traits affûtés, se tenait là dans une longue robe de chambre en flanelle, ses cheveux gris enroulés au-dessus de sa tête en un chignon pour la nuit. Ne voyant pas grand-chose sans ses lunettes, elle lançait un regard accusateur en direction de la porte de la cuisine et de l'air froid qu'elle laissait entrer.

– Que se passe-t-il ici ? demanda-t-elle d'une voix triomphante, comme si elle avait pris Allie sur le fait, pour un crime longtemps suspecté.

– Une voyageuse, madame, répondit-elle. Elle est venue demander le gîte. Je… je suis désolée, je lui ai seulement donné un verre d'eau et j'étais sur le point de…

Mme Zoll sembla se dégonfler. Elle s'attendait à surprendre le jeune berger venu s'abriter du froid en douce, mais elle ne s'était levée que pour une vieille mendiante crasseuse. Elle allait dire à la voyageuse de partir avant qu'elle ne lâche les chiens à ses trousses lorsque celle-ci prit la parole :

– Madame Zoll, je vous supplie de m'accorder une faveur.

La maîtresse des lieux s'avança jusqu'à la voyageuse.

– Comment connaissez-vous mon nom ? demanda-t-elle.

L'étrangère sourit, mais éluda la question.

– Je serais ravie de payer la pension pour une nuit.

– Nous ne sommes pas une pension bon marché, rétorqua sèchement Mme Zoll.

– Qui a dit bon marché ?

Mme Zoll sembla choquée. Peu de gens osaient lui répondre.

La voyageuse sortit une petite bourse d'une poche dans les plis de sa robe.

– Je paierai très volontiers, répéta-t-elle.

Mme Zoll regarda la bourse. Elle était de première qualité, marquée du sceau monétaire des Lennix, et elle sut immédiatement qu'elle était authentique. Ses mains la démangeaient à l'idée de soupeser son contenu et de caresser du bout des doigts les pièces à tête de dragon. Les yeux noirs et froids de la voyageuse rencontrèrent les siens et Mme Zoll sentit ses dernières résistances céder. Elle tendit la main et, une seconde plus tard, la bourse en cuir souple reposait dans sa paume. Elle était agréablement lourde. Mme Zoll tira sur le cordon, sortit une pièce d'or épaisse comme le doigt et la tint entre le pouce et l'index. Elle rayonnait de reflets jaune vif à la lueur des bougies et Mme Zoll tomba immédiatement sous son charme.

Elle demanda à Allie de mener la voyageuse à la plus belle chambre et de lui apporter de l'eau chaude, une serviette propre et de quoi dîner. Allie prit une chandelle et la devança dans les couloirs lugubres de la maison, montant l'escalier jusqu'à une chambre aux rideaux sombres meublée d'un grand lit en chêne. Tandis qu'elle allumait le feu, la voyageuse s'installa dans l'unique fauteuil. Au grand embarras d'Allie, elle observa le moindre de ses mouvements alors qu'elle attisait les flammes sur le bois humide jusqu'à ce que, enfin, le feu prenne. Elle se leva d'un bond, heureuse de pouvoir partir.

– Excusez-moi, madame. Je vais aller chercher votre dîner.

Elle fit une révérence et sortit en vitesse, ravie d'échapper à ce regard insistant et calculateur.

Elle prépara le dîner, une sélection raffinée de charcuteries, huile, pain grillé et vin chaud, et le porta à la chambre de la voyageuse. Il était presque deux heures du matin quand elle s'écroula, épuisée, sur sa paillasse dans l'appentis. Elle dormit par à-coups, les yeux perçants de la voyageuse hantant ses rêves.

Allie se força à se lever tôt et il faisait encore sombre lorsqu'elle emprunta, fatiguée, le sentier sinueux en direction des collines pour apporter le panier de nourriture à Joss. Plusieurs coups d'œil par-dessus son épaule lui indiquèrent que personne ne l'avait suivie. Elle savait qu'aucun membre de la famille Zoll ne prendrait jamais la peine de se lever aux aurores pour suivre la cuisinière lors de sa visite quotidienne au berger. Joss et elle avaient un statut inférieur à celui des chiens de meute du seigneur Zoll mais, ce matin, ce n'était pas un membre de la famille qu'Allie craignait. C'était la voyageuse. Elle avait un mauvais pressentiment à son sujet.

Allie se pressa jusqu'à parvenir derrière la première colline basse, et elle put ralentir et se détendre un peu, enfin cachée du domaine, là où aucun regard perçant ne pouvait la voir. Le ciel était couvert et l'air paraissait lourd tandis que la lumière grise de l'aube commençait à traverser les nuages. Allie gravit le chemin qui suivait le bas de la colline et, dans un virage, elle s'arrêta un instant pour reprendre son souffle et regarder le cercle de pierres en contrebas. Au centre, elle vit les restes de la roulotte de Joss. Des planches brisées jonchaient le sol autour du châssis en métal dénudé. Aucune trace de son frère et Lysandre, mais elle s'y attendait. Ils avaient pensé qu'il valait mieux désormais que les deux amis dorment dans l'abri des moutons. Allie se précipita en bas de la colline, traversa l'herbe souple du cercle grignotée par les moutons, et poursuivit sa route jusqu'à la bergerie. Les moutons n'y étaient pas et le portail était ouvert, fait inhabituel, car Joss était très pointilleux à ce sujet, mais elle ne s'en inquiéta pas. Elle jeta un coup d'œil à l'intérieur de l'abri et vit Lysandre endormi en boule, ses flancs argentés et brillants s'élevant et s'abaissant dans de longues et lentes respirations. Allie demeura quelques minutes sans bouger, à observer le dragon : il était si beau qu'elle en avait le souffle coupé. Puis elle soupira, posa le panier, et partit à la recherche de son frère.

Elle scruta l'alignement bas de collines devant elle, mais ne vit aucun signe de Joss ni des moutons. Elle attendait le bêlement plaintif révélateur – le troupeau était une bande de râleurs —, mais les collines restaient étrangement silencieuses. Un début d'inquiétude s'empara d'elle : et si des Raptors avaient enlevé Joss et les moutons ? Elle s'intima de ne pas être aussi stupide : Lysandre ne dormirait pas aussi paisiblement si quelque chose de terrible était arrivé à son Écho. Elle se tint parfaitement immobile et tendit l'oreille.

Au bout de quelques minutes, elle entendit le bruit sourd et léger de pas, puis la silhouette échevelée de Joss dévala le sentier dans sa direction, si vite qu'Allie pensa qu'il allait trébucher. Elle se précipita à sa rencontre et, alors qu'ils se rapprochaient, les pieds de Joss finirent effectivement par s'emmêler et il tomba la tête la première, renversant sa sœur.

Ils restèrent quelques secondes le souffle coupé, sur l'herbe encore humide du matin, puis Allie se releva et aida Joss à se redresser. Elle vit alors qu'il était pâle et couvert de boue, et que des larmes séchées striaient son visage.

– Que s'est-il passé ? demanda-t-elle.

– Il n'y a plus de moutons, répondit-il en reniflant et en s'essuyant le visage avec colère. Plus aucun de ces idiots de moutons. Il n'en reste plus un seul.

Allie le dévisageait sans comprendre.

– Comment ça ?

– Il n'y en a plus, plus aucun, répéta Joss, à court de mots.

Elle passa un bras autour de ses épaules et le guida lentement sur le sentier en pente.

– Allez, Joss, raconte-moi. Que s'est-il passé ? C'étaient des Raptors ?

Il secoua la tête d'un air malheureux.

– Pas des Raptors, dit-il dans un sanglot. Tout est ma faute.

– Non, Jossie, c'est impossible. Tu les adores, ces moutons.

Il renifla bruyamment et elle lui tendit son mouchoir.

– Si, c'est ma faute, insista-t-il d'un ton hargneux. J'ai été si stupide. Hier soir, Lysandre et moi sommes allés les voir. Il avait promis de ne pas les effrayer et il ne l'a pas fait. Enfin, pas volontairement. Mais je l'ai laissé entrer en premier, et les moutons ont paniqué. Ils sont devenus fous. Ils se sont rués dehors. Ils m'ont fait tomber et ils étaient sortis de l'enclos avant que je puisse les arrêter. Ils ont couru si vite en haut de la colline… Je les ai suivis et après… Tu sais, l'ancienne carrière ?

– Oh, fit Allie.

– Oui. Il faisait noir et ils n'ont pas vu le bord et ils sont tous tombés.

– Tous ?

– Oui. L'un après l'autre, alors même que je leur hurlais d'arrêter. Idiots, idiots de moutons. Alors je suis descendu dans la carrière et ils étaient entassés là. Morts. Enfin, pas tous. Certains étaient blessés et gémissaient. Alors… alors j'ai dû les frapper à la tête. Pour mettre fin à leurs souffrances. C'était… Oh, c'était horrible.

Allie le serra fort dans ses bras. Elle pensa à tout ce qu'il avait enduré hier soir, alors qu'elle ne se doutait de rien. Tout ce qui l'avait inquiétée, elle, c'était une voyageuse bizarre.

– Oh, Jossie, je suis tellement désolée.

– Les Zoll me tueront quand ils l'apprendront. Et je n'exagère pas.

Allie eut l'impression d'avoir avalé une pierre.

– Je sais que tu n'exagères pas, dit-elle doucement.

Ils marchèrent lentement jusqu'à la bergerie où Lysandre, toujours endormi, respirait profondément et calmement.

– Il faut qu'on parte d'ici, dit Joss. Tout de suite. Sur Lysandre.

– Est-il assez grand pour nous porter tous les deux ?

– Je crois, répondit-il, pas complètement sûr de lui. Il n'aura pas à nous emmener loin. Pas au départ. On peut trouver un endroit où se cacher pendant qu'il grandit encore. Ensuite, on pourra aller où on veut.

Allie s'autorisa un minuscule espoir.

– Oh, Joss. Ce serait merveilleux, mais…

– Mais quoi ? demanda-t-il en jetant des regards nerveux sur la porte derrière eux.

– Mais il faut qu'on parte très vite. Si je ne rentre pas, ils vont venir me chercher et ils trouveront Lysandre. Et aucun mouton.

– Alors, on part tout de suite, dit-il, le visage rayonnant d'excitation. Tout de suite !

Délicatement, il posa la main sur le doux museau argenté du dragon et murmura à son oreille :

– Réveille-toi, Lysandre. Réveille-toi…

Mais il ne bougeait pas.

Un peu moins doucement, Joss lui frotta les oreilles et dit :

– S'il te plaît, Lysandre, il faut te réveiller.

Aucune réaction.

– Est-ce qu'il va bien ? demanda Allie, anxieuse.

– Il va bien, répondit Joss, sachant que, si quelque chose n'allait pas chez lui, il le sentirait immédiatement.

– Lysandre ! Réveille-toi !

Mais le dragon ne remuait pas. Ses yeux ne bougeaient même pas sous ses paupières fermement closes. Joss regarda Allie et plaqua ses mains sur sa bouche, désemparé.

– Oh, s'exclama-t-il. Oh non…

– Quoi ? demanda-t-elle en tentant d'ignorer le

sentiment grandissant que les choses tournaient mal.

– Je crois que c'est son premier long sommeil.

Allie était perplexe.

– Comment ça ?

– Tu te souviens de ce livre sur le développement des dragons qu'avait papa ?

Allie se mit à rire.

– Celui que tu as tellement lu qu'il tombait en morceaux ?

Joss prit un air penaud.

– Ouais. Eh bien, il expliquait qu'un dragon immature passe par trois longs sommeils d'au moins vingt-quatre heures, durant lesquels il est impossible de le réveiller. Et chaque sommeil permet à un élément particulier de se développer. Le premier est la compétence de navigation, le deuxième le chandragon et le troisième le feu. Et ensuite, ils sont adultes.

– Oh, fit Allie.

Elle regarda Lysandre, si immobile qu'elle le voyait à peine respirer.

– Il n'y a donc aucune chance qu'il se réveille avant ce soir, conclut Joss d'un air malheureux. Oh, Allie.

Il lui fallut faire un effort immense, mais elle était décidée à ne pas laisser ce revers prendre le dessus.

– D'accord, dit-elle d'un ton un peu trop jovial. Je reviendrai à ce moment-là alors.

– Mais tu pourras sortir ? demanda Joss, d'une voix déçue.

– Je me débrouillerai. Et de toute manière, ajouta-t-elle en essayant de faire contre mauvaise fortune bon cœur, il vaut mieux partir la nuit, quand personne ne peut nous voir. Il n'y a que quelques heures à attendre, et ensuite, on s'envolera et on quittera cet endroit horrible pour toujours. Et son sommeil de navigation signifie qu'il saura où aller, n'est-ce pas ?

Joss serra sa sœur dans ses bras. Soudain, il redoutait de rester seul toute la journée.

– Je vais compter chaque seconde, dit-il.

– Moi aussi, répondit-elle en le relâchant à contrecœur.

Le soleil était haut au-dessus des collines maintenant, et elle n'osa pas perdre une seconde de plus.

– Je dois y aller maintenant, Jossie. Je reviendrai ce soir.

Elle descendit en courant le chemin depuis la bergerie, traversa le cercle de pierres et gravit la petite pente raide de la colline qui cachait le cercle du domaine Zoll. Puis elle descendit en courant le sentier si souvent parcouru, prit un virage serré au pied de la colline et percuta quelque chose de grand, osseux et enveloppé dans des tissus flottants : la voyageuse.

15

L'achat

Sans voix, Allie fixait la voyageuse avec une horreur non dissimulée. Di Mara Lennix refoula son envie de mettre la maladroite domestique à terre et de lui flanquer un coup de pied dans les côtes. Elle se força à lui décocher un sourire glacial.

– Eh bien, quelle surprise ! J'espère que je ne t'ai pas fait peur.

Di Mara était agacée qu'elle reste plantée là dans le passage, la bouche ouverte comme un poisson peu ragoûtant servi au dîner. Elle n'aimait ni le poisson ni cette fille.

– J'imagine que tu es allée voir ton frère, dit-elle.

Allie écarquilla les yeux sous le coup de la surprise. Comment la voyageuse savait-elle qu'elle avait un frère ?

– Je lui apporte toujours son petit déjeuner le matin, répondit-elle prudemment.

– Quelle sœur dévouée ! C'est un garçon très chanceux.

– Tout dépend de ce qu'on entend par chanceux, rétorqua Allie, qui le regretta aussitôt.

Le plus important, c'était que cette femme indiscrète ne s'approche pas de Lysandre, et se montrer malpolie ne l'aiderait pas. Elle réfléchit rapidement et se reprit :

– Pardonnez ma brusquerie. C'est juste que… j'ai peur. Des loups rôdent près de la bergerie. Mon frère a mis les moutons en sécurité derrière les collines et les loups sont affamés. Ce n'est pas sûr ici, madame. Voulez-vous que je vous raccompagne ?

Di Mara regarda Allie d'un air perplexe, se demandant comment réagir. La fille semblait effectivement troublée et, manifestement, elle fuyait quelque chose. Di Mara n'était pas totalement convaincue, mais elle n'avait pas envie de se retrouver nez à nez avec une meute de loups voraces au prochain tournant.

– C'est très aimable. Je te remercie de m'avoir prévenue. Mieux vaut éviter les loups du petit matin. Retournons au domaine. Le seigneur enverra peut-être ses tireurs.

La dernière chose que souhaitait Allie, c'était que le seigneur Zoll et ses hommes à la gâchette facile rôdent autour de la bergerie avec leurs fusils de chasse. Mais elle garda son calme.

– Le seigneur Zoll dit que les loups ont droit à leur liberté. C'est pour cela qu'il demande à mon frère d'éloigner les moutons.

Di Mara hocha la tête comme pour acquiescer.

– Je comprends. Et je te remercie de me ramener en lieu sûr. Par quel nom dois-je t'appeler ?

Allie n'avait pas envie de donner son nom à la voyageuse. Ce serait comme de lui révéler l'essence même de sa personne.

– Allinson.

Son nom officiel éviterait tout sentiment de familiarité.

– Allinson, murmura Di Mara. Je veillerai à m'en souvenir.

Allie frissonna. On aurait dit une menace.

Pendant tout le reste de la journée, elle effectua ses corvées, les nerfs à vif. Elle avait hâte de courir retrouver Joss et de l'avertir qu'il devait rester caché, à bonne distance de la voyageuse, mais elle était piégée par son propre mensonge. La femme avait rapporté la présence de loups et le seigneur Zoll se tenait au sommet de la tour de guet avec son fusil de chasse. Allie n'avait aucune chance de s'aventurer dehors avant la tombée de la nuit. Mais à ce moment-là, se promit-elle, elle partirait, et Joss et elle quitteraient cet horrible endroit pour toujours. Et personne, pas même la voyageuse au regard froid, ne les arrêterait.

Tout au long de la journée, elle ramassa furtivement le peu d'affaires qu'elle possédait et les fourra dans le petit sac à dos avec lequel elle était arrivée deux longues années plus tôt. Elle le cacha sous sa paillasse et se consacra sans relâche à ses tâches ménagères : frotter les sols, alimenter les feux en bois, peler les légumes et laver les vêtements incrustés de boue des travailleurs agricoles. Quand la nuit tomba, elle était épuisée, mais l'idée de s'envoler bientôt la faisait tenir.

Allie débarrassait le dîner des travailleurs lorsque, enfin, la cuisinière regagna sa chambre. Elle se retrouva seule dans la cuisine. Dehors, le domaine était désert, et des pas lourds dans les appartements privés des Zoll lui indiquèrent que le seigneur était revenu de la tour de guet. Elle abandonna la pile d'assiettes sales et, tout excitée, courut chercher son sac à dos. C'était l'heure de partir.

Elle se glissa par la porte latérale et vérifia qu'il n'y avait personne. Le vaste domaine était vide : le balai avait été passé partout, le bois empilé, et tout le travail du jour accompli. De la longue annexe au toit bas des ouvriers agricoles, située le long du mur au loin, s'élevèrent soudain des éclats de voix. Profitant du chahut, Allie traversa rapidement les ombres au pied du mur et se dirigea vers la porte. Elle n'était qu'à quelques mètres de son but lorsque la porte s'ouvrit, et Joss et la voyageuse entrèrent.

Allie se retint difficilement de pousser un cri de surprise. Tremblante, elle regarda les deux silhouettes traverser le domaine. La femme avait passé un bras autour des épaules maigres de Joss et ils se parlaient aussi naturellement que s'ils étaient mère et fils. Allie s'adossa au mur pour ne pas tomber. Le choc lui avait coupé les jambes alors que ses rêves de liberté s'envolaient en fumée. Puis, comme Joss et la voyageuse disparaissaient dans la maison, elle sentit l'agacement l'envahir. Mais à quoi son frère jouait-il ?

Elle n'eut pas d'autre choix que de revenir dans la cuisine sur la pointe des pieds en espérant ne pas se faire remarquer. Quelques minutes plus tard, luttant contre les larmes, elle était de retour devant l'évier et lavait la vaisselle, les mains tremblantes, mille questions se bousculant dans sa tête. Elle était tellement plongée dans ses pensées qu'elle ne remarqua pas qu'on ouvrait la porte et que la gouvernante, une femme austère qui ne lui avait jamais parlé directement jusque-là, entrait.

– Allinson, tu es attendue dans le grand salon.

Allie pivota et resta bouche bée face à la femme. De l'eau froide graisseuse gouttait de ses mains.

La gouvernante la regardait comme si elle était une petite crotte de chien.

– Sèche-toi les mains, ma fille, et enlève ce tablier sale. Passe-toi aussi un peigne dans les cheveux, si tu en as un. Sois devant les portes du salon dans cinq minutes et je t'annoncerai. Surtout, ne sois pas en retard.

Tandis que toutes sortes de scénarios, tous horribles, lui passaient par la tête, Allie fit ce qu'on lui avait demandé. Et cinq minutes plus tard, elle avançait dans le large couloir, les pieds s'enfonçant dans les tapis épais et moelleux, en direction de la silhouette droite et sévère de la gouvernante qui se tenait en faction, l'air sombre, à l'entrée du grand salon, comme un bourreau attendant sa victime. Allie avait l'impression de marcher comme une somnambule vers sa propre perte. Si elle n'avait pas su que Joss se trouvait à proximité, elle serait partie en courant et aurait saisi sa chance. Mais en l'état actuel des choses, elle n'avait pas le choix. Elle devait se présenter à la gouvernante, lui montrer ses mains propres pour inspection, et attendre ses petits coups secs sur la lourde double porte.

Les battants s'ouvrirent et le contrôleur des finances de la maison, un homme à la carrure large et ronde, au crâne chauve brillant, qui avait tendance à frapper d'abord et à questionner ensuite, posa une main épaisse et pesante sur l'épaule d'Allie et la fit marcher au pas. Elle observait la scène et tentait d'en saisir le sens. Un feu nourri dans l'immense cheminée... la douce lumière des chandelles... l'éclat et le parfum du bois ciré... et, tout au bout du salon, la table haute où trois silhouettes s'étaient retournées et la regardaient marcher dans leur direction : Mme Zoll, la voyageuse et son frère.

Ça encore, elle pouvait à peu près le concevoir, mais ce qu'elle ne comprenait pas du tout, c'était l'expression du visage de Joss. Il avait un grand sourire aux lèvres et ses yeux brillaient d'une excitation sincère. On aurait dit qu'on avait ôté de ses épaules tout le poids de ses soucis.

Le contrôleur poussa Allie et, comme elle traversait lentement le salon, elle sentit la chaleur du feu s'infiltrer en elle et s'aperçut qu'elle tremblait depuis qu'elle avait vu son frère avec la voyageuse. Joss voulut la rejoindre, mais celle-ci le retint d'une main sur son épaule. Il se ravisa, mais l'excitation dans ses yeux ne faiblit pas. Il était sur un petit nuage et Allie ne voyait vraiment pas pourquoi.

– Allinson, enfin.

La voix aiguë de Mme Zoll brisa le silence.

– Oui, madame ? dit docilement Allie.

– Tu es une jeune fille chanceuse. Non que tu le mérites, ajouta-t-elle avant d'émettre son reniflement désapprobateur caractéristique. Ton frère et toi nous quitterez demain. Par bonté de cœur, notre hôte a racheté vos deux contrats d'apprentissage pour une somme excessivement généreuse.

Allie remarqua que Mme Zoll tenait une bourse en cuir souple marquée du sceau des Lennix. Le goût amer de la déception dans la bouche, elle regarda Joss, perplexe. Pourquoi était-il si content de renoncer juste au moment où ils avaient prévu de se libérer de leurs contrats pour toujours ? Comment pouvait-il abandonner si facilement leurs projets de liberté ? Les larmes lui montèrent aux yeux. Elle se sentait complètement trahie.

La voyageuse prit alors la parole :

– Allinson, je vois que ton avenir te préoccupe, à juste titre. Laisse-moi t'assurer que là où vous irez, ton frère et toi ne serez plus domestiques. Et lorsque vous atteindrez votre majorité, je déchirerai vos contrats et vous serez libres. D'ici là, je te promets de ne te confier aucune corvée. Et ton frère ne sera plus berger.

Allie était abasourdie.

– Mais… mais pourquoi ? demanda-t-elle.

La voyageuse sourit et elle s'aperçut que cela ne changeait rien à son regard sombre et froid.

– En paiement et en remerciement pour m'avoir sauvée de la meute de loups voraces ce matin.

Allie était perplexe, ayant momentanément oublié l'histoire qu'elle avait inventée dans la panique.

Mme Zoll renifla à nouveau.

– Nous n'avons pas vu de loups, rappela-t-elle.

– Ah, mais ce sont les créatures qu'on ne voit pas qui sont les plus… embarrassantes, répondit la femme. N'est-ce pas, Joss ?

Allie vit le visage de son frère s'illuminer et son cœur se serra : la voyageuse connaissait l'existence de Lysandre.

– Je suis sûre que vous aurez un comportement irréprochable avec votre nouvelle maîtresse.

La voix perçante de Mme Zoll interrompit les pensées paniquées d'Allie.

– Bien, Joshua et Allinson, vous dînerez dans la cuisine ce soir, et Allinson, ton frère dormira dans ta chambre.

Allie hocha la tête. Au moins, elle aurait bientôt la possibilité de parler à Joss.

Mme Zoll soupira en pensant aux problèmes induits par la perte de deux domestiques, qu'il ne lui serait pas facile de remplacer avec la pénurie grandissante de jeunes humains. Elle caressa la bourse remplie de pièces d'or pour se rappeler que cela en valait la peine.

– Eh bien, jeune fille! Remercie ta nouvelle maîtresse.

– Merci, maîtresse, dit-elle d'un ton forcé.

– Merci, maîtresse, répéta Joss d'un ton jovial. Merci beaucoup!

– Au revoir, dit froidement Mme Zoll. Je doute que nous nous revoyions un jour.

« Si ça ne tient qu'à moi, ça, c'est sûr, pensa Allie. Pas dans les mille prochaines années. »

Mme Zoll saisit les mots inexprimés dans l'expression d'Allie.

– Dehors ! croassa-t-elle en essayant de lui donner un coup sur la tête, qu'Allie esquiva.

Elle prit la main de son frère et le tira brutalement derrière elle en direction de la double porte au fond du salon.

Elle referma la porte de la cuisine derrière eux.

– Que se passe-t-il, Joss ? demanda-t-elle. Qu'est-il arrivé à nos projets ? On allait être libres et on vient encore de nous vendre à cause de toi ! Et Lysandre, tu l'as vendu lui aussi ?

Joss battit en retraite derrière l'immense table cirée au milieu de la pièce. Il n'avait jamais vu Allie aussi fâchée.

– Allie, ce n'est pas ce que tu crois...

– Oh que si, Joss. Tu nous as trahis. Mais ce que je ne comprends pas, c'est pourquoi ?

Il s'assit à la table et enfouit sa tête entre ses mains.

– S'il te plaît, Allie. J'ai fait ce qui était le mieux pour nous, je te le promets.

– *Pfff!* fit-elle d'un air moqueur, tout en tournant rapidement autour de la table. Alors j'espère ne jamais voir ce qui serait le pire selon toi.

– Assieds-toi, Allie, s'il te plaît. Laisse-moi t'expliquer.

Elle tira la chaise en face de Joss en la faisant racler bruyamment le sol, s'assit et posa les coudes sur la table.

– D'accord, Joss. J'attends tes explications.

Il prit une grande inspiration et commença :

– Quand tu es partie, je me suis endormi. J'étais tellement fatigué… Bref, j'ai été réveillé par Lysandre qui me léchait le nez. (Il sourit en repensant à ce moment.) J'ai vu que c'était déjà la fin de l'après-midi, et donc, quand j'ai entendu comme un bruissement dehors, j'ai pensé que c'était toi qui t'étais enfuie plus tôt. Je n'ai pas réfléchi. Je t'ai appelée, j'ai couru dehors et…

– Et c'était elle. En train de fouiner, finit sa sœur à sa place.

– Elle ne fouinait pas, Allie. Elle passait juste à côté de la bergerie. Elle m'a dit bonjour, je lui ai dit bonjour et puis… eh bien, on a discuté. Elle semblait très gentille.

– D'accord, je comprends que tu aies dû lui parler une fois qu'elle t'avait vu, mais tu n'avais pas besoin de lui montrer Lysandre.

Joss secoua la tête.

– Je ne le lui ai pas montré. Il est sorti.

Allie soupira.

– Que s'est-il passé ensuite ?

– Elle était impressionnée, évidemment. Et elle m'a parlé de son dragon, elle a un Bleu, et elle l'adore, et elle l'a soigné pendant sa fièvre des écailles et voler avec lui est la seule chose qui la rend heureuse. Alors je lui ai dit à quel point j'avais été heureux de voler avec Lysandre et elle a eu l'air horrifiée. Elle m'a demandé si je savais à quel point il était dangereux pour un Argenté de voler avec un humain, même aussi petit que moi, avant d'être complètement développé. Elle m'a dit que les Argentés ont une colonne vertébrale très souple et qu'on peut vraiment la déformer définitivement, ce que je ne savais pas. Tu vois, à ce moment-là, j'ai compris qu'on n'aurait aucune chance de s'envoler ce soir. Je savais qu'on était coincés ici. Et que très vite, les Zoll verraient tous les corbeaux au-dessus de la carrière et se rendraient compte que les moutons sont morts. Puis ils trouveraient Lysandre et…

Il n'alla pas plus loin.

– Alors, quand elle a proposé de racheter nos contrats, tu as pris ça pour une porte de sortie, conclut Allie d'un ton impassible.

– C'est une porte de sortie ! protesta Joss. Elle nous offre un foyer, Allie. Un vrai foyer où on pourra garder Lysandre et ne plus être des domestiques. Je sais que ce n'est pas ce qu'on voulait, mais ça nous permet de partir d'ici. Avec Lysandre. Et toi. J'ai insisté pour qu'elle te prenne aussi.

– C'est trop aimable, répliqua Allie d'un ton aigri.

Joss regarda sa sœur d'un air malheureux.

– Pourquoi ne l'aimes-tu pas ? demanda-t-il.

Elle secoua la tête.

– Elle est effrayante, Joss. Tu ne le vois pas ? Elle a un regard mort. Je doute qu'elle se préoccupe de ton sort. Et je sais qu'elle se moque complètement du mien. Elle veut simplement mettre le grappin sur Lysandre.

Joss secoua la tête.

– Ce n'est pas vrai. Tu ne l'as pas entendue parler de son Bleu. Quelqu'un qui aime autant un dragon ne peut pas être mauvais. C'est impossible.

– J'espère seulement que tu as raison, dit Allie.

Sur ces mots, la cuisinière entra. Elle servit deux bols de ragoût qu'elle posa brusquement sur la table et ressortit en claquant la porte derrière elle. Joss et Allie mangèrent leur bouillie pleine de cartilage en silence.

16

Un voyage

Joss et Allie partirent tôt le lendemain matin avec la voyageuse qui, remarqua Allie, ne leur avait toujours pas donné son nom. Ils prirent le chemin de la bergerie, laissant des traces de pas sombres dans la rosée du matin, et Allie préféra rester en arrière.

Allongé dans la bergerie vide, Lysandre regardait le ciel d'un air rêveur. Quand il vit Joss, il se leva et s'approcha pour frotter son museau contre lui. Avec méfiance, il permit à la voyageuse de caresser son doux museau mais, avec la réticence innée des dragons à divulguer leur identité, il n'autorisa pas Joss à donner son nom à l'étrangère.

À côté de la barrière de la bergerie, la voyageuse leur expliqua qu'il y avait un jour entier de marche jusque chez elle et qu'elle espérait que ce ne serait pas trop fatigant pour tout le monde. Elle suggéra ensuite qu'il serait sage de mener Lysandre – ou l'Argenté, comme elle l'appelait – par un licou, juste au cas où quelque chose l'effraierait et où il s'enfuirait. Les jeunes dragons pouvaient parfois se montrer très nerveux, dit-elle en souriant tandis que, des profondeurs de ses habits volumineux, elle sortait un large licou en cuir avec de lourdes boucles en cuivre.

Allie fixait le licou, incrédule.

– Tu ne vas quand même pas la laisser faire ? murmura-t-elle à Joss.

Celui-ci regarda la voyageuse chatouiller doucement Lysandre sous le menton, une technique d'hypnose dans laquelle Di Mara excellait. Il vit que les yeux du dragon se fermaient lentement et il sentit le calme qui émanait de son Écho. En fait, lui-même se sentait plutôt détendu à cet instant.

En revanche, Allie ne l'était pas.

– Joss, regarde ce licou ! siffla-t-elle. Il est horrible.

– Ça ira, dit-il à voix basse. Ça ne le dérangera pas. De toute manière, elle a raison, il pourrait s'enfuir. On pourrait le perdre. Ce serait terrible.

– Mais c'est ton Écho, Joss. Il n'ira nulle part sans toi.

La voyageuse se retourna en les entendant chuchoter dans son dos. Elle jeta à Allie un long regard froid, puis dit gentiment à Joss :

– Joshua, pourrais-tu aider ton dragon à mettre ceci ?

Consternée, Allie regarda son frère l'aider à poser le licou sur l'arrière de la tête de Lysandre et sur son museau. Le dragon se soumit, même s'il semblait mal à l'aise.

Puis ils se mirent en route sur le sentier qui partait du cercle de pierres et atteignirent bientôt la limite des terres cultivables des Zoll, où les pâturages herbeux laissaient place à un sol de roches et de broussailles. Joss marchait à côté de la voyageuse tout en discutant joyeusement de dragons tandis que Lysandre suivait, la tête courbée à cause du licou qui le gênait. Et ainsi se poursuivit la journée, chaque pas éloignant Allie d'un endroit qu'elle haïssait, mais l'emmenant vers un lieu qu'elle ne pouvait s'empêcher de craindre. Alors qu'ils avançaient péniblement dans ce paysage morne, passaient devant des maisons sans vie et traversaient des villages sinistres et déserts, ils se rapprochaient de la ligne déchiquetée des montagnes Noires, obscures dans le ciel bleu dégagé. Lentement, Allie commençait à résoudre un puzzle dans sa tête, et l'image qui se profilait ne lui plaisait pas du tout.

À midi, ils s'arrêtèrent le long d'un cours d'eau pour manger le pain et le fromage que Mme Zoll leur avait donnés à contrecœur et pour permettre à Lysandre, qui en avait grandement besoin, de se désaltérer. En réponse aux questions d'Allie, la voyageuse expliqua qu'ils se dirigeaient vers les contreforts des montagnes.

– Les contreforts du mont Lennix ? demanda Allie. N'est-ce pas dangereux de vivre là-bas, si près de tous ces Raptors ?

– Pas pour nous, répondit-elle d'un ton doucereux. Ils ne font pas du tout attention à nous.

– Ça changera peut-être quand ils verront un dragon argenté, dit Joss d'un ton anxieux.

– Ils ont bien trop de leurs propres dragons pour se préoccuper d'un petit avorton comme le tien, Joshua, répondit la voyageuse avec dédain.

Joss parut offensé, mais il ne dit rien. Allie se demanda s'il commençait enfin à sentir que quelque chose n'allait pas. Il serait temps, pensa-t-elle.

Le voyage se poursuivit toute la journée sur les sentiers poussiéreux qui serpentaient à travers les plaines désertes et desséchées. Le soleil leur chauffait la peau et ils avaient la bouche pâteuse à cause de la soif. Ils s'arrêtèrent pour boire près d'un autre ruisseau, mais la voyageuse semblait impatiente de poursuivre et ne les laissa pas se reposer. En fin d'après-midi, ils gravirent avec peine les plateaux graveleux qui menaient aux montagnes Noires et même Joss commençait à avoir peur. Il lui semblait que plus ils s'approchaient des montages, moins la voyageuse était aimable. À deux reprises, elle l'invita d'un ton sec à « s'activer un peu » et, alors qu'ils se dirigeaient vers les ombres d'un immense canyon, Joss trébucha sur une pierre et s'étala de tout son long. Allie courut pour l'aider, mais leur nouvelle maîtresse le rejoignit en premier. Elle le prit par le bras et le releva brutalement, l'agrippant si fort qu'il sentit ses ongles s'enfoncer dans sa peau.

– Regarde où tu mets les pieds, imbécile, lança-t-elle d'un ton cinglant.

Joss fut soudain effrayé. Il regarda Allie et vit sa peur se refléter dans ses yeux. Il comprit enfin qu'il avait commis une terrible erreur.

« Cours, Allie, cours ! » articula-t-il en silence.

Sa sœur acquiesça, les yeux écarquillés.

« Tout de suite, Joss, dit-elle silencieusement à son tour. Tout de suite ! »

Il se dégagea brusquement de l'emprise de la voyageuse et, en une seconde, il fut libre. Immédiatement, Lysandre comprit que la situation avait changé, que son Écho ne souhaitait plus qu'il se soumette au licou. Il se cabra et l'arracha de la main de la voyageuse, lui brûlant la paume droite. Elle poussa un cri de douleur et tomba à genoux, tenant sa main blessée.

Joss, Allie et Lysandre saisirent leur chance. Ils dévalèrent la pente pierreuse, trébuchant et glissant dans leur tentative désespérée de fuir. Pendant quelques secondes grisantes, ils pensèrent avoir réussi. La voyageuse, toujours à genoux, criait en direction des montagnes :

– Krane ! Krane ! Krane !

Lysandre s'arrêta.

– *Il faut nous enfuir en volant,* dit-il à Joss.

– Pourquoi t'arrêtes-tu ? demanda Allie d'un ton anxieux.

– Lysandre veut qu'on vole avec lui. Mais tu te souviens de ce qu'a dit la voyageuse ?

– C'est une menteuse. Allez, Joss. Si Lysandre dit qu'on peut voler, il doit avoir raison. Dépêche-toi. Monte.

Joss se retourna vers la voyageuse qui se relevait à présent en chancelant, hurlant encore « Krane, Krane, Krane ! », sans doute une injure de la montagne.

– Ne prenons pas ce risque. S'il te plaît, partons en courant. Que veux-tu qu'elle fasse, de toute manière ? On est trois contre une.

Au moment où il prononçait ces mots, il se rendit compte qu'il se trompait. Dans le coin de ciel entre les parois imposantes du canyon apparut un énorme dragon bleu qui descendit en piqué. Sur son bas-ventre blanc, Joss et Allie virent le trident tatoué des Raptors. Et ce n'était pas tout : derrière le Bleu venaient un immense Vert, puis une formation en flèche composée de cinq autres Raptors.

– Krane ! cria la voyageuse. Attrape-les !

Elle se mit à courir à toute allure en direction d'Allie et Joss, l'immense Raptor bleu allant à la même vitesse qu'elle. Les enfants se retournèrent pour courir, mais la voyageuse se jeta sur Joss et enroula un bras autour de son cou. Allie se rua sur la voyageuse, mais un coup de pied bien placé l'envoya à terre. Lysandre leva les ailes et cracha un souffle d'air chaud qui, s'il avait effectué son troisième long sommeil, aurait été un jet de flammes. La voyageuse resserra son bras autour du cou de Joss, le faisant suffoquer.

– Tout ce que tu tenteras sur moi, dragon, rugit-elle, se répercutera sur ton cher ami. Alors, je te suggère de te tenir à carreau.

Mais Lysandre ne voulait rien entendre. Il cracha un autre souffle brûlant sur le visage de la voyageuse, qui resserra encore sa prise. Allie vit le visage de son frère virer au violet. Elle se releva péniblement, courut vers Lysandre et posa la main sur son museau.

– Je t'en prie, pour le bien de Joss, fais ce qu'elle te dit, murmura-t-elle.

– Sages paroles, jeune fille, dit la femme et, au grand soulagement d'Allie, elle relâcha Joss qui tomba à genoux et prit de grandes inspirations tremblantes.

Derrière lui, sortant des ombres du canyon, Allie aperçut l'énorme Vert portant deux cavaliers, suivi de près par l'escadrille de cinq dragons. Le cœur serré par la peur, elle vit les Raptors atterrir au pied des falaises. Deux filles, apparemment jumelles, descendirent du Vert et coururent dans leur direction, tenant des tridents aux longs manches, des filets et un sac. C'était là, sut Allie, que se terminait leur voyage. L'épuisement des dernières vingt-quatre heures la rattrapa et elle sentit ses forces la quitter. Elle s'appuya contre Lysandre et attendit de voir ce que la voyageuse avait prévu. Allie ignorait de quoi il s'agissait, mais elle était sûre d'une chose : ça n'allait pas être agréable.

Elle ne s'était pas trompée. De chacun des dragons de l'escadrille descendit un garde armé d'un long bâton qui se mit en marche derrière les jumelles, en renfort. Elles n'avaient pourtant pas besoin d'aide. Formant une équipe parfaitement efficace, elles jetèrent le sac sur la tête de Lysandre. Immédiatement, il s'allongea sur le sol en signe de défaite. La manière traditionnelle d'assujettir un jeune dragon n'ayant pas atteint la majorité du feu fonctionnait toujours. Puis elles portèrent leur attention sur Allie. Elles lui tirèrent les bras derrière le dos et lui entravèrent brutalement les mains. Elles jetèrent ensuite un filet sur elle et le serrèrent si fort qu'elle pouvait à peine respirer. Allie commença à suffoquer, prise de panique.

– Détends le filet, Mirra, aboya la voyageuse. On ne veut pas la perdre tout de suite.

– Oh, maman, ne sois pas aussi rabat-joie, répondit l'une des jumelles en resserrant encore le filet.

– Elle se tiendra plus tranquille si elle ne respire pas, renchérit l'autre.

Allie paniquait complètement à présent, battant l'air comme un poisson hors de l'eau. Une de ses mains sortit du filet et asséna sans le vouloir un coup de poing dans le ventre d'une jumelle, qui se plia en deux.

La voyageuse se mit à rire.

– Ça t'apprendra, Tamra. Fais ce qu'on te dit et desserre le filet.

Celui-ci se détendit un peu et la jumelle siffla à Allie :

– Tu me le paieras. Personne ne me frappe sans en payer les conséquences.

Tandis qu'Allie inspirait péniblement, Tamra lui décocha un coup de pied derrière les genoux qui la fit tomber à terre.

– Ne t'avise pas de bouger, dit-elle d'un ton hargneux.

Immobile, Allie les vit jeter un filet sur Joss puis le faire rouler sans ménagement sur le sol jusqu'à ce qu'il soit à quelques pas d'elle. Lysandre fut ensuite emmené comme un poney apprivoisé et la voyageuse chassa tous les autres, laissant Joss et elle à terre. « Comme des appâts », pensa Allie.

La femme baissa les yeux sur eux avec un sourire calme et triomphant.

– Joshua, Allinson, permettez-moi de me présenter.

Je suis Di Mara Lennix, cheffe du clan Lennix. Tout ce que vous voyez ici m'appartient, y compris vous et votre dragon. Je vous souhaite la bienvenue.

Joss et Allie la virent monter sur le grand Raptor bleu. Ils sentirent l'air projeté par ses battements d'ailes tandis qu'il flottait au-dessus d'eux, puis il les arracha brusquement du sol, un dans chaque patte. Et, flottant dans les airs, impuissants, se balançant au bout des griffes du Raptor, ils partirent pour le voyage le plus terrifiant de leur vie, celui qui les mènerait au cœur de la forteresse Lennix.

17

Prisonniers

Dans une petite cellule des profondeurs de la forteresse Lennix, Joss et Allie, toujours dans leurs filets, tremblaient de froid. Il faisait complètement noir, il régnait une odeur de pipi de rat et on n'entendait qu'un bruit d'eau qui gouttait au loin.

– Allie, chuchota Joss, je suis désolé.

Elle regarda son frère. Il paraissait tellement petit et sans défense, comme un papillon de nuit pris dans une toile et attendant son araignée. Elle aussi devait paraître vulnérable, pensa-t-elle, mais à cet instant, elle ne se voyait pas ainsi. Elle était en colère. Pas contre Joss, mais contre Di Mara Lennix, qui avait utilisé la nature confiante de son frère pour obtenir ce qu'elle voulait avant de se débarrasser de lui comme d'une vieille chaussette.

– Tu n'as aucune raison d'être désolé, répondit-elle avec passion.

– Si. Je nous ai embarqués là-dedans. J'ai cru ce qu'elle disait.

– Tu n'as pas à t'excuser de croire ce que disent les gens.

Il secoua la tête.

– Mais tu m'avais dit qu'on ne devait pas lui faire confiance. Tu m'avais prévenu et je n'ai pas écouté. J'ai été tellement stupide.

Elle l'entendit renifler.

– Hé, ne pleure pas.

– Je ne pleure pas, répondit-il avant de renifler à nouveau. Que vont-ils faire de nous, à ton avis ?

– Je ne sais pas.

Elle avait pensé à toutes les choses horribles que Di Mara Lennix pourrait leur faire subir, mais il n'était pas question de les mentionner à Joss.

– Je suppose qu'ils vont juste nous laisser ici..., reprit-il. Tu sais, nous oublier complètement. Personne ne le saurait, pas vrai ?

– Lysandre le saurait.

– Pauvre Lysandre.

Ils restèrent tous deux silencieux. Ils entendirent au loin le son métallique d'une porte qui s'ouvrait, puis le bruit de pas lourds qui s'approchaient et s'arrêtaient devant la porte de la cellule. Les verrous claquèrent et un rayon de lumière s'infiltra, si brillant qu'ils fermèrent à moitié les yeux. Puis, sombre dans la lumière, vêtue de l'uniforme matelassé des gardes du Perchoir, une silhouette à la large carrure entra au pas. Le garde tenait dans une main une lampe et, dans l'autre, un long couteau fin, en acier poli brillant.

Allie eut la nausée. Elle entendit Joss crier « Non, non, non ! » et le vit donner des coups et se débattre, tentant désespérément de se mettre debout. Elle en revanche était pétrifiée par la peur, clouée au sol par la lame du couteau qui brillait si vivement qu'elle en avait mal aux yeux.

Le garde examina ses deux prisonniers. Remarquant qu'Allie était plus calme, il se dirigea vers elle. Tandis qu'il se penchait sur elle et que le couteau s'approchait, elle vit à quel point la lame était fine et la pointe délicate, et elle ferma les yeux. Elle espérait que ça ne ferait pas trop mal.

Elle attendit. Elle entendait Joss gémir à présent, « Non… Oh, non… non… », et puis, près de son oreille, le grognement du garde :

– Écoutez, je suis juste venu couper les filets. Arrêtez un peu. Je ne m'amuse pas à poignarder des enfants. Vraiment. Quelle comédie.

Allie sentit une vague de soulagement inonder tout son corps.

– Pardon, dit Joss d'une voix faible. Je pensais que…

– Ouais. Bon, je ne t'en veux pas, mon petit gars. Allez, tiens-toi tranquille pendant que je m'occupe de ce filet… Il résiste, hein ?

Allie se tint parfaitement immobile pendant que

le couteau faisait son travail et le filet tomba. Elle se releva difficilement et secoua ses mains pour faire circuler le sang pendant que le garde découpait soigneusement le filet de Joss. Puis elle l'aida à se relever et ils sautèrent sur place pour chasser les fourmis dans leurs jambes et leurs pieds.

– Merci, dit-elle au garde.

Il eut un rire amer.

– On ne me remercie pas souvent par ici. Allez, suivez-moi. Vous êtes pile à l'heure pour le dîner des prisonniers.

– Alors, nous sommes prisonniers ? demanda Joss.

– Oui, mon petit gars. Et vous le resterez. Jusqu'à la fin de vos jours.

– La fin de nos jours ? répéta Joss d'un ton désespéré.

Il avait échangé dix-neuf ans avec les Zoll contre « la fin de ses jours ». Il chercha la main d'Allie et la serra fort. Elle était glacée, tout comme la peur que Joss sentait s'infiltrer jusque dans ses os.

– Enfin, je ne m'en inquiéterais pas à votre place, reprit le garde en les faisant sortir. Vous ne tiendrez pas longtemps, de toute manière. Dix-huit mois, c'est le record, je crois.

– Le record de quoi ? demanda Allie alors qu'il les poussait dans un couloir étroit en pierre, noirci par la moisissure, dont le plafond gouttait.

– De temps de survie d'un prisonnier. Vous voyez, c'est juste un tout petit peu dangereux par ici. Tournez à gauche. Très bien. Maintenant, on monte l'escalier. Passez en premier et n'essayez pas de vous enfuir. Je suis juste derrière vous et il y a un garde en haut.

Ils furent conduits au pas dans un autre couloir froid et humide jusqu'à une grande cave voûtée grouillant de jeunes adolescents. Allie et Joss furent choqués par leur apparence maladive : pâles, maigres et sales, certains présentant de profondes coupures irrégulières sur les bras et le visage, à différents stades de guérison. Ils étaient groupés autour d'une longue table, prenant à pleines poignées des morceaux de pain et de fromage moisi, et des tranches de viande brillantes de couleur verte.

– Il vous reste encore deux minutes de repas avant le travail de nuit, leur dit le garde. Attrapez ce que vous pouvez parce qu'il n'y aura rien d'autre avant demain soir.

Il poussa ses prisonniers perplexes dans la foule, en criant :

– Faites de la place ! Deux petits nouveaux. Faites de la place !

Personne ne bougea.

– Allez, soyez gentils avec eux, ils ont été capturés dans des filets !

Un garçon grand et émacié avec un épais bandage sur la tête et une fille très pâle au bras entièrement enveloppé dans un linge taché de sang se décalèrent à contrecœur. Tandis qu'ils se faufilaient,

Allie remarqua que le sang sur le linge n'était pas sec. Joss et Allie essayaient tant bien que mal de mâcher leur pain rassis lorsqu'une cloche retentit et qu'un groupe de nouveaux gardes bien plus brutaux entrèrent en hurlant :

– Prisonniers, garde à vous !

Immédiatement, les adolescents fourrèrent la nourriture dans leurs poches et bondirent au garde-à-vous.

– Vous deux.

L'un des gardes pointait du doigt Joss et Allie.

– Tenez-vous droits. Les mains sur les côtés. Je n'accepterai aucun laisser-aller ici ou vous ferez la course-poursuite avec Bellacrux avant même de commencer. Prisonniers, dehors !

La double porte au fond de la pièce s'ouvrit bruyamment. Les adolescents pivotèrent à l'unisson et sortirent au pas. Beaucoup d'entre eux boitaient. Joss et Allie étaient les derniers et suivaient le groupe en piteux état dans un large couloir avec une longue ligne rouge peinte au milieu, sur le sol. Les adolescents s'alignèrent et les gardes leur attribuèrent leurs postes pour la longue rotation de nuit qui les attendait.

– Vous, vous, et vous : nettoyage de l'aire d'atterrissage. Vous autres : abattage des moutons. Vous, les fauteurs de troubles mal embouchés : corvée de nourriture.

Cette dernière annonce fut accueillie par un cri étouffé de consternation.

– Taisez-vous !

Les gardes atteignirent en dernier Allie et Joss.

– Toi, dit l'un d'eux en s'adressant à Joss, garderie des Raptors. Va avec ce groupe.

Le garde désignait un groupe de trois personnes à côté de lui sur la ligne. Joss jeta un regard désespéré à Allie.

– Active-toi avant que je t'envoie au groupe nourriture.

Un garde poussa Joss.

– À tout à l'heure, murmura Allie.

– J'en doute fortement, lança le garde tandis que Joss courait rejoindre son groupe.

Allie se retrouva en équipe avec une fille rousse et pâle, dont les cheveux semblaient avoir été coupés avec des cisailles. Elle était arrivée en retard et se tenait, silencieuse, à côté d'Allie. Elle avait une longue entaille profonde sur la jambe et le sang formait une flaque sur le sol près de son pied. Horrifiée, Allie la suivit dans le couloir en direction de ce qu'on appelait le « pilon à os ».

La fille rousse ouvrait la marche dans un labyrinthe de couloirs souterrains. Même si elles n'étaient plus accompagnées d'un garde, Allie vit immédiatement qu'il n'y avait aucune chance de s'échapper : chaque porte qu'elles passaient avait des barreaux et à chaque embranchement du couloir se tenait un garde armé d'un long poignard. La fille ne lui dit pas un mot jusqu'au moment où un effroyable rugissement résonna dans les couloirs, si puissant qu'Allie se couvrit instinctivement les oreilles. Sans ralentir le pas, la fille se retourna et dit :

– Bellacrux. Dragon de la mort.

Une odeur de viande rance et de sang commença à envahir le couloir et Allie comprit pourquoi. Elles avaient atteint leur destination, une immense fosse circulaire creusée dans le sol, entourée par une étroite passerelle. Et dans cette fosse se trouvaient des os empilés. Cependant, ceux-ci n'étaient pas blancs et propres, ils étaient recouverts de bouts de chair en décomposition et de tendons, et ils baignaient dans une boue rose pâle visqueuse. Allie eut un haut-le-cœur.

La fille passa un bras autour de ses épaules.

– Tu t'y habitueras, petite, dit-elle. Au fait, je m'appelle Carli.

– Allie, réussit péniblement à répondre Allie, avant d'avoir un autre haut-le-cœur.

– Hé, dit Carli en la tirant vers la fosse, pas sur le sol, on va marcher dessus. Vomis là-dedans.

Et c'est ce qu'elle fit. Les choses, pensa-t-elle, penchée au-dessus de la masse putride et puante, ne pouvaient pas empirer.

18

Emportée

C'était vendredi et les cours étaient terminés pour la semaine. Dans le vestiaire, Sirin prenait son temps. Elle vérifia qu'elle avait tous ses devoirs dans son sac, puis enfila très lentement son manteau. Elle voulait être sûre que quand elle sortirait, Ellie serait déjà bien loin sur le chemin de la maison. Ainsi, elle n'aurait pas à la voir l'ignorer encore une fois et partir seule d'un air de défi. Son séjour chez elle ne se passait pas bien. Leur amitié n'avait pas survécu à leur cohabitation, et tout ce que faisait Sirin semblait maintenant agacer Ellie. D'après Anna, c'était sans doute parce qu'elle avait du mal à partager sa mère avec Sirin. Cela ne l'avait guère réconfortée ; si elle avait dû partager sa mère avec Ellie pendant quelques semaines, elle n'aurait pas trouvé cela difficile du tout. Elle aurait simplement été heureuse d'avoir une mère à partager.

Elle enfila son sac à dos et sortit par les portes

battantes abîmées pour rejoindre la cour, humide et morne sous la bruine. Un bref regard lui indiqua qu'Ellie n'était pas là. Soulagée, elle releva sa capuche et, tête baissée, passa le portail de l'école pour gagner la rue et longer les hautes grilles noires.

Elle pressa le pas sur le trottoir étroit, bosselé par les racines des platanes, envahi par les sacs plastiques, les poubelles et les voitures garées. Quand elle tourna au bout de la rue, elle aperçut un groupe de filles plus âgées devant l'entrée d'une boutique condamnée, sur le trottoir d'en face. Elle accéléra ; ce n'était pas le genre de filles dont il fallait s'approcher, surtout toute seule. Mais alors, une voix effrayée cria :

– Sirin !

C'était Ellie.

Sirin s'arrêta, ne sachant pas trop d'où venait cette voix. Alors, les filles devant la porte se retournèrent pour la regarder et elle aperçut derrière elles le rose du sac à dos d'Ellie, puis Ellie elle-même, acculée. Le cœur de Sirin se serra. Voilà qui n'augurait rien de bon.

– Sirin ! appela à nouveau Ellie. Sirin, je t'en prie. Aide-moi, s'il te plaît !

Elle savait qu'elle ne pouvait pas ignorer son amie. Malgré une forte appréhension, elle traversa la route et s'arrêta tout juste hors de portée de quatre filles vêtues de leur propre interprétation de l'uniforme du lycée : cravates coupées, jupes encore plus courtes, collants noirs déchirés et baskets neuves blanches. Elles lui jetaient des regards hostiles.

– Elles veulent leur argent, dit Ellie d'une petite voix effrayée. Je… je le leur avais promis hier, mais je ne l'ai pas… Oh, Sirin, tu as de l'argent sur toi ?

Sirin fouilla dans sa poche et en sortit tout ce qu'elle avait : une pièce de deux livres, avec laquelle elle avait prévu d'acheter quelques fraises à sa mère. Elle la donna à Ellie, qui la remit à une fille avec sur les yeux le maquillage le plus sombre que Sirin avait jamais vu. La fille empocha la pièce.

– D'accord, gamine. Tu peux y aller, dit-elle à Ellie. Et la prochaine fois, apporte l'argent, compris ?

Ellie acquiesça et marmonna :

– Compris.

Sirin ne voulait pas s'attarder mais, quand elle se tourna pour partir, quelqu'un lui saisit le bras. Elle pivota. La plus grande des filles la dévisageait.

– Toi, dit-elle. Où est ta taxe ?

– Quelle taxe ? réussit à répondre Sirin.

– Pour avoir marché de ce côté de la rue. Sur notre territoire. Tu nous dois de l'argent. Alors donne.

– Mais je viens de vous en donner, protesta-t-elle.

– Non, tu as donné de l'argent à ton amie. Pas à nous. Alors maintenant, tu nous paies. Compris ?

Sirin regarda les quatre filles d'un air consterné.

– Mais c'est injuste.

– Ooh, c'est injuste, singea l'une des filles.

Une autre la saisit par le col.

– La vie est injuste, gamine. Il faudra t'y faire. On veut notre argent.

– Mais je n'ai plus rien, répondit Sirin en jetant un regard désespéré à Ellie.

– Elle l'apportera demain, intervint son amie. C'est promis.

– Cinq livres demain, dit la fille. Chacune.

– Chacune ? glapit Ellie.

– Ouais. Et tirez-vous d'ici avant que ça passe à un billet de dix chacune.

Sirin se sentit soudain en colère. Elles avaient volé les fraises de maman et elles réclamaient maintenant une somme folle que ni elle ni Ellie n'avait espoir d'obtenir.

– Pourquoi devrait-on… ? commença-t-elle, mais Ellie l'attrapa par la main et l'entraîna derrière elle au pas de course.

– Ne discute pas avec elles, dit-elle en parcourant la rue à toute allure, sans la lâcher. Elles ont des couteaux.

De retour chez Ellie, tous les agacements de la semaine précédente se dissipèrent et Sirin s'aperçut qu'Ellie et elle étaient à nouveau amies. Elles jouèrent avec Sammi et rirent ensemble tout le long de leur émission télé préférée. Puis le père d'Ellie prépara le plat que Sirin aimait le plus. Elles étaient assises près du feu et dessinaient des dragons lorsque la sonnette retentit. C'était Anna, mais elle alla tout droit à la cuisine pour parler, alors elles commencèrent à colorier leurs dragons. Sirin choisit un surligneur vert clair et son dragon brillait. Elle venait de terminer la queue quand la porte du salon s'ouvrit et Anna entra.

Quand elle partit, Sirin et Ellie étaient toutes deux en larmes. Anna était venue leur annoncer qu'elle avait trouvé une famille d'accueil pour Sirin et que celle-ci partirait le lendemain matin. « Pourquoi, pensa Sirin, malheureuse, m'arrache-t-on toujours ce qu'il y a de bien dans ma vie ? »

19

Kaan Lennix

Malgré sa croissance fulgurante, Lysandre n'était qu'un bébé dragon et il ne comprenait pas complètement le monde nouveau et impitoyable dans lequel il se trouvait à présent. L'impression de sécurité et d'appartenance éprouvée auprès de Joss lui avait été brutalement arrachée, et il se sentait désormais totalement seul dans un lieu étrange et, même s'il s'agissait d'une chambre chauffée, lumineuse, parsemée de tapis moelleux et approvisionnée en nourriture goûteuse et en eau, il se sentait perdu.

Lysandre n'aimait pas cet endroit, mais il aimait encore moins savoir son Écho dans un endroit plus déplaisant encore. Il tentait d'envoyer des pensées réconfortantes à Joss, mais ils n'avaient jamais communiqué sans être côte à côte et il ne recevait aucune réponse. Pourtant, il n'abandonnait pas. Il s'allongea, inconsolable, sur les tapis moelleux, posa la tête sur l'oreiller d'herbe gorgé de baume de dragon, et essaya à nouveau de contacter Joss. Voilà pourquoi, lorsque Edward et Di Mara Lennix entrèrent d'un pas silencieux et respectueux dans la chambre de Lysandre, poussant devant eux un garçon aux cheveux blonds et souples et à la bouche évoquant un petit couteau aiguisé, signe de mauvais caractère, Lysandre ne leur prêta aucune attention. Ses pensées étaient tournées vers Joss, et lui seul.

Di Mara poussa son fils cadet d'un geste irrité.

– Allez, Kaan. Dis bonjour à ton nouvel Écho.

Au mot « Écho », Lysandre releva la tête. Il observa le garçon s'approcher de biais, tel un crabe qui douterait d'être bien reçu par un homard gigantesque.

– C'est un Argenté, Kaan, l'avertit Edward. Alors, souviens-toi des bonnes manières.

Mais le garçon ne les avait jamais apprises. Il tendit la main, attrapa la crête délicate sur le haut du crâne de Lysandre et tira. Ce geste offensa le dragon, et lui fit mal. Il s'écarta et sa réponse de feu automatique se déclencha. Aucune flamme ne sortit, mais à sa grande satisfaction, un souffle d'air brûlant enveloppa le garçon, qui courut retrouver sa mère.

– Maman, gémit-il. C'est un méchant. Je ne veux pas être son Écho. Tu sais que je veux un Rouge. Tu le sais. Alors pourquoi je ne peux pas... ?

– Silence ! aboya Edward. Tu auras ce qu'on te

donnera et tu feras preuve de gratitude. L'Argenté et toi ferez un vol d'essai cet après-midi et tu as intérêt à ce que ça fonctionne entre vous, Kaan. Tu as déjà de la chance d'avoir un Écho, après le traitement abominable que tu as infligé au dernier. Et tu devrais t'estimer heureux que ce soit un Argenté.

– Mais je voulais un Rouge, marmonna Kaan d'un air boudeur, prenant soin de ne pas être entendu par son père.

Lysandre les regarda sortir. Le garçon lui jeta un regard noir par-dessus son épaule et il le lui rendit avant de s'allonger pour penser à Joss et aux immenses différences qui existaient entre les deux garçons.

Cet après-midi-là, une fille aux cheveux courts et hérissés entra dans sa chambre. Elle apportait un licou. Elle passa le portillon, le referma derrière elle, et s'arrêta net en le fixant du regard. Lysandre les observait, elle et le licou en particulier, d'un air méfiant.

La visiteuse était Carli. Les gardes avaient remarqué qu'Allie et elle s'entendaient bien et avaient retiré Carli du pilon à os pour la remettre au service des dragons. Carli haïssait les dragons et les gardes le savaient bien. Kidnappée lors d'un raid de Raptors et emmenée à la forteresse Lennix dans les griffes de Valkea, Carli avait subi le pire de la cruauté des Raptors et exécrait désormais chaque seconde passée auprès d'eux. Elle dévisageait Lysandre avec autant de méfiance que lui. Il était, elle devait l'admettre, étonnamment beau, mais elle savait que la beauté cachait souvent de la méchanceté. Elle était toutefois décidée à ne pas le laisser sentir sa peur. Elle soutint son regard mais, face à ses yeux verts et tristes, elle commença à se sentir troublée. Ce dragon lui semblait tout aussi vulnérable, abattu et perdu qu'elle.

Se demandant ce que la jeune fille allait faire, Lysandre pencha la tête sur le côté d'un air interrogateur. Carli fit de même.

– Bonjour, murmura-t-elle.

Lysandre baissa la tête pour la saluer, puis fixa à nouveau le licou d'un air suspicieux. Carli comprenait sa peur.

– Je suis vraiment désolée, dit-elle, mais ils m'ont demandé de venir te chercher. Avec ça.

Lysandre commença à reculer avec un regard apeuré. Carli était ébahie. Elle n'avait jamais vu de dragon craintif.

– Hé, chuchota-t-elle, n'aie pas peur.

Elle posa le licou sur un coussin à proximité et traversa lentement la chambre, pour s'arrêter à une distance respectueuse de Lysandre. Celui-ci la regardait mélancoliquement de ses grands yeux verts, et pour la première fois, Carli comprit que les relations entre humains et dragons ne devaient pas forcément être régies par la peur. Ce dragon argenté était une créature belle et douce. C'était quelqu'un qui pouvait être un véritable ami.

– Je suis vraiment désolée pour le licou. C'est un objet affreux. Mais ils m'ont ordonné de venir te chercher avec ça, et si je ne respecte pas les ordres, j'aurai de sérieux ennuis.

Lysandre ne souhaitait pas causer plus d'ennuis à Carli, qui semblait en avoir déjà bien assez comme ça. Il se leva alors et marcha jusqu'au licou, le fit sauter sur son museau et attendit que Carli l'attache.

– Merci du fond du cœur, murmura-t-elle en le faisant glisser sur la tête de Lysandre. Et je suis sincèrement désolée.

Il posa son doux museau sur le bras de Carli pendant quelques secondes, puis elle poussa la porte principale de la chambre et ils empruntèrent le large couloir, au bout duquel se trouvait la garderie des dragons. En passant devant la double porte, d'où résonnaient des cris et des glapissements rauques, Lysandre eut soudain la sensation que Joss était près de lui.

– *Joss, Joss, tu es là ?* lança-t-il.

Mais malheureusement, à cet instant précis, un bébé dragon affamé poussa un cri perçant et aigu en direction de Joss et le hurlement du petit Raptor couvrit l'appel de Lysandre. Découragé, celui-ci suivit Carli sur une longue rampe sinueuse en se demandant ce qui l'attendait au sommet. Sur l'aire d'atterrissage se tenait un groupe intimidant : Edward et Di Mara Lennix, leur fils aîné, Declan, et Kaan, inquiet, qui portait une nouvelle ceinture large et argentée à la taille. Di Mara avait menacé Kaan d'une nuit au cachot s'il ne devenait pas l'Écho de l'Argenté, et il savait que sa mère ne plaisantait pas. Declan, Écho heureux et dévoué d'un Jaune sensible nommé Timoléon, était là pour aider Kaan à comprendre comment devenir Écho de Lysandre. Cela ne l'enchantait guère.

– Kaan n'a aucune chance, avait-il dit à Di Mara. Je pense que cet Argenté est déjà Écho avec le gamin que vous avez ramené avec vous.

Di Mara avait protesté :

– L'Argenté est trop jeune pour faire la différence. Au bout de quelques semaines, il aura complètement oublié l'autre garçon.

– Bien sûr que non, avait objecté Declan. Un Écho, c'est pour la vie. Et même si l'Argenté est encore libre, tu peux être sûre que Kaan le blessera comme il a blessé son dernier Écho. C'est du gâchis.

– Bêtises, Declan. Tu as toujours été jaloux de ton petit frère et il est grand temps que ça cesse.

Désormais, Kaan se tenait aux côtés de sa famille et regardait une fille aux cheveux roux hérissés conduire vers eux le plus beau dragon qu'il avait jamais vu. Il ressentit une pointe d'envie. C'était injuste que Kaan ait l'opportunité de se faire Écho d'une créature aussi merveilleuse. La fille rousse s'arrêta à une distance respectueuse et sa mère saisit le licou pour le donner à Kaan. Lysandre s'ébroua et lança sa tête vers le haut, tirant douloureusement sur le bras de Kaan. Declan et la fille échangèrent des regards amusés, puis elle baissa très vite les yeux. Il était interdit à tout prisonnier de regarder un Lennix dans les yeux.

Edward s'adressa alors à Lysandre :

– Bel Argenté, nous te prions d'approuver ton jeune nouvel Écho. Nous vous souhaitons une collaboration longue et fructueuse.

Lysandre poussa un grognement dédaigneux et cracha par terre. La matière durcit au contact du sol et se fixa aux pavés. Edward Lennix plissa son nez fin et crochu. Il détestait voir du crachat de dragon sur sa précieuse aire d'atterrissage. C'était le signe d'une mauvaise gestion des dragons, et tout le monde savait à quel point il était difficile de l'enlever.

– Toi, gamine, lança-t-il à Carli, débarrasse-moi de ce truc !

Alors qu'elle s'agenouillait et commençait à gratter le crachat caoutchouteux avec ses ongles, Declan caressa le museau de Lysandre et chuchota les mots doux et apaisants de ceux qui murmurent à l'oreille des dragons :

– *Ouche ma wou, sali lamou, tawa mii, tawa tchou.*

Même si le jeune Argenté ne comprenait pas encore le sens, ils lui firent ressentir de la chaleur et de la joie au plus profond de son être. Il se détendit et posa la tête contre l'épaule de Declan.

– Tu peux y aller maintenant, Kaan, dit Di Mara d'un ton impatient.

Le garçon allait monter quand Declan remarqua ses bottes à talons métalliques avec de minuscules lames dépassant à l'arrière.

– Attends, ordonna-t-il sèchement à son jeune frère. Enlève ces bottes immondes.

– Mais ce sont mes éperons à dragon, crétin, répliqua Kaan, renfrogné.

– Kaan, fais ce que te dit Declan et enlève-les, intervint Edward. Tu ne deviendras jamais Écho en portant des choses pareilles.

Il obéit à contrecœur puis, aidé par sa mère, grimpa pieds nus sur Lysandre, à l'endroit où Joss s'était assis seulement deux jours plus tôt.

Le dragon n'aimait pas du tout la sensation de Kaan sur son dos. Le garçon était enveloppé et lourd comme une enclume. Ses ongles coupants trouvèrent la peau fine sous ses écailles et s'y enfoncèrent, et il referma les doigts sur la pointe de la crête au bas de la nuque de Lysandre, dont la forme était adaptée aux mains de Joss.

– Maintenant, dit Edward, envoie un message à l'Argenté par la pensée. Demande-lui son nom.

Kaan plissa son visage, concentré.

– Il ne veut pas me le dire. Sans doute parce que c'est un nom ridicule, comme Tototte.

Declan soupira.

– Je ne te comprends pas, Kaan. On te donne la chance de devenir Écho avec le genre de dragon dont tout le monde rêve, et tu te comportes comme un parfait imbécile.

– Oh, va te faire voir ailleurs. Allez, Tototte, on se tire, lança-t-il avant de frapper violemment les côtes de Lysandre avec ses talons.

L'Argenté en avait assez. Il déploya ses ailes et, dans un décollage parfaitement vertical, il s'éleva droit dans les airs sous les applaudissements admiratifs des parents de Kaan.

– Tu vois, Declan, dit Di Mara, l'Argenté vole avec lui. Kaan s'en tirera très bien.

Les sourcils froncés, Declan regarda le dragon monter en flèche dans le ciel, puis il tourna les talons et partit. Il s'arrêta brièvement à côté de Carli, qui s'était déjà cassé deux ongles en essayant de décoller le crachat de dragon.

– Tiens, prends ça, chuchota-t-il en lui tendant furtivement son petit canif. Ça marche, j'ai déjà essayé.

Carli prit le couteau avec un regard stupéfait. Elle hocha la tête en remerciement et se remit à la tâche.

Di Mara se pressa de rattraper Declan.

– Prends Timoléon et suis-les, dit-elle. Juste pour être sûr que… tu sais, que tout va bien.

Declan partit chercher son dragon. Parfois, il aurait aimé ne pas être un Lennix. Un jour, il s'envolerait loin de cet horrible trou à rats débordant de cruauté et ne reviendrait jamais. Un jour.

Alors qu'il s'éloignait de sa prison, Lysandre fit le même vœu que Declan : il ne reviendrait jamais. Mais tandis qu'il décrivait des cercles loin au-dessus du domaine et regardait le granit gris de la forteresse sinistre sur son plateau montagneux, il entendit enfin Joss :

– *Lysandre. Où es-tu ? Tu me manques tellement.*

Il eut l'impression de recevoir un coup de couteau dans le cœur. Joss était bien là.

– *Joss, Joss ! C'est toi ! Tu me manques aussi.*

Il projeta ces mots vers le sol, espérant que d'une manière ou d'une autre, ils perceraient ces murs épais et lugubres jusqu'à leur destination. Il savait désormais qu'il devait rentrer. Il ne pourrait jamais laisser Joss seul dans cet endroit horrible.

Comme s'il était jaloux que les pensées de Lysandre soient concentrées sur autre chose, Kaan donna deux grands coups de pied dans les flancs du dragon. Sous le choc, celui-ci se cabra, et Kaan cria si fort que les organes gérant l'équilibre dans les oreilles délicates de Lysandre furent brouillés et qu'il ne distingua plus le haut du bas. En pleine confusion, il monta soudain en flèche. Plus ils gagnaient de l'altitude, plus Kaan hurlait et plus Lysandre avait la tête qui tournait.

– *Joss,* appela-t-il du plus fort qu'il put, *Joss !*

En bas, dans la garderie des dragons, au milieu des bébés qui tentaient sans cesse de le mordre, Joss, qui nettoyait une flaque d'excréments, entendit le message de Lysandre. Il jeta sa serpillière et hurla :

– Lysandre ! Lysandre ! Où es-tu ?

Les autres prisonniers se tournèrent vers lui et échangèrent des regards ; il n'était pas rare que des gamins deviennent fous, mais d'habitude, ça n'arrivait pas aussi vite.

Joss surprit leurs regards furtifs et se remit aussitôt à nettoyer les déjections jaune pâle et collantes. Peu lui importait l'odeur répugnante, tant il était heureux d'avoir entendu Lysandre. Tandis qu'il essorait la serpillière dans un seau, il se concentra pour envoyer un message silencieux :

– *Lysandre ! Lysandre ! Où es-tu ?*

Mais il ne reçut aucune réponse. Son dragon était parti. Il tourbillonnait dans un tunnel de lumière blanche aveuglante et fonçait à toute vitesse vers un autre monde. Et sur son dos, Kaan Lennix criait comme un putois.

20

Sirin seule

– Sirin, dit doucement une voix, Sirin, c'est l'heure d'y aller.

Elle ne bougeait pas. Elle continuait à regarder dans le vide par la fenêtre sale, au trentième étage. Les nuages épais flottaient à basse altitude, et leur couleur grise lugubre reflétait exactement son état d'esprit. À cet instant précis, tout ce qu'elle voulait, c'était se perdre dans les nuages doux et ne plus jamais ressentir quoi que ce soit. Mais la voix dans son dos se faisait de plus en plus insistante.

– Sirin. Allez. Ta maman ne voudrait pas que tu…

Elle se retourna, en colère.

– Ne mêlez pas ma mère à ça. Vous n'avez aucune idée de ce qu'elle voudrait. Aucune.

Elle lança un regard furieux à la femme, une nouvelle assistante sociale qui remplaçait Anna, en congé pour le week-end. Sirin avait très vite appris que lorsqu'elle avait vraiment besoin d'une personne, celle-ci s'en allait.

L'assistante sociale lui fit un sourire triste.

– Tu as raison, Sirin. Je ne connais pas ta mère, mais je sais que toutes les mamans veulent que leurs enfants soient en sécurité. Et tu seras beaucoup plus près d'elle, aussi. Nous t'avons trouvé une place à quelques rues seulement de l'hôpital. C'est une famille très gentille et ils sont impatients de faire ta connaissance. (L'assistante sociale ramassa un grand sac.) J'ai mis tout ce qu'il te faut là-dedans.

– À part Sammi.

– Je suis navrée, Sirin, répondit la femme avec patience, mais comme je te l'ai déjà expliqué, le petit garçon de ta famille d'accueil est allergique aux chats.

– Alors Sammi et moi resterons ici, s'obstina-t-elle.

L'assistante sociale réprima un soupir. Elle ne comprenait pas comment Sirin et sa mère avaient pu avoir un chat ; les animaux domestiques étaient interdits dans les tours.

– Ne t'en fais pas pour Sammi. Il sera accueilli par une autre famille.

– Ouais. Exactement comme moi. Sauf que Sammi ne sera pas bien et moi non plus. Et Sammi est une femelle, pas un mâle.

– *Elle* ira bien. Et toi aussi, Sirin. Et quand ta maman sera rétablie, vous pourrez rentrer à la maison, ajouta-t-elle d'un ton bien trop enjoué.

« Elle ne pense pas que maman va se rétablir », pensa Sirin.

– Je voudrais récupérer quelque chose dans ma chambre, dit-elle. Un souvenir. Il était à maman. Il *est* à maman, je veux dire.

L'assistante sociale hocha la tête, satisfaite que Sirin semble accepter la situation.

– Bien sûr. Prends un petit moment pour toi.

Sirin courut jusqu'à sa chambre, glissa le bras sous le matelas et en sortit la petite bourse en cuir contenant la pierre de dragon, qu'elle avait mise là en sécurité. Puis elle ôta un lacet d'une vieille basket, y enfila la pierre de dragon et le noua autour de son cou tout en se promettant de ne pas s'en séparer avant le retour de sa mère à la maison. La main sur la pierre, sentant sa chaleur se répandre en elle, elle s'approcha de la fenêtre pour contempler la bruine qui tombait nonchalamment du ciel brumeux. Au-dessus des lignes de toits noirs et brillants, elle distingua l'hôpital en forme de boîte, à peine visible au loin, au bord du fleuve. Quelque part dans cette boîte se trouvait le service qu'on appelait les soins intensifs, où maman était allongée, prise au piège d'une toile de tubes comme une mouche dans le repaire d'une araignée. Sirin souleva la pierre jusqu'à la fenêtre, en espérant que d'une manière ou d'une autre, sa mère saurait qu'elle et la pierre étaient réunies, qu'elle pensait à elle et lui souhaitait d'aller mieux.

Soudain, un éclair argenté jaillit d'un nuage bas à proximité. Sirin bondit en arrière en poussant un cri

– elle détestait le tonnerre – et ferma les yeux. Elle attendit le grondement, mais rien ne vint, puis elle rouvrit lentement les yeux. Un rayon égaré du soleil couchant ricocha sur un objet argenté et disparut. Sirin scruta le ciel qui s'obscurcissait en se demandant ce qu'elle avait vu, et pourquoi cela la rendait étrangement joyeuse.

Une toux légère à la porte de sa chambre la ramena à la réalité. L'assistante sociale avait pris son cri de surprise pour un sanglot étouffé.

– Sirin, ça va ?

La jeune fille acquiesça.

– Oui. Oui, ça va, merci.

Et c'était vrai, pensa-t-elle, ça allait. L'éclair argenté était sans doute le signe que la santé de sa mère s'améliorerait. Elle glissa la pierre de dragon pendue au lacet sale sous son sweat-shirt et lança un dernier regard à la grosse boîte près du fleuve.

– Bon, dit-elle. Je suis prête.

21

Le voyage de Kaan

Lysandre traversait sans cesse d'épais nuages gris et bizarres, tentant désespérément de s'orienter. Voler avec un humain qui n'était pas votre Écho était compliqué pour n'importe quel dragon, mais voler avec un garçon qui hurlait et vous étranglait à moitié – les bras musculeux de Kaan serraient comme un étau le cou délicat de Lysandre – était quasiment impossible. C'était un cercle vicieux : plus Kaan avait peur, plus sa prise se resserrait ; moins Lysandre pouvait aspirer d'air dans ses poumons, plus la tête lui tournait, jusqu'à ce qu'il finisse par perdre connaissance et plonge vers le sol, les ailes repliées comme un parapluie fermé.

Alors que Lysandre tombait comme une pierre à travers la brume dense et froide, Kaan se tut, la voix coupée par la terreur. Ce fut ce qui les sauva tous les deux. L'emprise du garçon se relâcha, ce qui permit à Lysandre de prendre une inspiration tremblante. Les sens du dragon se remirent en action et il déploya ses ailes pour transformer sa chute vertigineuse en vol plané ascendant. Épuisé par la peur, Kaan s'écroula sur le cou de l'Argenté comme un torchon mouillé.

Lysandre volait lentement dans les nappes de brouillard froid et inspirait profondément pour reprendre des forces. Pendant ce temps, Kaan observait le sol à travers les ouvertures dans la brume.

Kaan Lennix n'était pas doué pour grand-chose, mais ce qu'il faisait mieux que quiconque, c'était voir avec précision des objets à une distance éloignée. Il avait la vue plus perçante que celle de n'importe quel rapace. Et ce qu'il aperçut sous lui le laissa sans voix. Cela lui rappelait les vieilles cartes de villes mythiques que sa mère lui montrait et qui, d'après elle, appartenaient à un endroit nommé les Terres perdues. Kaan adorait ces histoires, car c'était le seul moment où sa mère lui prêtait attention, mais ce qu'il voyait à présent était encore plus excitant, car il voyait des choses bouger. Il aimait tellement espionner les gens qu'il avait sa propre longue-vue. Excité, il sortit le petit tube de cuivre de sa poche, le déplia et fit le point sur les scènes qui apparaissaient et disparaissaient en contrebas.

Il en resta bouche bée. De longues boîtes de différentes couleurs, sûrement des dragons portant une sorte d'étrange armure, se déplaçaient lentement dans les rues d'une immense ville. Des dragons dans des boîtes de couleur, il pouvait le comprendre, mais le plus incroyable, c'était que, filant à toute allure à côté de ces boîtes, il voyait des humains, des centaines d'humains, comme de petites fourmis noires. Kaan était abasourdi.

– Hé, dragon ! Où est-on ?

Lysandre ne réagit pas.

– J'imagine que tu n'en sais rien, de toute manière, marmonna Kaan. Je suppose que tu ne vois même pas tous ces gens en bas, imbécile de dragon. Eh bien, je vais te dire où nous sommes : dans les Terres perdues. Ma mère m'a tout raconté là-dessus. Toutes les légendes et tout ça. Je pensais qu'elle racontait n'importe quoi. On le pensait tous ! Mais peut-être qu'elle avait raison, hein, Tototte ? Attends un peu que je le lui dise. Ah, ah !

Lysandre l'ignora, concentré sur le picotement entre ses yeux qui, il en était presque sûr, le dirigeait vers le portail de retour vers son monde à lui. Il s'éleva avec régularité dans le nuage épais et froid, et bientôt, même la lunette de Kaan ne montra qu'une brume blanche. Ce fut seulement à ce moment-là que Lysandre prit conscience d'un bruit fracassant dans le ciel, de plus en plus fort, d'une agitation dans l'air et d'une étrange odeur métallique, qui ne lui inspiraient rien de bon. Et soudain, il vit un immense dragon argenté sortir du nuage et foncer droit sur eux. C'était terrifiant : ses ailes tournoyaient autour du haut de son corps comme un moulin à vent et son museau épais et arrondi projetait un puissant faisceau de lumière. Kaan se mit à hurler, mais dans le vacarme assourdissant de cet étrange dragon, Lysandre ne s'en rendit même pas compte. Aveuglé par les rayons de lumière, il monta en flèche et, guidé par le picotement entre ses yeux, si fort désormais qu'il lui donnait envie d'éternuer, il fila vers le portail.

Il se mit alors à tourbillonner dans un tunnel de lumière. Kaan avait arrêté de crier, le dragon argenté avait disparu, et tout était merveilleusement calme. Ayant repris le contrôle de la situation, il laissa le portail l'attirer dans son vortex et le projeter comme le bouchon d'une bouteille de champagne dans le ciel bleu au-dessus des montagnes Noires. Kaan poussa un grand cri de soulagement en se voyant de retour dans un cadre familier et Lysandre descendit lentement en direction de l'inhospitalière forteresse Lennix. En se rapprochant, il vit un Raptor jaune qui volait vers eux à toute vitesse et il reconnut Declan à la place du cavalier.

Pour ne pas effrayer le jeune Argenté, Declan et Timoléon gardèrent leurs distances, mais ils étaient assez proches pour voir Kaan à califourchon sur le dragon comme un héros de retour du combat, tenant les rênes d'une main et donnant des coups de pied à Lysandre pour montrer qui était le chef. Declan remarqua que l'Argenté ne prêtait aucune attention à son frère, mais fixait des yeux la forteresse Lennix comme s'il cherchait quelque chose.

– *Aucune chance qu'ils soient devenus Échos,* dit Declan à Timoléon.

– *Aucune communication entre eux,* acquiesça ce dernier tandis qu'ils se rapprochaient de Lysandre et Kaan.

– Hé ! cria Declan à son frère. Où étiez-vous ?

– Tu aimerais bien le savoir, hein ? répondit-il d'un air suffisant.

Declan soupira.

– *Quel idiot,* dit-il à Timoléon.

– *Un idiot qui vient de faire un sacré vol, tout de même*, répondit son Écho. *Je me demande où ils avaient disparu.*

– *À mon avis, on le saura bientôt. Kaan a l'air content de lui.*

Declan et Timoléon suivirent Kaan et l'Argenté tandis qu'ils descendaient en planant vers l'aire d'atterrissage où, à la grande surprise de Declan, le dragon ignora la croix et vola à seulement un mètre du sol pour rejoindre le fond de la cour. Kaan commença à paniquer.

– Arrête-toi ! hurla-t-il. Arrête-toi et atterris, imbécile !

L'Argenté se moquait royalement des ordres de son cavalier. Il planait maintenant juste au-dessus de la rampe qui menait à la fosse aux excréments, quelques mètres plus bas. Dans une manœuvre rondement menée – assurément préméditée —, qui impressionna Declan, l'Argenté plaqua sa queue contre son arrière-train et exécuta un looping arrière parfait. Avec un cri perçant, Kaan tomba la tête la première dans la pile d'excréments fumants. Seuls ses pieds nus dépassaient.

Declan savait qu'il ne fallait pas rire, mais il ne put s'en empêcher.

22

Rêves argentés

Assise dans son fauteuil d'ébène aux dragons sculptés, Di Mara Lennix présidait une réunion de famille. Kaan, tout rouge à force de se récurer, boudait à côté de sa mère et, face à lui, Tamra et Mirra se bouchaient le nez de façon ostentatoire. Declan était assis à l'autre bout du bureau à côté de son père, tous deux silencieux.

Di Mara étudiait sa famille, les yeux brillants d'une excitation contenue.

– Cet après-midi, commença-t-elle, Kaan a vu quelque chose de très intéressant.

Tamra et Mirra postillonnèrent en riant.

– Ouais, l'intérieur de la fosse à excréments !

– Silence, vous deux ! lança Edward d'un ton sec.

Mirra n'en revenait pas, leur père était toujours un ange avec elles. Elle regarda Tamra qui haussa les épaules et fit une grimace.

– Aujourd'hui, reprit Di Mara, Kaan s'est rendu dans les mythiques Terres perdues.

Mirra jeta un regard consterné à sa jumelle ; Kaan avait-il enfin fait quelque chose de bien ? Mais Tamra semblait fascinée par la nouvelle.

– Les Terres perdues ? Tu veux dire que Kaan y est allé pour de vrai ? demanda-t-elle, les yeux pétillant d'enthousiasme.

Pour la première fois, Mirra prit conscience avec malaise de la très forte ressemblance entre Tamra et sa mère.

– C'est exactement ce que je veux dire, répondit Di Mara. Vous savez tous que j'ai toujours cru en l'existence de ces terres. Et maintenant, grâce à Kaan et à mon Argenté, j'en ai la preuve.

Elle jeta à son mari un regard triomphant. Edward se racla la gorge. Il n'était pas convaincu. Kaan était un menteur notoire, mais cette fois il était décidé à découvrir la vérité. Di Mara sembla lire dans ses pensées.

– Declan, lança-t-elle, dis-nous ce que tu as vu dans le ciel.

– J'ai vu Kaan donner des coups de pied à l'Argenté, dit-il en décochant un regard noir à son frère. Dire qu'il voulait porter ces ignobles bottes ! Ce n'est pas comme ça qu'on traite un dragon, encore moins un précieux jeune Argenté. Kaan a eu ce qu'il méritait, si vous voulez mon avis.

Di Mara soupira. Elle aurait aimé que ses fils ne se détestent pas aussi violemment.

– Calme-toi, Declan. Dis-nous s'il te plaît ce que tu as vu là-haut...

Kaan les interrompit avec colère :

– Pourquoi tu lui demandes à lui ? Qu'est-ce qu'il en sait ? Je suis le seul à pouvoir vous raconter ce que j'ai vu. Et je peux vous dire autre chose aussi : cet idiot d'Argenté ne vaut pas un clou. Et je ne monterai plus jamais sur un dragon à moins que ce soit un Rouge. Et puis c'est tout.

Di Mara et Edward échangèrent un regard.

– Nous discuterons de cela plus tard, Kaan, dit son père. En attendant, tu te tais. Poursuis, s'il te plaît, Declan.

– Kaan et l'Argenté volaient au-dessus du mont Lennix. Il y a eu un éclair de lumière argentée et puis c'était fini. Ils avaient disparu. Ils s'étaient évaporés.

Di Mara se tourna vers son autre fils.

– Maintenant, Kaan, à ton tour.

Celui-ci, contrarié qu'on lui ait ordonné de se taire, haussa les épaules et commença d'un ton renfrogné :

– Pas grand-chose. Il y a eu une espèce de tunnel de lumière et puis un gros nuage et, en bas, j'ai vu des trucs comme sur ces vieilles cartes, avec plein de gens qui couraient autour de boîtes à dragon colorées et qui les déplaçaient, et puis on est rentrés. Juste des trucs nuls et ennuyeux sur un dragon nul et ennuyeux.

Di Mara sourit à sa famille, révélant ses dents blanches affûtées.

– Ce que Kaan est en train de nous dire, c'est que l'Argenté lui a fait passer un portail. Et qu'il a vu une ville remplie d'humains.

Edward se pencha en avant.

– Combien d'humains, Kaan ? demanda-t-il.

– Je sais pas. Plein. On aurait dit des fourmis.

Di Mara regarda Edward d'un air triomphant.

– Je te l'avais bien dit.

– Oui, tu me l'avais dit, répondit-il sèchement avant de fixer son attention sur son fils cadet. Bon, Kaan, tu écriras un rapport sur ce qui s'est passé. Tu dessineras une carte de l'endroit que tu as découvert. Tu feras une estimation du nombre de gens que tu as vus et ensuite…

– Pas question, l'interrompit Kaan.

– Et ensuite, ajouta Di Mara, tu iras au Perchoir et tu demanderas à Valkea si elle consentirait à devenir ton Écho.

Le regard du garçon s'illumina.

– Valkea ?

– Valkea ? répéta Tamra. Mais, maman, tu ne peux pas faire ça ! Tu n'as pas le droit. Valkea et moi avons un accord. Nous…

– Ne sois pas ridicule, Tamra. Tu es déjà Écho avec Trixtan.

– Ce n'est pas un Écho complet. Tu le sais très

bien. Je dois le partager avec Mirra. Et c'est tellement pénible.

– Du calme, Tamra, lança Di Mara, qui dirigea toute la puissance de son regard glacial sur sa fille.

Tamra eut un mouvement de recul, comme un escargot face à un tas de sel. « Un jour, pensa Tamra, je montrerai à ma mère qui commande. Et elle s'en mordra les doigts. »

Di Mara se retourna vers son fils.

– Valkea est une excellente Rouge et Krane m'a dit qu'elle aimerait devenir Écho avec un Lennix. Tu as donc toutes tes chances. Je te conseille d'adopter un comportement irréprochable. On ne plaisante pas avec un dragon comme Valkea. Tu comprends ?

Kaan s'était déjà levé.

– Oh, oui ! Oui, je comprends. Je serai très gentil avec elle. C'est promis.

– Mais d'abord, tu fais le rapport pour ton père. Ce sera un bon entraînement. Si Valkea accepte de devenir ton Écho, il te faudra écrire un compte rendu pour chaque vol. Tu comprends ?

Kaan hocha la tête avec impatience.

– Oui, oui, je comprends. Je peux y aller, maintenant ?

Di Mara acquiesça. Les yeux mi-clos, Tamra observa son frère qui repoussait sa chaise. Il dénoua sa ceinture argentée, la jeta au sol et sortit en courant. Il laissa la porte ouverte derrière lui. En silence, l'air furieux, Tamra se leva. Declan, Mirra, Edward et Di Mara la regardèrent ramasser son bloc-notes, remettre soigneusement sa chaise en place et se diriger vers la sortie, la tête haute. Elle referma sans bruit la porte derrière elle et ils entendirent ses pas légers qui descendaient lentement l'escalier en pierre, puis ce fut le silence.

Di Mara fronça les sourcils. Le silence réfléchi de Tamra l'inquiétait. Elle aurait largement préféré une crise de colère et un claquement de porte.

Plus tard dans la soirée, Di Mara et Edward regardaient le ciel sur le toit de la tour d'observation de Di Mara. C'était une nuit claire et la lune illuminait quelques petits nuages à leur place habituelle au-dessus du mont Lennix.

– Peut-on être sûrs que Kaan a traversé un portail ? demanda Edward. Tu ne penses pas qu'il se vantait simplement, qu'il inventait des histoires ? Ce n'est pas notre enfant le plus attaché à la vérité, si je puis dire.

– Je le crois, répondit Di Mara. On voit toujours quand il ment. Il regarde en l'air vers la gauche et joue avec le lobe de son oreille droite.

– C'est vrai ? s'étonna-t-il.

– J'aurais été étonnée que tu relèves des signes aussi subtils que ça, Edward, mais oui, c'est vrai. À chaque fois. Et il ne l'a pas fait aujourd'hui, pas une seule fois. D'ailleurs, il ne se vantait pas. Il n'avait pas vraiment envie d'en parler.

Edward était surpris. Il pensait que Di Mara remarquait à peine leurs enfants.

– Eh bien, admit-il, Decimus pense lui aussi que les Terres perdues pourraient exister.

– Ah bon ? fit Di Mara, surprise à son tour. Moi qui ai toujours pensé que ton Écho était un peu crétin. Tant mieux pour lui.

Edward réfléchissait.

– Si l'Argenté et Kaan ont traversé un portail, pourquoi lui donnes-tu Valkea comme Écho ? Il ferait mieux de rester avec l'Argenté, non ?

– Kaan ne convient pas du tout à ce dragon. Je le vois maintenant. Il est trop corpulent, trop maladroit. L'Argenté est une bête délicate. Il l'endommagera et on ne peut pas prendre ce risque.

– C'est vrai qu'il détonnait avec lui.

– Et ils ne sont pas devenus Échos, aucun doute là-dessus. Il n'y avait absolument aucune communication entre eux. Mais nous avons l'Argenté à présent et c'est tout ce qui compte. Parce que, avec lui, les Terres perdues sont pour nous les Terres retrouvées !

Au grand étonnement d'Edward, Di Mara lui prit les mains et le regarda droit dans les yeux, ce qui le mit mal à l'aise.

– Edward, ne comprends-tu pas ? C'est pour ça que je voulais cet œuf argenté. C'est pour ça que j'ai marché jusque chez les affreux Zoll pour récupérer ce dragon. Notre monde ne vaut plus rien. Nous l'avons épuisé. Il ne reste plus rien ni pour nous ni pour les Raptors. Ce merveilleux Argenté est la clé de notre survie. Avec lui, on peut aller dans un endroit rempli d'humains qui n'attendent que d'être utilisés. On peut traverser le ciel jusqu'à ces Terres perdues et se les approprier. Edward, ces terres et tous ceux qui y vivent nous appartiennent.

– Je comprends. Crois-moi, je comprends, dit Edward, qui souhaitait désespérément échapper à ses yeux perçants.

Di Mara éclata de rire et, à son grand soulagement, relâcha ses mains et contempla le ciel où résidaient une myriade de liens invisibles vers un monde tout nouveau auquel ils avaient désormais accès.

– Les Lennix ne sont pas encore morts, Edward. Pense seulement à la gratitude de nos Raptors quand ils pourront à nouveau se repaître de chair humaine, dit-elle, abordant un sujet qu'elle lui savait très cher.

Celui-ci s'anima.

– Ce sera comme au bon vieux temps, avant qu'on doive passer aux moutons. Rien n'est plus comme avant depuis ce jour-là.

– C'est si simple. L'Argenté est notre clé.

– Mais pour fonctionner, cette clé a besoin d'un Écho, nuança Edward. Et manifestement, ce ne sera pas Kaan. Qu'allons-nous faire ?

– J'y ai réfléchi. Je crains que Declan n'ait raison. L'Argenté a déjà un Écho, ce garçon berger.

– Mais c'est un désastre ! s'exclama Edward, horrifié. Si l'Argenté n'est pas Écho avec un Lennix, il n'a aucun intérêt pour nous.

Les yeux de Di Mara brillaient sous la lumière de la lune.

– Alors nous ferons de ce garçon un Lennix, dit-elle. Le clan l'adoptera. Il nous sera tellement reconnaissant qu'il fera tout ce qu'on lui demandera.

Edward était étourdi d'admiration.

– Di Mara Lennix, tu es éblouissante. Absolument éblouissante.

Pour une fois, le sourire de Di Mara atteignit ses yeux.

– Je sais, dit-elle.

23

Joshua Lennix

Tôt le lendemain matin, Allie était sur le chemin du pilon à os. Carli l'accompagnait, revenue après que Di Mara l'avait signalée pour « sourire suffisant ». Elles étaient en retard et, en traversant en vitesse un croisement où six allées se rencontraient, Carli s'arrêta et agita frénétiquement les mains.

– En arrière ! siffla-t-elle. Dos au mur.

Une phalange de gardes arborant l'impressionnant uniforme or et noir de la famille Lennix et les écharpes colorées de leurs Échos Raptors respectifs se dirigeait vers elles.

– Il se passe quelque chose, murmura Carli. Les gardes de la famille Lennix ne descendent jamais ici.

Les yeux écarquillés, Allie fixait non les gardes impeccables dans leur parure scintillante, mais la silhouette maigrichonne et livide qui avançait entre eux.

– Joss…, souffla-t-elle. C'est Joss.

– Chut ! siffla Carli.

L'espace d'un instant, Allie croisa le regard paniqué de Joss avant qu'il disparaisse dans le claquement des bottes aux talons métalliques. Allie regarda le dos des gardes qui emmenaient Joss loin d'elle, vers un destin dont elle ne savait rien, à part qu'il n'aurait rien de bon.

– Allez, dit Carli en la tirant derrière elle. On est encore plus en retard.

Allie la suivit aveuglément tandis qu'elle courait dans les allées menant au pilon à os. Quand elle poussa la porte, Carli vit les larmes qui coulaient sur le visage d'Allie.

– Hé, petite, dit-elle d'une voix douce, ce n'est pas si terrible. Au moins, on sera au chaud aujourd'hui. On va faire brûler les os et récupérer les cendres pour les nids des nouveaux œufs.

Allie hocha la tête. Elle fixait la pile d'os à récurer et à mettre au fourneau, et s'aperçut soudain qu'elle ne se sentait absolument pas nauséeuse. En réalité, elle ne ressentait rien du tout. Et elle pensait qu'elle ne ressentirait plus jamais rien.

Joss, en revanche, sentait ses nerfs près de lâcher. Quelque chose de terrible allait lui arriver, il en était sûr. Pourquoi, sinon, l'aurait-on envoyé sous escorte dans les appartements Lennix ? Il avait tout entendu sur la cruauté de Mme Di Mara envers les prisonniers, sa manière d'en choisir certains pour des tâches particulièrement dangereuses, et tandis qu'on lui faisait gravir un large escalier en pierre, il se dit que c'était son tour à présent. Il avait entendu assez d'histoires à la garderie des Raptors pour savoir à quoi s'attendre. Di Mara aimait pousser de temps à autre un prisonnier du haut de l'aire d'atterrissage et elle en avait même parfois, disait-on, jeté dans le pilon à os.

Joss se demandait quelle serait la fin la moins horrible lorsque la petite troupe de gardes ouvrit les lourdes portes, le fit entrer et s'immobilisa en tapant bruyamment du pied. Joss contemplait avec stupéfaction la salle meublée avec opulence qui s'ouvrait devant lui. Des armes et des trophées polis étaient accrochés aux murs, ornés de bannières de soie rouge et noir arborant l'emblème des Lennix : un triangle rouge inversé contenant une flèche noire pointée vers le haut. Au milieu de la salle se trouvait une longue table étroite, et à l'extrémité la plus proche se dressaient trois bougies et trois fauteuils en ébène aux coussins de velours rouge. Deux des sièges étaient déjà occupés : un par Di Mara Lennix et l'autre par Edward Lennix. Celui placé entre eux était vide.

Les gardes s'inclinèrent et sortirent de la pièce en refermant doucement les portes derrière eux, et Joss se retrouva seul face aux chefs du clan Lennix. Ils l'évaluaient d'un regard froid comme s'ils examinaient un objet avant de décider de l'acheter ou non.

Di Mara prit la parole en premier :

– Bienvenue à la forteresse Lennix, Joshua.

Joss ne répondit rien, la bouche trop sèche pour parler. Di Mara poursuivit d'un ton doucereux :

– Joshua, le clan Lennix est une famille ouverte. Nous aimons accueillir en son sein les individus les plus talentueux. Au domaine Zoll, j'ai tout de suite vu que tu étais un de ceux-là. J'ai su que tu étais destiné à de grandes choses.

Confus, Joss fixait Di Mara. Il entendait ce qu'elle disait, mais ses mots n'avaient aucun sens.

Les époux Lennix échangèrent des regards anxieux. Le garçon avait-il un problème ? Il semblait complètement stupide. Di Mara poursuivit sur sa lancée :

– Mais avant de pouvoir te proposer quoi que ce soit, j'ai d'abord dû prouver ton talent à mon mari. Il ne me croyait pas.

Edward jeta un regard agacé à sa femme, qui ne lui prêta aucune attention.

– Et ainsi, Joshua, nous t'avons emprisonné au Perchoir pour pouvoir évaluer ton caractère, et je suis ravie de t'informer que tu as réussi cette épreuve haut la main. Bien sûr, je savais que tu réussirais, malgré tout ce qu'Edward...

Fâché que Di Mara se serve de lui comme bouc émissaire, celui-ci frappa du poing sur la table.

– Assez ! lança-t-il.

Elle lui jeta un regard noir.

– Edward, c'est pour le bien du clan, siffla-t-elle.

– Je sais bien, répondit-il entre ses dents serrées. C'est à tes méthodes que je m'oppose.

Joss observait les deux chefs Lennix d'un air perplexe. Ils semblaient se disputer à son sujet. Tout cela n'avait aucun sens.

Edward décida de prendre la main avant que Di Mara ne le dénigre à nouveau. Regardant Joss dans les yeux, il dit :

– Bienvenue dans le clan Lennix, Joshua.

Joss le regardait sans comprendre. Que voulaient-ils dire par « Bienvenue dans le clan Lennix » ? Le menaient-ils en bateau ? S'agissait-il encore d'un piège ?

Voyant qu'ils n'avançaient pas, Di Mara décida d'essayer une approche moins formelle.

– Joshua, mon petit, viens t'asseoir avec nous, dit-elle en tapotant le velours rouge du fauteuil vide.

Comme au milieu d'un rêve, Joss prit place entre les deux Lennix, mal à l'aise. Il avait l'impression d'être un petit oiseau pris entre deux aigles rivaux. Ne sachant vers quel bec se tourner, il regarda la table devant lui, où un parchemin enroulé et entouré d'un ruban rouge était posé au pied des bougies, avec une plume et de l'encre, ainsi qu'un bâton de cire à cacheter.

– Bien, Joshua, reprit Di Mara en tendant la main vers le parchemin. C'est un jour spécial pour nous tous. La famille, c'est très important, n'est-ce pas ?

Joss tenta d'ignorer le vide qui semblait toujours s'ouvrir en lui quand quelqu'un parlait de famille. Il posa les yeux sur Di Mara et elle lui offrit un sourire qui atteignit presque ses yeux. Joss se rappela le jour où elle et lui s'étaient assis dans la bergerie et avaient parlé de dragons, où elle avait écouté et compris toutes ses peurs concernant les Zoll. Peut-être avait-elle prévu ça depuis le début. Peut-être qu'Allie s'était trompée, tout compte fait. Peut-être que le filet et l'emprisonnement avaient vraiment été des épreuves, qu'il avait réussies. Joss fit de son mieux pour se convaincre que les Lennix étaient plus des incompris que des meurtriers et se sentit sur le point d'y parvenir.

Di Mara défit le ruban rouge et déroula le parchemin devant lui. Joss le fixait des yeux sans comprendre.

– Tu sais lire, n'est-ce pas ? demanda Edward.

Joss hocha la tête. Il savait assez bien lire, mais le document des Lennix était rempli de fioritures et de gribouillis, et l'écriture si petite et serrée que les seuls mots qu'il devinait étaient ceux de son nom.

Di Mara lui tendit la plume et Edward posa un

index parfaitement manucuré sur une ligne vide au bas du document.

– Signe ici, et ce sera fait.

Joshua retrouva enfin sa voix.

– Qu'est-ce qui sera fait ?

– L'adoption, bien sûr, répondit-elle.

– L'adoption ? répéta Joss.

– En effet. Tu deviendras notre fils.

Joss regardait les Lennix d'un air ahuri.

– Eh oui, reprit Di Mara, à partir d'aujourd'hui, tu t'appelleras Joshua Lennix. Tu feras partie de notre famille et nous te traiterons de la même manière que nos propres enfants. En réalité, nous te portons déjà la même affection qu'à nos propres fils, n'est-ce pas, Edward ?

Edward Lennix acquiesça. Cela ne lui coûtait pas grand-chose, il ne portait d'affection particulière à aucun de ses fils.

Une sensation étrange s'insinua en Joss. Il avait oublié ce que ça faisait d'être considéré comme quelqu'un de spécial, et de se sentir en sécurité, aussi. Et là, dans la salle Lennix, pour la première fois depuis le début de ces deux longues et effrayantes années, Joss éprouvait ces deux choses à la fois. Il se trouvait avec des personnes puissantes qui allaient le protéger et semblaient même avoir de l'estime pour lui. Ces individus n'étaient pas ses parents, bien sûr, personne ne pourrait les remplacer, mais c'était mieux que rien. Obstinément, il écarta de sa mémoire toutes les choses terribles qu'il avait vues et entendues à la forteresse Lennix et, comme l'image du sang sur le bandage de la fille pâle refusait catégoriquement de partir, il serra les dents et se dit que c'était sans doute moins grave que ça n'en avait l'air. D'ailleurs, une fois membre de la famille Lennix, il pourrait essayer d'améliorer la situation. Pour tout le monde. C'était évident, non ?

Mais il restait un élément qu'il ne pouvait se convaincre d'ignorer.

– Ma sœur, dit-il. Vous allez aussi adopter ma sœur ?

Edward et Di Mara échangèrent un regard furtif. Dans des moments comme celui-ci, ils se comprenaient parfaitement. Di Mara choisit ses mots avec soin.

– Ne t'inquiète pas pour ta sœur, Joshua. Nous nous occuperons aussi d'elle.

Edward acquiesça.

– Et Lysandre ?

– Lysandre ? demanda Edward d'un air suspicieux. Qui est-ce ?

Mais Di Mara avait deviné.

– Lysandre est le nom de l'Argenté, Joss ?

– Oui, admit-il, furieux contre lui-même d'avoir laissé échapper le nom de son Écho. « Mais je suis l'un d'eux désormais, se dit-il. Alors ce n'est pas grave. Tout ira bien. »

– J'en déduis donc que tu es déjà devenu Écho avec Lysandre ? demanda Di Mara.

Joss hocha la tête.

– Beau travail, Joshua. Nous sommes fiers de toi, dit-elle.

Il sourit. C'était très agréable quand des gens étaient fiers de vous.

– Être Écho avec un Argenté est un grand honneur, ajouta-t-elle. Un très grand honneur.

– Presque aussi grand que celui d'être un Lennix, marmonna Edward.

– Merci, Edward, lança Di Mara avec un regard d'avertissement avant de reporter son attention sur Joss. Eh bien, Joshua, j'imagine que tu voudras bien vivre avec Lysandre dans sa chambre pendant son adaptation au Perchoir ? Nous autres Lennix aimons vivre avec nos Échos pendant les premières étapes.

Tous les doutes qui le tiraillaient s'évaporèrent.

– Vivre dans la chambre de Lysandre ? répéta-t-il, incrédule. Rien que lui et moi ? Oh oui, avec grand plaisir. Ce serait formidable.

Il prit la plume, sans remarquer les regards triomphants qu'échangeaient les deux Lennix. Il était trop occupé à mettre la bonne quantité d'encre sur le bec délicat de la plume. Joss n'en avait pas utilisé depuis deux longues années, et ses mains, plus habituées à attraper des moutons, étaient maladroites.

Lentement, soigneusement, il commença à signer au bas du parchemin. Lorsqu'il atteignit le *a* à la fin de Joshua, Di Mara se pencha en avant et dit :

– N'oublie pas de signer avec ton nouveau nom.

Joss hocha la tête et, avec un sentiment d'irréalité, écrivit : « Lennix ». Il regarda sa nouvelle signature aux lignes un peu tremblantes, les reflets brillants de l'encre humide, et il sut qu'il avait fait quelque chose qui changerait sa vie pour toujours.

24

Bellacrux

La journée au pilon à os avait été longue et pénible. La garderie avait connu une vague d'éclosions, et Allie et Carli étaient à présent membres d'une équipe qui en comptait six, tous s'efforçant de produire assez de cendre d'os pour garnir les nids et fabriquer des flocons à mélanger avec la nourriture des nouveau-nés. Mais, comme la lumière qui passait par les fentes des fenêtres faiblissait et que les ombres tombaient sur la fosse aux os, Allie, Carli et leurs quatre collègues allaient enfin terminer. Les mains tremblantes d'épuisement, Allie tassa les derniers flocons d'os dans le dernier sac et Carli en noua le haut avec une ficelle. Elles ramassèrent à la pelle les dernières cendres d'os brûlés et les jetèrent dans le chariot à cendre. Puis elles sonnèrent la cloche pour que l'employé de la garderie vienne chercher les sacs et le chariot.

Le garçon qui arriva était le remplaçant de Joss, et Allie trouva le courage de lui demander s'il savait ce qu'il était advenu de son frère. Le garçon eut un sourire narquois.

– Il y en a qui ont de la chance, répondit-il. Il a été adopté.

– Adopté ? répéta Allie, perplexe.

Que pouvait-il bien vouloir dire ?

– Ouais. C'est un Lennix, maintenant.

– Comment ça, *c'est un Lennix* ? demanda Allie, en colère. Bien sûr que non, ce n'est pas un Lennix. Comment ça serait possible ?

Le garçon haussa les épaules.

– Comme je l'ai dit, ils l'ont adopté. Et maintenant, on va devoir s'incliner devant lui et l'appeler monsieur et tout ça. Mais je peux te dire qu'il a intérêt à ne pas descendre sans gardes. On n'aime pas les traîtres.

– Joss n'est pas un traître, répliqua Allie sur un ton indigné.

Le garçon cracha par terre d'un air dégoûté.

– Eh bien, moi je ne prendrais pas le nom infect des Lennix, même pour mille couronnes.

Allie marchait en silence dans le dédale des allées. Carli resta avec elle, mais les quatre autres pressèrent le pas pour les devancer. Allie se dit qu'aucun d'entre eux ne voulait être vu avec la sœur d'un « traître ». Elle tentait de trouver le sens de ce que le garçon avait dit. Pourquoi les Lennix voudraient-ils adopter Joss ? Et pourquoi celui-ci accepterait-il une telle chose ? Ça ne pouvait pas être vrai.

Dans le réfectoire, Allie fut accueillie par un silence menaçant. Apparemment, tout le monde était au courant. Les prisonniers agglutinés autour de la table se remplissaient la bouche d'autant de pain et de morceaux de viande que possible dans les cinq minutes accordées pour le repas. Allie se sentait affaiblie par la faim. Elle se fraya un chemin dans la foule et ne rencontra que des coudes saillants et des dos tournés. Elle venait de réussir à attraper un bout de pain et s'était retirée dans un coin calme lorsqu'un cri d'étonnement collectif retentit et que tout le monde bondit au garde-à-vous.

Mirra et Tamra Lennix se tenaient dans l'encadrement de la porte.

– Allinson Moran, dirent-elles à l'unisson. Viens avec nous.

L'attitude dans le réfectoire changea. Des regards compatissants se posèrent sur Allie. Tamra et Mirra étaient des brutes notoires. Les prisonniers qu'elles martyrisaient ne duraient pas longtemps. Sous le choc, Allie les regarda d'un air ébahi.

– Bouge ! hurla Tamra.

– Tout de suite ! cria Mirra.

L'épuisement d'Allie la rendit téméraire.

– Pourquoi ? demanda-t-elle.

Tamra s'approcha d'elle. Elle mesurait une tête de plus qu'Allie, et la regardait de haut de ses yeux perçants, méprisants et froids.

– Parce que tu vas rendre une petite visite à Bellacrux.

Mirra se mit à rire.

– Pour un petit en-cas de nuit. Ha, ha.

Allie perçut un léger sifflement autour d'elle. Elle comprit qu'il s'agissait de ses camarades prisonniers qui retenaient leur souffle, horrifiés.

Tamra perdit patience.

– Gardes ! hurla-t-elle.

Deux gardes du Perchoir entrèrent. Ils adressèrent le salut Lennix aux jumelles puis se dirigèrent vers Allie, la prirent par les coudes et la firent sortir au pas. La porte claqua derrière eux et un silence abasourdi tomba sur la salle. Carli finit par le briser :

– Elle ne mérite pas ça.

– Personne ne mérite d'être envoyé à Bellacrux, dit un autre sur un ton catégorique. Personne.

Les prisonniers terminèrent leur repas en silence.

Allie fut emmenée dans un labyrinthe de couloirs jusqu'à l'escalier de service qui montait au centre du Perchoir. Les gardes se dépêchaient pour tenir la cadence des jumelles Lennix qui se pavanaient, et Allie trébuchait sur les marches qui semblaient ne jamais prendre fin, ses pensées défilant à toute vitesse. Bellacrux, Bellacrux, Bellacrux… Ce devait sûrement être la même Bellacrux qui avait tué sa grand-tante Ettie ? Les dragons vivaient très vieux. Elle avait même entendu dire que certains vivaient plusieurs siècles. C'était tout à fait possible. La peur s'installa au plus profond de son être, tandis qu'elle grimpait toujours plus haut et s'éloignait des tréfonds humides et étouffants de la forteresse Lennix, jusqu'à l'air plus frais des niveaux supérieurs. Mais Allie savait que plus l'air devenait respirable, plus elle s'approchait du dragon.

Enfin, ils atteignirent le sommet, où un bloc de pierre finement sculpté annonçait le premier niveau. Suivant les instructions des jumelles, les gardes emmenèrent Allie sur le palier, et pour la première fois depuis qu'on l'avait emprisonnée, elle vit le ciel dans le bâillement d'une fenêtre en pierre. Il faisait nuit, ce qui la surprit, et les quelques étoiles parsemant le ciel lui firent éprouver un petit élan de nostalgie. Elle se souvenait des nuits au domaine Zoll, assise sur le pas de la porte de la cuisine, à attendre les étoiles filantes. Allie n'aurait jamais pensé se souvenir de son temps chez les Zoll avec un sentiment proche de l'affection, et pourtant, cette période paraissait presque idyllique en comparaison.

Au bout du palier, une lourde porte se trouvait sous une voûte profonde, et Allie put lire sur un panneau : PERCHOIR DES RAPTORS SUPÉRIEURS.

ENTRÉE RÉSERVÉE AUX PERSONNES AUTORISÉES. Alors que les gardes déverrouillaient la porte, Mirra et Tamra saisirent l'occasion de plaquer violemment Allie contre un mur.

– Maintenant, tu vas payer, siffla Tamra. On ne frappe pas une Lennix sans en assumer les conséquences.

La porte s'ouvrit brusquement et Tamra poussa Allie en avant d'un geste brutal.

– Nous allons nous charger de la prisonnière à partir d'ici, dit soudain le garde le plus grand.

Allie eut l'impression qu'il aimait aussi peu les jumelles qu'elle.

– Santé et sécurité, mademoiselle, s'empressa d'expliquer l'autre.

Tamra lâcha un petit rire.

– Elle peut oublier sa sécurité, dit-elle.

– Et sa santé aussi, ajouta Mirra.

Elles s'étranglèrent de rire et leurs gloussements poursuivirent Allie tandis que les gardes la menaient dans un long et large couloir, dont les murs blanchis à la chaux étaient éclairés par des torches aux flammes vacillant dans une brise froide. Au bout du couloir, elle vit un immense atrium circulaire, et sur son côté le plus éloigné, une double porte voûtée d'au moins dix mètres de hauteur, taillée dans un bois sombre et renforcée par des barres métalliques, au-dessus de laquelle un écriteau en or délavé indiquait : GRAND LENNIX : BELLACRUX. Un sentiment d'effroi s'empara d'elle, elle approchait de la fin de son voyage. Une des jumelles émit un autre gloussement, et Allie décida que quoi qu'il arrive, elle ne leur ferait pas le plaisir de montrer à quel point elle était terrifiée.

Ils avancèrent dans l'atrium et Allie comprit alors d'où venait la brise. À leur droite, le mur s'ouvrait sur la nuit. Tandis qu'ils passaient devant l'ouverture, elle aperçut une large piste qui s'étendait dans l'obscurité et la sensation du vide à ses pieds lui serra le ventre. Elle eut soudain peur que les jumelles ne la jettent dans le vide et se réjouit de la prise presque protectrice des gardes sur ses épaules. Ils marchaient lentement en direction de la porte voûtée et arrivèrent à une ligne peinte au sol, à un peu plus d'une longueur de bras d'un petit portillon découpé dans la porte. Ils s'arrêtèrent.

– Où est Harry ? demanda Tamra, les yeux rivés sur la petite porte sur la gauche, où dormait le gardien de Bellacrux.

– M. Harry n'est pas là, mademoiselle, c'est sa nuit de repos, expliqua le garde le plus grand.

– Bien. Je voulais simplement m'en assurer, dit Tamra. Vous pouvez la pousser à l'intérieur.

Le garde pâlit. Il ne s'attendait pas à ça. Il pensait que les jumelles voulaient seulement faire peur à leur prisonnière.

– Euh… là-dedans, mademoiselle ?

– Ne posez pas de questions idiotes, répondit Tamra d'un ton sec. Oui, là-dedans.

– Mais, mademoiselle…, commença l'autre garde.

– Faites ce qu'on vous demande, lança Mirra. Ou vous aussi vous irez à l'intérieur.

Le garde fut assez courageux pour répondre :

– Je vous demande pardon, mademoiselle Mirra, mais je veux simplement mettre les choses au clair. Comme vous le savez, Bellacrux couve en ce moment l'œuf vert. C'est une période extrêmement dangereuse pour entrer sur son territoire. D'autant plus que la fille entrerait sans offrande de nourriture.

L'explication factuelle du garde créa un élan de panique chez Allie, et elle dut lutter pour ne pas s'agenouiller et demander grâce. Ça n'aurait servi à rien. Les jumelles auraient adoré la voir les supplier. Elles se contenteraient de rire et la pousseraient quand même à l'intérieur. Et donc, au grand mécontentement des jumelles, elle regarda au loin d'un air résolu tandis que Mirra se moquait du garde.

– Ha, ha. L'offrande de nourriture, c'est elle.

Les gardes échangèrent des regards horrifiés.

– En vérité, mademoiselle, ce n'est pas exactement notre travail, de donner les prisonniers à manger aux…

– Faites-le, un point c'est tout ! l'interrompit Tamra en hurlant.

– Ou vous serez les suivants, cria Mirra.

Le grand garde se tourna vers Allie. En couvrant ses paroles avec le bruit de son trousseau de clés, il murmura rapidement :

– Échelle à droite. Passerelle en haut. Va dans le refuge.

Allie hocha la tête. Elle avait la bouche trop sèche pour parler.

– Arrêtez de marmonner et mettez-vous au travail, lança Tamra aux gardes qui hésitaient encore. Ah, mais quelle bande d'idiots, je m'en occupe. Donnez-moi la clé.

Le garde tendit la clé à contrecœur. Tamra ouvrit le portillon et Mirra saisit Allie.

– Entre, dirent-elles d'un ton hargneux, et elles la poussèrent à l'intérieur.

Allie trébucha sur le seuil et tomba lourdement sur le sol de marbre. Vaguement consciente des reflets de l'océan d'écailles vertes à une courte distance d'elle, elle se releva en vitesse et s'empressa de grimper à la longue échelle métallique. Jamais personne n'avait gravi aussi vite une échelle de dix mètres. Elle s'arrêta pour reprendre son souffle et évaluer la situation.

La large passerelle en pierre, bordée d'une balustrade rouge, faisait tout le tour d'une immense salle surmontée d'une coupole, couverte de carreaux verts ponctués de quelques bandes dorées.

Tout au bout de la pièce, exactement à l'opposé d'Allie, s'élevait une petite zone fermée avec un toit à tourelles et une fenêtre étroite, qui devait être le refuge. Toutefois, il lui inspirait autant d'espoir que s'il avait été à l'autre bout du monde, car la passerelle exposée était le seul moyen d'y parvenir. Et en contrebas, Allie entendait de longues et profondes respirations, comme le vent qui souffle dans un tunnel, et des grattements inquiétants, comme un dragon qui aiguiserait ses griffes.

Allie savait qu'elle n'avait pas d'autre choix que d'essayer d'atteindre le refuge. Collée aux carreaux verts et lisses, elle commença à ramper au ralenti sur la passerelle. Elle comptait chacun de ses pas douloureusement lents, à quatre pattes : « Un... deux... trois... quatre... cinq... six... sept... »

Soudain, un rugissement à tout rompre retentit. Allie tituba vers l'arrière, les mains pressées sur ses oreilles, persuadée que ses tympans éclataient. Comme une vague s'écrasant sur les rochers, le fameux écho de la salle fit ricocher le grondement sur les murs, enveloppant Allie dans un tourbillon sonore qui l'emportait dans le néant. Elle se jeta à plat ventre sur le sol de pierre froid, les mains sur la tête, et attendit que la fin arrive.

De l'autre côté des portes, Tamra et Mirra entendirent ce qu'elles attendaient depuis un moment.

Elles exécutèrent une petite danse de la victoire et partirent en courant et en hurlant de rire.

Les gardes attendirent que les dernières vibrations sonores s'éteignent, puis le plus grand prit la parole :

– Est-ce qu'on entre pour voir si on peut faire quelque chose ?

Son collègue secoua la tête.

– Si on entre, on ne ressortira pas. La gamine n'est qu'une mise en bouche. On serait le plat principal.

Allie ouvrit les yeux et le regretta aussitôt : une pupille en forme de losange, entourée d'un iris d'un vert éclatant et de la taille d'une assiette la dévisageait. Sans ciller, l'œil la fixait avec insistance. Elle observa ses reflets changeants, qui ressemblaient à de mystérieuses portes ouvrant sur un autre monde, les plis délicats de la peau marron-vert qui formaient la paupière et les écailles brillantes et nettes qui l'entouraient. Elle savait qu'elle devait courir jusqu'au refuge tant qu'elle le pouvait, mais elle était hypnotisée. Lentement, elle se releva pour se mettre à genoux, et pas une seule fois elle ne détourna les yeux du regard vert et limpide du dragon.

Bellacrux tourna la tête pour faire complètement face à Allie, qui eut l'impression que le temps s'était arrêté. Elle attendait le prochain mouvement du dragon. Elle savait et acceptait le fait qu'elle ne pouvait plus s'échapper à présent mais, d'une certaine manière, cela n'avait plus d'importance. Ces yeux mystérieux contenaient tout son monde. Bellacrux prit une longue et profonde inspiration, et il sembla à Allie que l'air de ses poumons était aspiré dans ces naseaux sombres comme des souffleries. Puis elle plaqua ses mains sur ses yeux et se prépara à ce qui suivrait certainement : le feu de dragon.

Mais alors, une voix distante s'éleva au fond de sa tête :

– *Allie. Moi, Bellacrux, je te connais.*

Allie pensa qu'il s'agissait de son imagination. Avec prudence, elle regarda entre ses doigts et vit Bellacrux qui penchait la tête sur le côté avec un regard qui semblait l'interroger.

– *Allie. Tu es de la famille d'Ettie. L'Écho le plus adorable que j'ai connu. Ma très chère Ettie.*

– Ettie ? murmura Allie.

L'écho reprit le nom : « Ettie Ettie Ettie Ettie Ettie Ettie... »

– Ma grand-tante Ettie ?

– *Allie. Ettie. Âmes sœurs.*

Allie était clouée sur place. Elle rampa jusqu'à la rambarde et, en se disant que c'était le geste le plus stupide de toute sa vie, tendit la main pour la poser très délicatement sur le museau du dragon. On aurait dit du velours chaud légèrement moite. Bellacrux ne réagit pas, et Allie laissa donc sa main là, en pensant qu'il était étrange qu'elle en ressente une grande joie. Mais tandis qu'elle continuait à regarder Bellacrux et que la tranquillité entre elles semblait remplir la pièce, les mots de sa grand-mère revinrent la hanter : « Ma sœur adorée, Ettie, est devenue l'Écho du Grand Lennix, une brute verte appelée Bellacrux. Le jour suivant, ce dragon l'a tuée. »

Bellacrux cligna lentement des yeux et Allie vit une larme s'échapper de son œil droit. Tandis que cette larme se faufilait entre les écailles, des mots parvinrent à son esprit :

– *Allie. Je t'en supplie, ne crois jamais ce terrible mensonge. Ce n'est pas moi qui ai tué ma très chère Ettie. Ce sont les Lennix. Ils l'ont tuée devant moi, pour avoir osé être mon Écho.*

– Est-ce toi qui m'as parlé ? murmura Allie.

La grosse tête verte acquiesça.

C'était très troublant d'entendre la voix de quelqu'un d'autre dans ses pensées. Mais elle tenta de communiquer les siennes à Bellacrux :

– *Bellacrux. Tu m'entends ?*

– *Je t'entends, Allie.*

Allie plongea ses yeux dans ceux de Bellacrux.

– *Je suis désolée. Vraiment désolée pour Ettie et toi.*

Le dragon baissa la tête.

– *Ce sont les Lennix qui seront bientôt désolés.*

Moi, Bellacrux, j'ai bonne mémoire. J'ai attendu ma vengeance durant le lent défilement des années. J'ai attendu mon heure. Et cette heure est à présent arrivée.

Allie ressentit un frisson d'excitation.

– Bien, murmura-t-elle, trop agitée pour communiquer par télépathie. Et les Lennix l'auront bien cherché. Ce sont des monstres.

– *Voilà des paroles de combattante*, dit Bellacrux. *J'aime ça, Allie. Ettie était comme toi. Elle était si courageuse. Elle savait qu'il était dangereux de devenir Écho avec moi, mais elle l'a fait quand même. Tu me rappelles ta grand-tante. Beaucoup.*

– J'en suis très heureuse, murmura-t-elle. Parce que moi aussi je veux être courageuse. Ce n'est pas toujours simple, mais parfois, le courage est le seul choix qu'il nous reste.

– *Des mots sages*, dit Bellacrux. *Sages et courageux.*

Allie pensa qu'il était bien plus facile d'être courageuse avec un immense dragon vert à ses côtés, mais elle ne dit rien.

– *C'est vrai, Allie. À deux on est toujours plus courageux que tout seul. Par conséquent, moi, Bellacrux, te demande ceci : accepterais-tu d'être mon Écho ? Mon dernier et mon plus bel Écho ?*

Dans la chambre pleine d'écho du dragon, il y eut un silence quand Allie envoya son message au plus profond des pensées de Bellacrux :

– Oh, Bellacrux. Oui, je serai ton Écho. Je serai ton dernier et ton plus bel Écho.

Au moment où les ombres que projetait la lune se déplaçaient dans la chambre du dragon et où les deux gardes s'asseyaient d'un air abattu derrière la porte, Allie descendit l'échelle et se blottit contre l'aile de Bellacrux, près d'un grand rocher vert.

– Dors maintenant, Allie, mon Écho.

Exténuée, Allie s'endormit.

25

Échos

Tandis qu'Allie plongeait dans un sommeil profond sous l'aile de son dragon, Declan montrait à Joss la chambre de l'Écho : un espace simple comprenant un lit, un coffre, un bureau avec quelques livres sur les soins aux dragons et, le plus important, une petite porte bleue menant directement à la chambre de Lysandre.

Un peu mal à l'aise, Joss portait l'uniforme du Perchoir des Raptors. Il s'agissait d'une élégante tunique noire et d'un pantalon bordé du rouge Lennix sombre, avec à la taille la ceinture argentée remarquablement brillante que Kaan avait récemment jetée dans un accès de colère. À ses yeux, la montre Lennix était de loin le meilleur élément de l'uniforme. Un grand cadran carré reposait sur son poignet tandis que les secondes, les minutes et les heures défilaient inlassablement. Joss n'avait jamais rien vu de tel et pouvait difficilement arrêter de la regarder.

Il était épuisé. Il avait passé une longue journée à tout apprendre de l'histoire de la famille Lennix. Il savait qu'il devait s'y intéresser car, même si cela lui paraissait étrange, il faisait à présent partie de leur clan. Mais il lui avait été difficile de ne pas penser à Lysandre. Après la leçon d'histoire, il y avait eu une visite des appartements Lennix, puis un dîner pénible avec ses nouveaux frères et sœurs, dont trois avaient ignoré sa présence. Mais enfin, il était là désormais, à quelques pas de Lysandre.

Lysandre était le dernier arrivé au Perchoir des Raptors, et dans le strict respect de la hiérarchie, on lui avait attribué une chambre au niveau le plus bas, le niveau douze. C'était un espace clair et confortable, aux murs peints d'un bleu apaisant avec une frise métallisée aux volutes entrelacées sous une coupole bleu foncé parsemée d'étoiles argentées. Un cercle de lampes, argentées elles aussi, se dressait très haut sur les murs, éclairant la pièce d'une douce lueur. Comme dans toutes les chambres du Perchoir, le sol était jonché de tapis et d'immenses coussins moelleux, mais au niveau douze, ceux-là étaient dans des nuances de couleurs unies (ceux de Lysandre étaient tous de différentes teintes bleues) plutôt que dans les motifs exotiques sophistiqués des niveaux supérieurs. Malgré tout ce confort, et bien que repu d'avoir dîné de trois poulets rôtis, Lysandre se sentait seul et malheureux. Joss lui manquait terriblement. Il était allongé, mélancolique, la tête posée sur un coussin, et pensait à ce moment terrifiant, la dernière fois qu'il avait vu son Écho : ligoté dans un filet et emporté dans les airs entre les griffes d'un énorme Raptor bleu. Soudain, il ouvrit les yeux. Joss était proche.

– *Joss !* appela-t-il, tout excité. *Joss, Joss, Joss !*

Joss éclata de rire. Declan lui lança un regard interrogateur.

– Ça va ? demanda-t-il.

Joss sourit.

– Oh, que oui ! Je viens d'entendre Lysandre. Je peux le voir maintenant ?

Declan sourit et montra du doigt la porte bleue.

– Il est là, juste derrière. À demain. N'oublie pas, le petit déjeuner familial est à huit heures pile. Tu trouveras un emploi du temps du Perchoir sur le tableau d'affichage. Ne sois pas en retard, compris ?

Joss se retourna et fit oui de la tête.

– Je ne serai pas en retard, avec cette montre. Mais merci de me le rappeler. Il y a tant de choses à savoir.

– Tu t'y feras, répondit Declan avant de se rapprocher de Joss et de lui serrer la main. On est frères, maintenant. On est logés à la même enseigne.

Joss sourit.

– Merci, Declan, répondit-il, puis, le cœur battant à tout rompre, il poussa la petite porte bleue et se précipita dans la chambre du dragon.

– Lysandre ! s'écria-t-il. Oh, Lysandre, Lysandre. Tu m'as tellement manqué !

Il referma les bras autour du cou du dragon et, tandis qu'il enfonçait son visage dans les doux plis de la peau sous les oreilles, il sentit une longue langue râpeuse, chaude et humide, sur sa joue.

– *Joss, Joss, tu m'as manqué aussi.* (Le glapissement aigu de Lysandre remplit ses pensées.) *J'étais si triste. Ils t'ont mis dans un filet. Ils t'ont blessé.*

Joss tenta de ne pas penser au terrifiant voyage dans le filet. C'était sans aucun doute une sorte d'épreuve que Di Mara avait planifiée pour lui et il en était malade rien que d'y penser. Lysandre ressentit un peu de la terreur de son Écho à ce souvenir et son glapissement excité cessa. Ils restèrent assis en silence l'un contre l'autre, Joss appuyé sur le ventre doux du dragon, qui émettait un murmure agréable.

Après quelques instants, Lysandre dit :

– *Hé, Joss, je sais comment ouvrir la porte extérieure. On peut s'envoler. On pourrait partir tout de suite !*

Joss tapota le ventre de Lysandre avec affection.

– *Je ne peux pas m'en aller. Pas encore. Allie est là aussi et je ne peux pas partir sans elle.*

Lysandre ne comprenait pas.

– *Pourquoi ? Tu n'es pas Écho avec Allie.*

Joss chercha une manière de lui expliquer.

– Allie est ma sœur. Elle est comme… mon Écho humain.

Lysandre émit un grognement méprisant.

– Mais tu ne peux pas voler avec elle. À quoi ça sert ?

En réalité, ce n'était pas seulement Allie qui l'empêchait de partir. C'étaient les nouvelles possibilités excitantes qui s'ouvraient à lui. Maintenant qu'il était un membre de la famille Lennix, comme le serait bientôt Allie, Joss se sentait enfin à sa place quelque part. L'idée de partir ne le remplissait pas du même espoir qu'au moment où Lysandre et lui projetaient de s'enfuir du domaine Zoll. Et en plus, il aimait bien Declan.

Joss se demandait par où commencer pour expliquer tout cela à Lysandre lorsque le portillon dans la grande porte de la chambre s'ouvrit brusquement. Tamra et Mirra entrèrent en trombe. Lysandre se releva d'un bond et déplia ses ailes, en position d'attaque. Joss posa les mains sur son cou et murmura :

– *Chhh…* Tout va bien. Tout va bien.

Tamra et Mirra se figèrent et fixèrent du regard le dragon argenté : une vision étonnamment sublime, avec ses ailes levées qui scintillaient à la lueur des lampes, sa tête haute et ses yeux vert vif qui brillaient de colère. Mirra resta silencieuse, impressionnée par une telle beauté, mais Tamra se reprit rapidement.

– Hé, petit frère, ricana-t-elle. Dis à ton ami de garder son sang-froid, d'accord ?

Joss regarda les deux filles, qui étaient maintenant officiellement ses sœurs. Elles mesuraient une tête de plus que lui, leurs boucles brunes identiques étaient tirées en arrière en queue-de-cheval et leur uniforme du Perchoir Lennix arborait la ceinture verte de leur Écho, Trixtan. Il se dit qu'il était chanceux d'avoir Allie pour sœur. Il avait hâte qu'elle aussi devienne une Lennix. Dès qu'elle serait membre de la famille, ils passeraient tout leur temps ensemble et n'auraient aucun rapport avec les jumelles. Mais à cet instant précis, Joss savait qu'il devait se rappeler qu'il était un Lennix.

– Pardon, dit-il. Je crois que vous lui avez fait peur.

– Ouais, fit Tamra en riant. On est douées pour ça. Faire peur.

Joss se retint de répondre. Plus vite elles partiraient, mieux ce serait. Mais apparemment, elles n'en avaient pas fini.

– Tu es donc notre frère maintenant, n'est-ce pas ? lança Mirra en s'appuyant nonchalamment contre le mur avant de donner un coup de pied au tapis.

– Ouais, c'est ça, répondit-il avec un sourire forcé.

– Alors, on est quoi pour toi, petit berger ? ricana Tamra.

– Eh bien, vous êtes mes sœurs, répondit Joss en

essayant tant bien que mal de paraître enthousiaste à cette idée.

– Ouais. On est tes sœurs, acquiesça Tamra.

– Oui, dit-il, sentant que son sourire se crispait et que les muscles de ses joues devenaient douloureux.

Les jumelles préparaient quelque chose et il n'avait vraiment pas envie de savoir quoi.

Tamra s'approcha lentement de lui en prenant soin de garder un œil sur le dragon, qui se tenait prêt à protéger son Écho. Mais même Lysandre ne pouvait protéger Joss de ce que Tamra venait lui annoncer.

– D'ailleurs, nous sommes les seules sœurs que tu as désormais, le berger.

À côté de la porte, Mirra éclata de rire dans une pluie de postillons. Joss eut le sentiment que son ventre était soudain rempli de glace.

– Comment ça ? demanda-t-il.

– Je vais te donner un indice.

Tamra approcha son visage si près de Joss qu'il vit parfaitement tous les boutons sur son front.

– Trois mots..., dit-elle, puis elle se retourna pour regarder Mirra.

Il comprit qu'elles avaient répété cette scène et qu'elles en savouraient chaque seconde.

– Pâtée pour dragon ! hurla Mirra.

– Quoi ?

Il sembla à Joss que le monde tournait à une vitesse déchaînée. Dans son dos, il entendit Lysandre prendre une grande inspiration de feu. Ignorant que le dragon n'avait pas encore effectué son sommeil du feu, Tamra recula rapidement.

– Hé, on se calme. Ne mets pas le feu à ton lit, ha, ha.

Elle rejoignit Mirra à la porte et Joss perdit soudain sa volonté de rester calme. Il traversa la chambre à toute vitesse et fonça sur elle, mais les jumelles étaient trop rapides pour lui. Elles passèrent le portillon d'un bond et le refermèrent au nez de Joss.

– Que lui avez-vous fait ? hurla-t-il. Qu'avez-vous fait à Allie ?

La petite trappe d'inspection s'ouvrit et le visage de Tamra apparut.

– On l'a donnée à manger à Bellacrux, dit-elle avant de refermer brusquement la trappe.

Joss fixait la porte, attendant que la trappe se rouvre et que Tamra lui dise que c'était une blague. Elle resta fermée. Une sensation de paralysie s'étendit à tout son corps tandis qu'il demeurait parfaitement immobile, incapable de bouger, de penser ou même de ressentir quoi que ce soit. Il prit lentement conscience que Lysandre passait sa longue langue rugueuse sur ses cheveux, et il se retourna vers son dragon et passa les bras autour de son cou chaud et argenté. Et ils restèrent ainsi, les larmes de Joss coulant sur les écailles de Lysandre et tombant sur ses souliers cirés.

Il pensa à la terreur qu'Allie devait avoir éprouvée. Alors que lui se pavanait dans cet uniforme Lennix ridicule, se prenant pour quelqu'un d'important, on se débarrassait de sa sœur comme d'un vulgaire détritus. Il se demanda ce qu'il faisait au moment précis où Bellacrux avait ôté la vie à Allie. Comment avait-il pu ignorer ce qui arrivait à sa propre sœur ? Il se jeta sur l'un des coussins de Lysandre et enfouit sa tête dans le tissu moelleux imprégné de l'odeur du dragon. Puis il se mit à sangloter, pensant à l'horreur insensée de la situation.

Lysandre posa une aile protectrice sur lui et attendit patiemment de trouver un espace dans toute cette peine pour dire :

– *Joss, Joss. Ne pleure pas, je t'en prie. Peut-être que la méchante fille mentait.*

Il leva la tête et regarda Lysandre dans les yeux. Trop bouleversé pour transmettre des pensées, il bafouilla à voix haute :

– Elle ne mentait pas… Je l'ai bien vu. Elle l'a fait. Elle l'a vraiment fait.

– *Pourquoi n'essaies-tu pas d'envoyer un message à Allie ?* suggéra-t-il.

Joss secoua la tête.

– On ne peut pas faire ça entre humains. On ne peut pas envoyer des pensées. Ou entendre les leurs. Pas entre humains.

Lysandre pencha la tête sur le côté.

– *Pourquoi donc ?*

– Je ne sais pas, gémit Joss. Je ne sais plus rien. Tout ce que je sais, c'est qu'Allie est morte. Et que je ne la reverrai plus jamais.

26

Dans la chambre du Grand Lennix

Tard le lendemain matin, Allie ouvrit les yeux et s'aperçut qu'elle enlaçait un rocher vert chaud à la texture étrangement douce. Pendant quelques instants, elle ne sut pas où elle était. Elle savait seulement que, pour la première fois depuis des années, elle se sentait en sécurité. Elle s'étira, se retourna, et leva les yeux sur ce qui semblait être le toit d'une tente verte en cuir. Puis elle se souvint. Les événements de la veille lui revinrent soudain à l'esprit, et elle comprit qu'elle se trouvait sous l'aile de son Écho et que celui-ci n'était autre que le Grand Lennix.

– Bellacrux ! dit-elle.

Une voix douce résonna dans sa tête :

– Chhhut, *ma chère Allie.*

La tente en cuir au-dessus de sa tête se mit en mouvement et révéla un mur ondulant d'écailles vertes, quelque peu décolorées et abîmées, mais tout de même impressionnantes. Un long cou musculeux surmonté d'une crête en dents de scie se courba, et Bellacrux posa avec tendresse ses yeux âgés et sages sur son nouvel Écho.

– *Ne parle pas à voix haute,* entendit Allie. *Ils ne doivent pas savoir que tu es vivante. Rappelle-toi de quoi ils sont capables.*

Allie leva les yeux sur Bellacrux et se concentra de son mieux pour lui envoyer un message.

– *Je n'oublierai jamais. Je n'oublierai jamais mes parents, je n'oublierai jamais ton Ettie. Et nous nous assurerons qu'ils ne les oublient jamais eux non plus.*

La grosse tête verte acquiesça.

– *Oui, nous y veillerons, mon petit Écho. Bon, dis-moi, as-tu bien dormi avec notre œuf ?*

Allie posa la main sur le « rocher » vert. Évidemment qu'il s'agissait d'un œuf de dragon.

– *J'ai vraiment très bien dormi.*

– *À côté d'un œuf, on dort toujours mieux. Il y a une tranquillité à l'intérieur qui apaise,* expliqua Bellacrux. *Et comment te sens-tu ce matin, mon petit Écho ?*

Allie ne savait pas trop comment elle se sentait. Même si elle avait une totale confiance en Bellacrux, elle était encore un peu perturbée de se retrouver dans la chambre du Grand Lennix et d'être toujours en vie. Les mots de Carli, « dragon de la mort », la hantaient encore.

– *Bellacrux, je peux te demander quelque chose ?* dit-elle timidement.

– *Tu peux me demander tout ce que tu veux, Allie, ma chérie.*

– *Je... je voudrais savoir pourquoi tout le monde a si peur de toi.*

– *Eh bien, parfois je...*

Allie pensa détecter un brin de gêne chez son Écho.

– *Parfois je me comporte un peu... mal. Mais je ne choisis jamais quelqu'un qui ne le mérite pas. N'oublie pas, mon petit Écho, que je suis un Raptor Lennix et qu'il faut parfois qu'on me voie agir comme tel si je veux écarter tout soupçon.*

Allie décida de ne plus poser de questions. Ça ne la regardait pas, se dit-elle. Mais il y avait autre chose qu'elle ne comprenait pas.

– *Pourquoi restes-tu dans cet endroit horrible ? Tu pourrais t'envoler loin d'ici quand tu veux.*

Bellacrux poussa un long soupir qui ébouriffa les cheveux fins d'Allie.

– *Vois-tu, Allie chérie, au fil des siècles, j'ai appris à prendre mon mal en patience. Je suis là pour le moment, j'attends mon heure, et je tente de comprendre tout ce que je peux sur les Lennix.*

Allie sourit.

– Garde tes amis près de toi, mais tes ennemis encore plus près.

Bellacrux baissa la tête pour la regarder dans les yeux et lui fit un clin d'œil.

– Tout à fait. Et nous ne resterons pas très longtemps ici, mon petit Écho. Car ce que j'attendais a fini par arriver.

– *Quoi ?* demanda Allie.

– Un Argenté est né, et il est maintenant ici, dans cette forteresse. Il est notre clé. Avec lui, je crois que nous pourrons enfin sauver ce qu'il reste de ce pauvre monde tourmenté par les Raptors.

Allie ne comprenait pas.

– *Mais Lysandre est très jeune*, dit-elle. *Comment pourrait-il sauver un monde entier ?*

– *Lysandre ?* répéta Bellacrux, perplexe.

– *C'est le nom de l'Argenté*, répondit-elle. *Mon frère Joss est devenu son Écho. Je suis sûre que c'est pour* ça *que Di Mara Lennix nous a enlevés.*

– Ça alors, qui l'eût cru ? En effet, je suis sûre que c'est pour ça. Ils veulent cet Argenté autant que moi.

Allie soupira.

– Je sais. Lysandre est un dragon magnifique.

– Ce n'est pas pour sa beauté que nous le voulons, Allie. C'est pour son pouvoir. Un Argenté est une clé vers un autre monde. Un endroit que mes ancêtres appelaient les Terres perdues. Certains disent qu'elles ne sont qu'une légende, mais je sais

qu'elles existent. Les grands-mères de mes grands-mères y ont vécu autrefois et elles m'ont transmis leurs histoires. C'est un endroit magnifique et paisible dans lequel je suis impatiente de retourner et d'emmener les miens. Nous laisserons les Raptors et les Lennix et toute la destruction qu'ils ont causée loin derrière nous, nous emmènerons nos amis et nous vivrons de nouveau en paix avec les humains.

– Mais comment ferons-nous pour tous y aller ?

– Lysandre nous emmènera.

– Mais comment ? insista Allie.

– Mon petit Écho, tu ne comprends pas ? Lysandre est un Argenté. Et tous les Argentés peuvent voyager à travers les portails invisibles qui relient nos deux mondes. Et si un Argenté touche un autre dragon avec sa queue, ils peuvent tous les deux faire la traversée. On peut même faire passer toute une chaîne de dragons. C'est ainsi que nos arrière-arrière-arrière-grands-mères sont venues ici il y a tant d'années.

Allie resta silencieuse pendant quelques secondes, assimilant tout ça. C'était sidérant. Elle avait entendu des histoires sur l'autre monde, mais elle ne les avait jamais crues. Elle comprenait maintenant pourquoi Di Mara avait fait cette longue marche pour trouver Lysandre et pourquoi elle les avait achetés aux Zoll. Elle commençait même à saisir pourquoi les Lennix avaient adopté Joss : quel meilleur moyen de garder le contrôle de Lysandre que d'adopter son Écho ? Mais quand elle pensait à Joss acceptant cette adoption, elle ne comprenait plus.

Alors qu'elle se disait qu'il serait merveilleux de vivre en sécurité et heureuse dans un tout nouveau monde, une idée terrible lui vint.

– *Nous ne devons pas laisser les Raptors atteindre l'autre monde.*

– *C'est vrai, Allie. Nous devons les en empêcher à tout prix*, admit Bellacrux. *C'est pourquoi nous devons emmener Lysandre loin d'ici le plus vite possible.*

Allie et Bellacrux passèrent le reste de la matinée à discuter des moyens d'éloigner Lysandre de la forteresse Lennix. Pendant tout ce temps, Allie resta bien cachée sous l'aile de Bellacrux. Elle était assise près de l'œuf, les bras enroulés autour de lui, et de temps à autre, elle ressentait un mouvement à l'intérieur, comme un oiseau voletant en cage.

– *Est-ce que l'œuf va bientôt éclore ?* demanda-t-elle.

– *Dans bien trop peu de temps, je le crains*, répondit Bellacrux. *Et quand il éclora, ils le prendront, le tatoueront et le tourmenteront jusqu'à en faire un Raptor.*

Allie pensa à l'innocente créature vert clair qui dormait dans l'œuf.

– *Ça ne doit pas arriver,* dit-elle.

– *En effet, mon petit Écho. J'ai trop souvent assisté à ça.*

Exténuée par les événements des derniers jours, Allie finit par s'assoupir. Quand elle se réveilla, elle trouva à côté d'elle une petite boîte de nourriture et une flasque remplie d'eau. Bellacrux la regardait d'un air attendri.

– *Harry est entré avec un mouton rôti et j'ai profité de ce qu'il regardait ailleurs pour prendre son déjeuner. Pauvre Harry, il ne comprendra pas ce qui est arrivé à son repas. Il aime les sandwichs au fromage, j'espère que toi aussi. Souhaites-tu un peu de mouton, d'abord ? Je t'ai gardé les oreilles, c'est ce que je préfère.*

– *Oh, des oreilles de mouton. Pouah !*

La voix amusée de Bellacrux pénétra dans les pensées d'Allie.

– *Tu n'aimes pas les oreilles de mouton, c'est ça ?*

– *Euh… je n'ai jamais goûté. Mais je préfère éviter.*

– *Tu ne sais pas ce que tu rates. J'aime leur consistance caoutchouteuse et leur goût délicieusement salé.*

– *Les sandwichs au fromage, ce sera parfait,* répondit Allie.

Cette nuit-là, elle fut réveillée par Bellacrux qui pressait délicatement son museau contre son visage.

– Allie, ma chérie, il y a du grabuge dans la cour. Je dois y aller. Empile les coussins sur l'œuf et cache-toi en dessous. Si tu fermes les yeux et restes calme et immobile, tu verras que tu voles avec moi.

Depuis son nid de coussins, Allie regarda Bellacrux pousser l'immense porte sur le côté de la chambre pour l'ouvrir sur l'extérieur, afin qu'elle repose sur ses charnières comme un pont-levis. Tandis que l'air frais de la nuit remplissait la pièce, Allie la vit s'avancer sur la porte et les énormes chaînes se tendre sous le poids du dragon. Puis, baissant puissamment ses ailes, Bellacrux s'éleva dans les airs et disparut.

Allie se réfugia au fond du nid et prit l'œuf dans ses bras. Puis elle ferma les yeux et se concentra pour se calmer et ne pas bouger, comme Bellacrux le lui avait conseillé. Dans la chaleur du nid, elle n'eut aucune difficulté à se défaire de tous ses soucis, et un sentiment de tranquillité l'envahit. Mais, soudain, elle fut paralysée par une sensation de hauteur vertigineuse. Bellacrux avait dit vrai : elle volait elle aussi. L'air sur sa peau était froid, le flanc de la montagne brillait au clair de lune, avec, au-dessus, les étoiles qui constellaient le ciel, et, en dessous, une myriade de lumières vacillantes dans la grande cour carrée de la forteresse Lennix. Sans attendre, elle plongea à toute vitesse en direction de l'espace dégagé de l'aire d'atterrissage.

Allie vit les formes sombres des Raptors déjà dans la cour et, au loin, la silhouette reconnaissable entre mille de Di Mara Lennix qui avançait vers eux à grands pas. Tandis qu'elle s'approchait pour atterrir, Allie s'aperçut qu'au centre du groupe de Raptors se trouvait un jeune dragon vert femelle, de petite taille. Elle était aux abois : crocs sortis, tête redressée d'un air de défi, ailes à moitié déployées. Allie sut que ce dragon n'était pas un Raptor. Bellacrux s'avançait désormais sur l'aire d'atterrissage et les Raptors s'écartaient de son passage alors qu'elle se dirigeait vers la jeune intruse verte.

Allie ressentit l'empathie qu'éprouvait son Écho à l'égard de la jeune Verte, mais l'attitude de Bellacrux devint tout à coup troublante. Elle se tenait face à la nouvelle venue, la regardant de haut, et Allie sentit la chaleur du feu dans sa bouche tandis que Bellacrux lançait de courts jets de flammes qui s'enroulaient autour des pieds délicats du dragon et le faisaient sautiller d'une patte sur l'autre, sous le regard amusé des autres Raptors. Allie vit le blanc des yeux de la jeune Verte, écarquillés de terreur, et sentit que son Écho éprouvait… Qu'était-ce… Oui, c'était bien de la honte.

À présent, la jeune Verte commençait à parler en chandragon d'une voix hésitante, et Allie comprit ce que son Écho entendait.

– *Camarades dragons, je suis Herlenna. Je viens*

en tant qu'ambassadrice des Verts. Vous avez pris tous les œufs de notre couvée. Vous nous avez volé notre futur. Je vous en supplie, laissez-moi rapporter un œuf chez nous. Un seul œuf pour nous redonner espoir.

Allie sentait la surface chaude, au toucher de cuir, de l'œuf avec lequel elle partageait le nid et comprit qu'il devait venir de la couvée volée. Elle attendait que Bellacrux propose de le rendre, mais celle-ci n'en fit rien.

– *Tu n'auras aucun œuf ce soir*, dit-elle. *Rentre chez toi tant que tu peux voler.*

Allie fut si choquée par la dureté de la réponse de son Écho que, pendant quelques instants, elle perdit la connexion avec Bellacrux. Puis elle se rétablit sur une image terrifiante : un dragon rouge immense, aux ailes déployées en position d'attaque, la gueule grande ouverte, montrait ses longs crocs luisants. Il s'agissait, même si Allie n'en savait rien, de Valkea. Dans un mouvement brusque, le dragon rouge ramena ses ailes vers le sol de telle manière que leurs pointes affûtées creusèrent de profonds sillons dans les écailles de la Verte et endommagèrent une de ses ailes.

Par la porte ouverte, Allie entendit un hurlement de douleur et sut que c'était Herlenna. Elle cacha sa tête sous ses bras, tentant de se débarrasser de l'image du Rouge cruel. Elle souhaitait à présent couper la connexion avec Bellacrux. Elle ne voulait rien voir de ce qui pourrait encore être infligé à la Verte, mais la connexion tenait bon. Consternée, Allie vit Bellacrux ordonner qu'on emprisonne Herlenna. Elle ajouta qu'elle ne croyait pas que tous les œufs des Verts avaient été volés, que Herlenna n'était qu'une vulgaire espionne et qu'on devait lui faire avouer où ils cachaient le reste de la couvée. Allie entendit les cris de joie des Raptors et la dernière image qui lui parvint fut celle de la jeune Verte, ruisselant de sang rouge sombre, qu'on emmenait brutalement.

La connexion avec son Écho se coupa et laissa Allie bouleversée. Soudain, elle eut besoin d'air frais et, se fichant bien qu'on la voie ou non, elle sortit de sous les coussins et s'assit, respirant l'air froid au goût de pierre et, pensa-t-elle, de peur. Elle contempla la nuit et vit les montagnes au loin, leurs pics en dents de scie se dessinant sur le ciel étoilé. Elle entendait le mugissement du vent qui s'engouffrait dans les canyons en contrebas et avait l'impression d'être une étrangère abandonnée sur une planète lointaine.

Des pas vifs et rapides retentirent dans l'atrium et Allie bondit pour se terrer à nouveau sous les coussins, le cœur battant à tout rompre. Le visiteur s'était arrêté à la porte. Allie entendit la petite trappe du portillon s'ouvrir et se figea. Elle pouvait presque sentir le regard de l'observateur qui parcourait la chambre. Enfin, le rabat se referma et elle put à nouveau respirer sans peine.

Elle se sentit soudain submergée par la solitude. Les deux êtres les plus proches d'elle, son frère et Bellacrux, n'étaient pas ceux qu'elle croyait. Joss était devenu un Lennix et Bellacrux n'était rien de plus qu'un Raptor cruel et sans cœur comme les autres. Son frère l'avait trahie et son Écho l'avait dupée. Elle se blottit autour de l'œuf pour se réconforter en pensant qu'elle avait au moins un point commun avec la petite créature à l'intérieur : tous deux avaient perdu leur vraie famille et étaient complètement seuls dans la forteresse Lennix.

27
Un adieu

La journée de Joss n'avait été qu'une longue suite de souffrances. « Allie, Allie, Allie. » Il ne pouvait penser à rien d'autre. Il avait tout juste réussi à supporter le petit déjeuner en évitant les regards suffisants des jumelles et en restant silencieux. Di Mara avait attribué ses yeux rougis à une allergie quelconque. Edward n'avait rien remarqué. Kaan s'en moquait. Mais cela n'avait pas échappé au regard affûté de Declan.

Joss avait passé la journée avec ce dernier à visiter les niveaux inférieurs du Perchoir, les cachots en premier lieu, et Declan, supposant que Joss subissait la pression de sa nouvelle position – car être un Lennix ne serait jamais aisé –, s'était montré aimable avec son frère adoptif. Mais après un dîner en famille tendu au cours duquel il avait vu les yeux de Joss se remplir de larmes, il avait décidé de l'accompagner jusqu'à sa chambre en fin de soirée. Et là, après quelques mots pour le persuader de parler, Joss avait fini par lui avouer ce qui était arrivé à Allie.

Declan était atterré.

– Je n'y crois pas, dit-il. Elles ne peuvent pas faire ça. C'est un meurtre.

Joss sentit sa gorge se serrer. Il n'aurait jamais cru entendre un jour ce mot associé à Allie.

– Reste ici, dit Declan. Je vais aller vérifier.

C'étaient ses pas qu'Allie avait entendus et son regard scrutant la pièce qu'elle avait ressenti.

Declan n'avait pas très envie d'explorer la chambre de Bellacrux. Tout le monde savait que le Grand Lennix avait mauvais caractère et il n'avait aucune envie d'être surpris en train de fouiller parmi ses coussins lorsque le dragon reviendrait. Il frappa à la porte de Harry et fut accueilli par une certaine hostilité. Harry était l'une des rares personnes au Perchoir qui avait le cran d'afficher son mépris pour les Lennix.

– Que voulez-vous ? demanda-t-il.

Declan lui expliqua la situation. Harry parut troublé.

– Je n'étais pas là, dit-il. Vos sœurs ont délibérément choisi ma soirée de congé. Elles savaient que je les aurais empêchées de commettre tout acte de cruauté. Mais, oui, les gardes du Perchoir m'en ont informé. Elles ont poussé une fille à l'intérieur et Bellacrux l'a prise.

Devant le visage horrifié de Declan, Harry prit la défense de son cher dragon :

– Ce n'est pas la faute de Bellacrux. C'est seulement sa nature. Mais je suis tout de même surpris. Elle n'avait encore jamais pris un enfant innocent. Elle est un peu imprévisible en ce moment. Aujourd'hui, elle a volé mon déjeuner et n'a pas voulu me le rendre. Je suppose que c'est à cause de l'œuf qu'ils lui ont donné. Elle est en mal d'enfant.

Secoué, Declan remercia Harry et sortit d'un pas lent. Harry le regarda partir. « Ce garçon est trop gentil pour être un Lennix, pensa-t-il. Il va devoir s'endurcir ou il ne fera pas long feu. »

Assis avec Joss dans sa chambre, Declan tentait de lui donner un peu d'espoir.

– Tout ce que je peux dire, c'est que j'ai regardé très attentivement par la trappe et qu'il n'y avait aucun signe de… eh bien, de quoi que ce soit. Tu vois, pas de euh…

– De sang, finit Joss à sa place.

– Exactement. Donc ça a dû se passer très vite.

Joss laissa échapper un sanglot et Declan posa un bras sur son épaule.

– Je suis vraiment désolé. Même Harry trouve étrange que Bellacrux ait fait une telle chose. Il semblait troublé…

Ils restèrent assis en silence tandis que Joss ravalait ses larmes. Après un moment, Declan dit :

– Tu sais, Joss, il y a quelque chose qui ne colle pas.

– Comment ça ?

– Eh bien, parfois je me pose des questions au sujet de Bellacrux. C'est vrai qu'elle détient un triste record de mises à mort, mais j'ai établi un jour une liste de ses victimes et je me suis rendu compte qu'absolument toutes avaient elles-mêmes tué quelqu'un. Si elle avait dévoré Tamra et Mirra, je le croirais tout de suite. Mais ta sœur… eh bien, c'est étrange. Ça n'a aucun sens pour moi.

– Pour moi non plus, dit Joss d'une voix triste.

– Non. Évidemment.

Declan le laissa endormi, blotti contre Lysandre, et sortit sur la pointe des pieds. Furieux, il raconta l'histoire à sa mère, mais Di Mara ne répondit que par un rire. Elle affirma que c'était un problème de moins à gérer et lui conseilla d'être moins sentimental. Declan se mit au lit presque aussi bouleversé que Joss.

Le lendemain matin, Joss se réveilla aux côtés de Lysandre avec la sensation qu'il avait pris une décision pendant son sommeil. Tandis qu'il se dégageait de sous le ventre doux et chaud de son Écho, il sut de quoi il s'agissait : il devait lui-même inspecter la chambre de Bellacrux.

Lysandre ne remua pas quand il s'éloigna sur la

pointe des pieds. À la porte, Joss marqua une pause et dit :

– À *plus tard,* sans obtenir de réponse.

Il revint alors vers son dragon et le poussa doucement. Pas de réaction.

– *Hé, Lysandre, es-tu plongé dans ton sommeil de chandragon ?*

Il n'eut, bien entendu, aucune réponse. Joss sourit. Il était impatient de l'entendre parler le langage lyrique des dragons, et il savait que Lysandre le lui apprendrait. Declan lui avait dit que parler le chandragon rapprochait encore plus les Échos.

Joss s'habilla rapidement. Il prit sa ceinture argentée et s'arrêta. Que faisait-il ? Il était devenu membre de la famille qui avait tué sa propre sœur. Et voilà qu'il allait porter leur ceinture sans penser à ce que cela signifiait vraiment. Il prit une grande inspiration. Il voulait jeter la ceinture au sol, mais il se dit avec sévérité que s'il renonçait maintenant à être un Lennix, il ne pourrait jamais leur faire payer ce qu'ils avaient fait à Allie. Les Lennix l'avaient utilisé pour obtenir Lysandre, mais ils allaient le regretter. Furieux, Joss enroula la ceinture autour de sa taille, consulta l'emploi du temps – assemblée à huit heures –, regarda sa montre – sept heures et quart –, fourra la carte du Perchoir dans sa poche et sortit en vitesse.

Le couloir, qui venait d'être nettoyé, sentait le

désinfectant et était encore humide, mais il n'y avait personne. Tout au bout se dessinait une voûte qui menait à une porte arborant les armoiries des Lennix délavées. Une plaque de cuivre indiquait : AUCUN ACCÈS À L'ESCALIER LENNIX. En poussant la porte, Joss se dit : « Rappelle-toi, tu es un Lennix désormais. Cet endroit appartient à ta famille. Ne te presse pas, agis d'un air assuré et ne souris pas trop. Ou plutôt, ne souris pas du tout. Tu n'as pas à satisfaire qui que ce soit : tu es un Lennix. »

La porte donnait sur une pièce creusée dans la roche, spacieuse et lumineuse, avec des murs blanchis à la chaux et une rangée de fenêtres rondes donnant sur les montagnes. De là, un large escalier montait en colimaçon et Joss entama l'ascension. Il atteignit enfin le niveau un, où il s'arrêta pour reprendre son souffle et consulter sa carte : il devait se diriger vers le grand atrium. Il n'y avait qu'une seule porte, sur laquelle un panneau doré abîmé annonçait : PERCHOIR DES RAPTORS SUPÉRIEURS. Joss poussa la porte et entra dans un large couloir. Suivant les indications de sa carte, il tourna à droite et se dirigea au bout du couloir, vers un immense espace circulaire, et passa devant quatre grandes portes ornées, chacune indiquant la présence derrière elle d'un Raptor gradé de la Première Escadrille. Il ne s'attarda pas. Il aurait aimé que ses pas soient moins sonores, mais il se rappela sévèrement qu'il était un Lennix et qu'il pouvait faire autant de bruit qu'il voulait.

Il pénétra dans l'espace immense du grand atrium et des frissons lui parcoururent le dos. Émerveillé, il admira la coupole aux dorures et décorations représentant des dragons au combat qui crachaient des flammes. Ils semblaient presque réels. Joss n'avait jamais rien vu de tel. Il aurait pu les contempler pendant des heures, mais il se rappela qu'il n'était pas venu pour admirer des peintures. Il était là pour Allie. Et avec une vive appréhension, il s'approcha alors de l'immense double porte voûtée, au-dessus de laquelle il lut les mots GRAND LENNIX : BELLACRUX. Un mouvement attira son regard et il se retourna nerveusement. Dans l'ombre se tenait la fille rousse qu'il se rappelait avoir vue avec Allie.

Carli effectuait un service de quarante-huit heures sans pause car, inquiète pour Allie, elle avait crié sur un garde. Épuisée, elle passait la serpillière lorsqu'elle vit Joss, resplendissant dans son uniforme Lennix, qui s'approchait d'elle. Il était interdit aux prisonniers d'être seuls avec un Lennix et, ne voulant pas s'attirer plus d'ennuis, elle se hâta de pousser la porte de service la plus proche. Mais dans sa précipitation, la serpillière se coinça dans l'embrasure.

– Hé, laisse-moi t'aider, dit Joss.

– Toi ? répondit Carli, perplexe.

Il libéra la serpillière et elle recula pour passer la porte. Joss posa la main sur son bras pour la retenir, et elle tressaillit.

– Je t'en prie, ne pars pas, la supplia-t-il. Il faut que je sache quelque chose.

En entendant le ton de sa voix, Carli posa son seau.

– Je pensais que tu saurais tout maintenant, dit-elle. Vu que tu es un Lennix.

Il rougit.

– Je n'avais pas le choix.

– Nous avons tous le choix. Il y a les bons choix, et les autres, qui sont tout simplement mauvais.

– Ma sœur, Allie..., murmura Joss avant que sa gorge ne se noue, l'empêchant de poursuivre.

Le visage de Carli s'adoucit légèrement.

– C'était une fille gentille.

Joss entendit le verbe au passé et tous les espoirs auxquels il se raccrochait s'évanouirent.

– Sais-tu ce qui lui est arrivé ? demanda-t-il. Je veux dire... as-tu vu quelque chose ?

Carli hocha la tête, l'air sombre.

– Ouais. J'ai vu tes adorables sœurs d'adoption débarquer pendant le dîner et l'emmener, avant-hier. On ne l'a pas revue depuis. Mais hier matin, quand je faisais le ménage ici, j'ai entendu Harry dire que c'était un sort terrible pour qui que ce soit, et encore plus pour une enfant.

– Harry ?

– C'est le domestique de Bellacrux. Il est avec elle depuis toujours.

– Ah. Je vois.

Il essuya brusquement ses larmes.

– Eh bien, merci, parvint-il à dire.

Carli s'aperçut qu'elle avait de la peine pour Joss, malgré son uniforme détestable. Elle lui tendit une main réconfortante.

– Écoute, tu es un Lennix, maintenant. Alors si tu veux en savoir plus, va interroger Harry.

– Merci, dit-il, ses larmes recommençant à couler.

– Je dois y aller. Je m'appelle Carli. Si je peux faire quoi que ce soit…

Joss hocha la tête, ne se sentant pas capable de parler. Il regarda Carli partir, sa serpillière et son seau cliquetant, puis il s'essuya le visage avec sa manche et retourna dans l'atrium. Invoquant le Lennix en lui, il s'arrêta quelques instants devant la porte de la chambre du gardien, attenante à celle de Bellacrux, et la poussa avec une telle force qu'elle claqua contre le mur. Harry leva les yeux sans bouger. « Voilà donc le nouveau gamin Lennix, pensa-t-il en soutenant le regard de Joss. Aussi brutal que les autres. » Joss fut légèrement déstabilisé par le manque de déférence de Harry, mais il poursuivit :

– Je viens voir le Grand.

– Le Grand est déjà parti pour l'assemblée, répondit Harry d'un ton glacial.

Stupéfait de la vitesse à laquelle le temps avait passé, Joss regarda sa montre : sept heures cinquante-trois. S'il partait tout de suite en courant, il arriverait juste à l'heure. Mais quelque chose lui disait que s'il n'entrait pas dans la chambre à cet instant précis, il ne trouverait plus jamais le courage de le faire.

– Emmenez-moi au poste de guet, dit-il. J'attendrai.

Harry se leva lentement et poussa la petite porte donnant sur l'escalier qui menait au poste de guet, lequel servait aussi de refuge.

– Suivez-moi.

Joss monta lentement l'escalier froid en colimaçon, une sensation de terreur lui nouant le ventre. Il allait dire au revoir à sa sœur. Pour toujours.

28

Benêt

Les aiguilles des montres Lennix indiquaient huit heures. Sur l'aire d'atterrissage, la famille Lennix était au complet à l'exception de leur plus récent membre.

L'assemblée était une vieille tradition à la forteresse Lennix, et on considérait qu'aucun Raptor n'avait réussi tant qu'il ne comptait pas parmi ses membres. Elle se composait de quarante-neuf des dragons les plus féroces, les plus rapides et les plus loyaux, ayant tous prouvé leur bravoure et leur détermination. Comme toujours, ils étaient alignés en rang de Rouges, Verts, Bleus et Jaunes par taille, le plus grand mesurant plus de quatre mètres cinquante au garrot et sept mètres soixante du museau au bout de la queue. Aucun Raptor ne pouvait être qualifié de petit, étant donné qu'aucun ne mesurait moins de trois fois la taille de Lysandre. Les seuls Raptors qui n'étaient pas rangés selon leur taille étaient ceux du tout premier rang, constitué des douze membres d'élite de la très convoitée Première Escadrille. Au milieu de ce premier rang se tenait Valkea, grande et fière, qui ne tentait plus de dissimuler sa différence de taille avec Decimus.

Mais celui-ci était toujours le chef. Il se tenait face aux Raptors et observait les nuages de vapeur qui s'élevaient de leurs naseaux d'un air approbateur. Aucun d'entre eux ne perdait le rythme. Il les avait si bien entraînés que l'escadrille respirait à l'unisson. Le soleil matinal, qui venait de dépasser le pic montagneux derrière la forteresse, brillait sur la masse d'écailles scintillantes, qui miroitaient avec une telle intensité que les dragons semblaient faits de métal. Les crêtes qui descendaient le long de leurs épines dorsales étaient aiguisées à la mode Raptor, en pointes de dague, et les piques sur leurs queues, dressées au garde-à-vous, tranchantes comme des épées. « Ils n'ont jamais été aussi impressionnants », pensa Decimus.

Tandis qu'Edward rejoignait son Écho pour le féliciter, Di Mara jetait des regards tout autour d'elle, cherchant Joss qui, pour son plus grand mécontentement, demeurait absent. Elle fronça les sourcils. Ça commençait mal. C'était aujourd'hui sa première occasion de mettre le garçon à l'épreuve avec l'Argenté. Elle prévoyait de les envoyer chercher un portail dans le ciel et d'emmener avec eux Mirra et

Tamra sur Trixtan. Elle avait chargé les jumelles de rapporter une preuve irréfutable de l'existence de l'autre monde. De préférence une preuve humaine. « Un bébé serait l'idéal », avait-elle dit à Tamra.

– Où est ce satané gamin ? fulmina Di Mara. Il faut que la famille soit au complet.

– Il n'est pas de la famille, marmonna Kaan entre ses dents.

– On va le chercher, maman, proposa Mirra.

– Ouais. On va lui apprendre à respecter la famille, ajouta Tamra d'un ton jubilatoire.

Di Mara regarda ses filles. Parfois, même elle s'inquiétait de leur méchanceté.

– Merci, Tamra. Vous me laisserez cependant le soin d'apprendre les règles à votre nouveau frère. Mais, oui, allez le chercher immédiatement. J'imagine qu'il est encore en train de dormir, ce maudit fainéant.

Tamra et Mirra partirent à toute vitesse, ravies.

Agacées de trouver la chambre de Joss vide, elles fouillèrent dans son bureau.

– Tu ne penses quand même pas qu'il s'est enfui ? demanda Mirra.

Tamra ouvrit brusquement la porte de la chambre de Lysandre. À leur grande surprise, il était allongé sur les coussins, profondément endormi. Les jumelles contemplèrent le dragon argenté, encore une fois éblouies par sa beauté.

– Il est si brillant, murmura Mirra. Je suis contente que Kaan ne l'ait pas gardé. Il l'aurait abîmé.

– Ouais, fit Tamra d'un air sombre. Mais maintenant, il a Valkea.

– Et c'est elle qui va l'abîmer, renchérit Mirra avec un sourire en coin.

Tamra regarda sa sœur avec intérêt. La plupart du temps, elle la considérait comme un être tout à fait inutile. Mais il arrivait parfois que Mirra dise quelque chose d'intéressant, et c'était un de ces moments-là.

– Ouais, dit Tamra d'un air pensif. Peut-être bien qu'elle l'abîmera.

Elles laissèrent dormir Lysandre. De retour dans la chambre de Joss, elles jetèrent les draps au sol et firent de leur mieux pour saccager la pièce en cherchant des indices sur l'endroit où il pourrait se trouver. Aucune des deux ne voulait revenir auprès de leur mère les mains vides. Un petit bout de papier avec « Allie » écrit sur toute sa surface s'échappa de sous l'oreiller en voletant et Tamra le ramassa.

– Tu sais quoi ? dit-elle. Je pense que le gamin est allé chez Bellacrux. Il veut sans doute voir s'il reste quelque chose d'elle. Et puis pleurer toutes les larmes de son corps sur ce qu'il trouvera.

Mirra gloussa.

– Il pleurera alors sur un tas de crotte de dragon.

Les jumelles se mirent en route pour le niveau un en riant.

Pendant ce temps-là, Joss suivait Harry dans l'escalier en colimaçon jusqu'au poste de guet. En haut, le domestique déverrouilla une porte étroite.

– Vous pouvez partir, à présent, lui dit Joss.

– Tous les spectateurs doivent être accompagnés, répondit Harry d'un ton impassible.

– Un Lennix n'est jamais un spectateur, répliqua-t-il, un peu troublé par la facilité avec laquelle il arrivait à se prendre pour un Lennix. Maintenant, sortez.

Harry ne dissimula pas son regard méprisant.

– Très bien. Faites comme bon vous semble.

Joss écouta les pas du domestique jusqu'à ce qu'ils deviennent inaudibles. Puis il prit une grande inspiration et entra dans le poste de guet. C'était une tourelle circulaire en brique, avec une petite porte verte sur le côté indiquant SORTIE VERS LA CHAMBRE DU GRAND. Joss poussa la porte et posa le pied sur la passerelle sur laquelle Allie avait rampé, terrifiée, si peu de temps auparavant. Il leva les yeux vers la somptueuse coupole aux carreaux verts, avec ses délicats ornements dorés puis, rassemblant tout son courage, il jeta un coup d'œil par-dessus la rambarde. Il fut surpris de voir un lit de coussins dont dépassait le haut d'un grand œuf vert, mais il n'y avait rien d'autre. Il scruta la chambre, essayant de trouver du réconfort dans le fait de ne voir de sang nulle part. Il n'y avait effectivement aucun signe d'une quelconque lutte. Le lieu offrait un sentiment de tranquillité. On aurait dit, pensa Joss tristement, qu'Allie n'avait jamais existé.

Il se laissa glisser à terre et appuya sa tête contre la rambarde.

– Allie, murmura-t-il. Oh, Allie...

L'écho reprit ses mots avec enthousiasme : « Allie oh Allie oh Allie oh Allie... », les tournant en ridicule jusqu'à ce que Joss ne puisse plus le supporter.

– Allie ! hurla-t-il, désespéré. Alliiiiiiie !

L'écho reprit avec jubilation le refrain : « Al... liiiiiiiiiiiiiiie... »

Joss plaqua ses mains sur ses oreilles. Il avait l'impression que le monde entier se moquait de lui. Et puis, très faiblement, il entendit quelque chose. On aurait dit la voix de sa sœur.

– Joss ? Joss, c'est toi ?

Il secoua la tête et grogna. Voilà qu'il devenait fou.

La voix d'Allie perça l'écho sarcastique.

– Joss ! C'est moi ! Joss, je suis en bas. Là, en bas, benêt !

C'est le mot « benêt » qui l'interpella : il savait qu'il n'aurait jamais imaginé ça. Il se releva d'un bond, regarda par-dessus la rambarde et aperçut le visage de sa sœur, au sourire rayonnant, qui venait d'apparaître par miracle à côté de l'œuf.

Joss se précipita sur la passerelle, descendit

bruyamment l'échelle et sauta dans les bras d'Allie. Elle le repoussa et l'emmena dans le nid.

– Chut, murmura-t-elle avant qu'il puisse dire un mot de plus. Personne ne doit savoir que je suis là.

Entouré de coussins, pressé contre l'œuf de dragon au toucher de cuir, le visage de Joss rayonnait de joie.

– Oh, Allie. Allie. Je n'y crois pas. Tu es là, tu es vivante !

– Oui. Je suis vivante.

– Mais comment est-ce possible ? Bellacrux n'est-elle pas dangereuse ?

Allie sourit.

– Pas avec son Écho.

Joss ouvrit grand la bouche, abasourdi.

– Son Écho ?

– Chut ! siffla Allie. Oui, nous sommes devenues Échos. Elle est… elle est tout simplement incroyable.

Joss prit tout à coup un air très sérieux.

Oh, Allie. Tu ne te rappelles pas ce qui est arrivé à Ettie ?

Le sourire d'Allie s'évanouit.

– Bien sûr que si. Mais ce sont les Lennix qui ont tué Ettie, pas Bellacrux. Ils l'ont tuée parce qu'elle était devenue Écho avec leur Grand.

Joss n'était pas rassuré pour autant.

– Et ils feront de même avec toi, dit-il.

Allie mit un doigt devant sa bouche.

– C'est pourquoi personne ne doit savoir que je suis là, murmura-t-elle.

Joss s'enfonça plus profondément dans le nid de coussins, secouant la tête, incrédule.

– Je n'arrive pas à croire que tu sois devenue Écho avec le Grand Lennix.

– Moi non plus, à vrai dire. Mais ça me paraît tellement évident, Joss. Et Bellacrux est de notre côté. Elle aussi déteste les Lennix.

– Tu en es sûre ? Peux-tu vraiment lui faire confiance ?

Gênée, Allie se remémora sa désolation de la veille, quand Bellacrux avait été si cruelle envers Herlenna. À son retour, elle lui avait expliqué pourquoi elle était obligée d'agir ainsi. Même si ce souvenir perturbait encore Allie, elle savait au fond d'elle que Bellacrux était digne de confiance.

– Oui, je peux lui faire confiance. Certes, elle doit faire des choses horribles pour éviter d'éveiller les soupçons des Lennix, mais sa survie en dépend, Joss. En réalité, c'est ce que doivent faire beaucoup de gens dans cet endroit immonde. Regarde Harry. Regarde aussi certains des gardes. Ils le font tous.

Joss n'était pas convaincu.

– Mais Bellacrux tue des gens, Allie.

Elle prit subitement la défense de son Écho.

– Qui es-tu pour juger, Joss ? Regarde-toi, avec

ton ignoble uniforme Lennix. Tu fais exactement comme Bellacrux.

Il se renfrogna.

– Je ne suis plus un Lennix, dit-il.

– C'est vrai ?

– Ouais. C'est fini, Allie, après ce qu'ils t'ont fait. C'est nous contre eux désormais, dit-il avant de serrer fort la main de sa sœur. D'accord ?

– D'accord.

Ils entendirent des pas précipités qui traversaient l'atrium. Joss bondit.

– Je dois y aller.

Allie lui attrapa le bras.

– Tu dois faire confiance à Bellacrux. Elle a un plan pour nous faire sortir d'ici. Avec Lysandre. Pourras-tu revenir quand elle sera là ? Je t'en prie.

Joss ne savait pas comment il y parviendrait, mais il ne ferait faux bond à sa sœur sous aucun prétexte.

– D'accord. Je reviendrai dès que je pourrai.

Il s'empressa de remonter l'échelle et, quand il regarda en bas depuis la passerelle, il ne vit aucun signe d'Allie, seulement un œuf vert qui reposait calmement dans son nid.

De retour au refuge, Joss fut surpris de trouver Harry qui l'attendait.

– Oh ! fit-il le souffle coupé.

Il chercha sur le visage de l'homme un signe

indiquant qu'il l'avait vu avec Allie, mais il était impénétrable.

– Mlles Mirra et Tamra vous attendent au poste de garde, dit Harry. Je crois que votre présence est exigée à l'assemblée.

En silence, Joss le suivit dans l'escalier, rassemblant tout son courage pour affronter la réunion cauchemardesque qui l'attendait certainement.

29

L'assemblée

– Ah, fit Di Mara, le voilà enfin.

Elle regardait Joss que les jumelles amenaient de force à travers la cour. Il était débraillé et, tandis qu'il s'approchait, Di Mara aperçut le début d'un hématome sur son front. Elle décida d'ignorer cet élément.

– On l'a trouvé dans la chambre du Grand, maman, annonça Mirra d'un air triomphant.

– Mais que faisais-tu là-bas, Joshua ? demanda Di Mara avec colère.

Joss se moquait bien de sa fureur. Il se moquait même que les jumelles lui aient cogné la tête contre un mur et qu'il voie encore trente-six chandelles. Tout ce qui comptait, c'était qu'Allie soit en vie.

– Je… je voulais juste voir le Grand, dit-il sans conviction.

– Eh bien, tu t'es trompé d'endroit, répondit Di Mara, exaspérée. Il est là. Il assiste à l'assemblée, comme toujours.

Elle désignait la loggia, d'où Bellacrux et Krane observaient les opérations, pour des raisons très différentes. Être membre de l'assemblée manquait à Krane, et il était venu s'imprégner de l'atmosphère. Bellacrux, comme Allie l'avait fait remarquer, restait à proximité de ses ennemis.

– Notre Grand est fier des escadrilles, reprit Di Mara. Et tu devrais l'être toi aussi. À l'avenir, Joshua, tu respecteras l'emploi du temps ou tu auras des ennuis. Tu es un Lennix désormais, et nous autres Lennix vivons dans le respect des règles. Comprends-tu ?

Joss redressa les épaules et regarda Di Mara dans les yeux.

– Je comprends.

Mirra boudait ; comment ce gamin pouvait-il s'en tirer aussi facilement ? Ce n'était qu'un minable garçon de ferme qui leur avait volé leur Argenté et leur mère le laissait arriver en retard à l'assemblée en toute impunité. Aucun d'entre eux ne s'en tirait aussi aisément. Ce n'était pas juste. Tamra lança un regard plein de colère à Joss. Le gamin mijotait quelque chose, elle le savait. Pourquoi sa mère ne s'en rendait-elle pas compte ?

Edward Lennix regarda Joss d'un air agacé.

– Maintenant qu'il est là, peut-on poursuivre ?

Di Mara hocha sèchement la tête.

Alors qu'Edward s'avançait pour s'adresser à

l'assemblée, Tamra se rapprocha de Joss et lui infligea un coup de pied furtif à la cheville. Il garda les yeux rivés devant lui, déterminé à ne pas réagir.

– Je t'ai à l'œil, le berger, murmura Tamra. Je sais que tu mijotes quelque chose. Je vais découvrir ce que c'est, et alors je...

Mais la voix tonitruante de son père couvrit ses menaces :

– Escadrilles Raptors, je vous salue !

Edward Lennix obtint en réponse un effroyable mugissement qui se réverbéra sur les montagnes et parut secouer la forteresse jusque dans ses fondations.

– Il y a deux nuits, nous avons brisé les défenses des Verts et anéanti leur nid. Nous en avons fini avec les Verts libres. Mais les Rouges, Jaunes et Bleus libres sont toujours là. Ceux-ci, comme vous le savez, sont un peu plus coriaces que les Verts. Ils gardent leurs secrets bien cachés et il nous faut encore trouver tous leurs œufs. Par conséquent, une nouvelle étape de notre campagne débute : les raids éclair. Raptors, ce soir nous porterons le coup de grâce. Nous irons sur l'île aux Bleus où ils conservent leurs œufs au fond de grottes sous-marines. Nous leur prendrons un tribut : un nourrisson vivant que nous mettrons en pièces sous leurs yeux, puis nous les laisserons à leur chagrin. Nous y retournerons encore et encore jusqu'à ce qu'ils nous montrent les cachettes de leurs couvées et nous supplient de les emporter. Et quand nous les aurons pillés, nous ferons de même avec les Rouges des montagnes. Et ensuite, avec les Jaunes du désert. Nous les volerons tous jusqu'au dernier ! Raptors, vous êtes nos héros, vous êtes notre espoir, vous êtes notre futur. Raptors, nous vous saluons !

Un autre rugissement, assoiffé de sang, tourbillonna dans l'air comme une tornade, et Joss dut enfouir ses mains dans les poches de sa tunique pour s'empêcher de les plaquer sur ses oreilles. Alors qu'il fixait les gueules ouvertes des dragons, des cavernes rouges, luisantes, bordées de longs crocs recourbés, il commença à comprendre le pouvoir titanesque des Lennix.

La famille effectua le salut poing fermé. Joss se força à les imiter, et quarante-neuf jets de flammes, signe de la fin de la cérémonie, s'élevèrent dans le ciel. L'escadrille tapa du pied, dans un geste rituel, puis ce fut terminé. Les dragons se dirigèrent vers les arches de la loggia, où leur Grand les observait en silence. Ils passèrent en file devant Bellacrux, chacun inclinant la tête avec respect, et descendirent au Perchoir, où des équipes de prisonniers apportaient déjà des moutons fraîchement abattus et des baquets d'eau de source pure dans chaque chambre. Les Raptors allaient à présent manger, puis ils dormiraient tout le jour pour se préparer aux premiers raids éclair nocturnes.

Quand tous les Raptors furent partis, Joss regarda Bellacrux sortir dans la cour, parcourir la piste et effectuer un lent décollage. Il avait encore du mal à croire ce qu'Allie lui avait dit : qu'elle était devenue Écho avec Bellacrux. Il la suivit des yeux tandis qu'elle s'élevait dans les airs, donnant une impression d'extrême facilité, ses immenses ailes déployées, sombres sur le ciel clair du matin. Elle décrivit un grand cercle élégant puis entama la descente dans la vallée profonde en contrebas, où la porte ouverte de sa chambre l'attendait. Joss sourit à la pensée extraordinaire que ce dragon terrifiant, vénéré tant par les Lennix que par les Raptors, était à présent Écho avec sa sœur.

La voix de Di Mara le fit sursauter :

– Joshua !

Terrifié à l'idée qu'elle puisse d'une manière ou d'une autre lire dans ses pensées, il en chassa Allie. Di Mara lui décocha un sourire exceptionnellement enthousiaste.

– C'est une excellente journée pour voler, Joss. Je crois qu'il est temps que tu sortes Lysandre. L'exercice lui fera du bien.

– Oh ! fit-il surpris. Je pensais qu'il était selon vous trop jeune pour voler avec moi en toute sécurité ?

– Ah bon ? s'étonna Di Mara, momentanément déstabilisée. Ah, oui. Eh bien, il a grandi depuis. Il est assez fort maintenant.

Au grand embarras de Joss, elle passa un bras

autour de ses épaules et l'emmena à l'écart du reste de la famille.

– Sais-tu, Joshua, que ton Argenté possède un talent caché ? demanda-t-elle.

Ne sachant que répondre, il décida de faire l'innocent et prit un air étonné.

Di Mara se retint de pousser un grand soupir. Elle espérait de tout cœur que l'enfant ne soit pas aussi stupide qu'il en avait parfois l'air. En parlant très lentement et distinctement, elle poursuivit :

– Ton Argenté, ton magnifique Lysandre, peut traverser une sorte de porte d'entrée invisible dans le ciel et atteindre un autre monde.

Joss était désemparé. Comment était-elle au courant ?

Di Mara résista à l'envie de dire au garçon de se débarrasser de cette expression pathétique et apeurée. C'était très agaçant. Elle lui tapota l'épaule dans ce qu'elle espérait être un geste maternel.

– Tu n'as pas du tout à t'inquiéter du talent de ton Argenté. Tu devrais plutôt en être très heureux. Je pensais donc qu'aujourd'hui, tu pourrais demander à Lysandre de t'emmener à travers l'une de ces fascinantes portes invisibles. Tes sœurs peuvent venir avec toi sur Trixtan pour te tenir compagnie.

Joss se força à mettre de l'enthousiasme dans son regard.

– Oh, oui ! Ce serait fantastique. J'adorerais.

Puis, comme le soleil s'éclipsait derrière des nuages d'orage, son expression passa à l'abattement. Ce fut un peu mécanique, mais assez bien exécuté pour tromper Di Mara.

– Oh, non ! s'exclama-t-il avec tristesse. Mon Écho est en plein sommeil de chandragon.

Avec une certaine difficulté, Di Mara retint un cri de frustration. Pourquoi devait-elle toujours attendre si longtemps que ses plans se mettent en œuvre ? Elle retira son bras des épaules de Joss, au grand soulagement de ce dernier.

– Déjà ? demanda-t-elle avec un petit rire crispé. Décidément, ces Argentés se développent très rapidement. Bon, nous n'y pouvons rien. Ce sera pour demain.

– Oh, oui ! Fantastique, vraiment fantastique. J'ai tellement hâte, bredouilla Joss.

Di Mara lui lança un regard perplexe. « Il n'y a aucun doute là-dessus, pensa-t-elle, ce gamin est bizarre. »

Joss partit précipitamment, mais il ne put aller très loin, car Edward Lennix le saisit par le bras.

– Et où crois-tu aller comme ça, mon garçon ? demanda-t-il.

Le cœur de Joss se serra. Comment allait-il rejoindre Allie ? Il n'avait aucune chance qu'ils le laissent seul ne serait-ce qu'une seconde. Se remettant en mode Lennix, il répondit :

– Père, mon Écho effectue son sommeil de chan-dragon aujourd'hui, mais je compte bien mettre mon temps libre à profit. Declan m'a montré les niveaux inférieurs du Perchoir hier. Aujourd'hui, j'aimerais me familiariser avec les niveaux supérieurs.

Edward Lennix regarda Joss d'un air agacé. Quelque chose chez ce garçon ne lui inspirait pas confiance, mais il ne trouva rien à redire à sa réponse.

– Très bien. Declan passera toute la journée avec moi pour l'attribution des vols et l'élaboration des itinéraires. Kaan pourra t'accompagner.

Kaan ! Joss tenta de ne pas paniquer. Ce serait une catastrophe. Joss savait qu'avec Edward il devait se montrer sûr de lui et parler franchement.

– Pas Kaan, merci, père, dit-il.

Edward prit un air amusé.

– Je ne peux pas t'en vouloir, répondit-il avant de regarder sa montre. Je suis sûr que tu peux te débrouiller tout seul. Je te donne exactement trois heures pour les niveaux supérieurs du Perchoir, et à onze heures cinquante-six, tu te présenteras dans la salle de réunion pour prendre connaissance de notre organisation pour le raid de ce soir. Bon, est-ce que tu as un plan ?

Joss le dévisagea, horrifié. Comment pouvait-il savoir qu'Allie et lui allaient élaborer un plan ?

– Oh, allons, mon garçon. Si tu n'en as pas, ce n'est pas un crime. Tiens, prends le mien.

Edward tira son plan de sa poche. Joss le prit, les mains tremblantes.

– Tu as peur de ton ombre, observa Edward. Tu es un Lennix, maintenant, mon garçon. Tu vas devoir arrêter ça.

– Oui, Père. Merci.

Et tandis que Mirra et Tamra arrivaient pour solliciter leur père, il s'éloigna d'un bon pas, conscient d'être suivi par leurs regards.

Alors qu'il entendait leurs voix cajoleuses tentant de soutirer un service, il s'engouffra dans l'ombre de la loggia et descendit la large rampe jusqu'au niveau un.

Depuis les ombres de la loggia, Krane regarda passer Joss et attendit que Di Mara le rejoigne. Krane était un dragon silencieux qui entendait beaucoup de choses et parlait peu, sauf avec son Écho. Les autres Raptors le considéraient plus ou moins comme un espion et il avait peu d'amis. Comme ils descendaient lentement la rampe, il raconta à Di Mara les derniers ragots. En général, c'étaient de petits scandales insignifiants qui amusaient Di Mara, mais cette fois, ce n'était ni petit ni insignifiant.

– *Di, Valkea essaie de semer la pagaille au sujet de l'Argenté.*

– *Oh ?* demanda Di Mara.

– *Ils en parlent tous. Tu sais, cette Terre perdue*

remplie d'humains dans laquelle l'Argenté peut nous emmener? Eh bien, Valkea dit aux Raptors que vous, les Lennix, voulez la garder pour vous.

Di Mara soupira.

– *Bien sûr que non, Krane. Mais nous ne les laisserons y aller qu'accompagnés d'un Lennix. Valkea pourra y aller quand j'aurai la preuve que Kaan peut la contrôler. Je ne veux pas qu'elle sème aussi le trouble là-bas.*

– *Je lui dirai qu'elle sera l'une des premières à y aller, tu veux bien?* suggéra-t-il. *Ça devrait la calmer. Pour l'instant.*

– *Oui, s'il te plaît, Krane, je t'en serais très reconnaissante.*

Elle posa la main sur les écailles bleues et lisses de son Écho.

– *Oh, Krane, que ferais-je sans toi?*

Dragon et Écho descendirent la rampe jusqu'à la chambre de Krane, pleinement satisfaits l'un de l'autre.

30

Un hibou écrasé

C'était les vacances et Sirin était assise dans la salle à manger froide, à l'arrière de la maison de sa famille d'accueil. Elle faisait ses devoirs. La pièce sentait les relents du repas du dimanche midi et de la litière du hamster. Les deux petits garçons de la famille étaient partis chez un ami, et la maison était silencieuse. Le seul son qu'on entendait était celui de Grignotis, le hamster, qui faisait des tours dans sa roue. Sirin avait très peu d'estime pour les hamsters. Jamais Sammi n'aurait perdu son temps à courir dans une roue n'allant nulle part. Penser à Sammi lui fit l'effet d'un coup de poignard dans le ventre et elle tenta de la chasser de ses pensées. Mais elle ne pouvait oublier ce moment horrible où Sammi avait refusé d'entrer dans le panier de transport et avait griffé l'assistante sociale. Celle-ci avait ensuite appelé la dame du refuge, qui était venue la chercher. Sirin était fière que Sammi se soit battue. « Peut-être », pensa-t-elle en coloriant le long d'une ligne de littoral compliquée, « peut-être que j'aurais dû aussi me battre. Peut-être que j'aurais dû prendre Sammi et m'enfuir avec elle. » Mais Sirin n'avait nulle part où aller. Elle était bloquée dans sa famille d'accueil comme Grignotis dans sa cage.

Elle referma le livre de géographie et le rangea avec soin dans son sac à dos, car sa mère d'accueil, Mandy, aimait que tout soit en ordre. Elle n'était nulle part assez chez elle pour être désordonnée. Ou irritable. Ou triste. À présent, elle devait être comme on voulait qu'elle soit. C'était ça, le contrat.

Mandy passa la tête par la porte et dit d'un ton jovial :

– Tu es prête, Sirin ?

Sa mauvaise humeur se dissipa. Comme elle était en vacances, elles auraient sûrement le temps de s'arrêter au refuge pour rendre visite à Sammi en revenant de l'hôpital. Elle sortit à toute vitesse et se retrouva rapidement assise dans la petite voiture noire de Mandy, avec ses housses de siège en plastique et son désodorisant en forme de sapin de Noël pendu au rétroviseur. Excitée à l'idée de revoir Sammi, Sirin sortit le jouet pour chat, un petit hibou violet, qu'elle avait acheté dans la boutique au coin de la rue. Elle le pressa dans sa main et le hibou laissa échapper un couinement exubérant.

Mandy sursauta.

– Mon Dieu. C'est quoi, ça ?

– Un hibou. C'est pour Sammi.

– Ah, fit-elle d'une voix que Sirin avait souvent entendue ces derniers temps.

Cela signifiait que son interlocutrice allait dire quelque chose de bouleversant, mais qu'elle allait faire comme si tout allait bien parce qu'elle ne voulait pas que Sirin fasse d'histoires.

Et Mandy expliqua, d'une voix qui sous-entendait : « Ne te mets pas en colère, je t'en prie », que Sammi n'était plus au refuge parce qu'elle était partie chez le vétérinaire.

– Sammi est *malade ?* s'inquiéta Sirin.

– Euh… pas exactement, répondit-elle sur un ton étrange.

– Ah, fit Sirin, un peu perdue.

Pourquoi Sammi était-elle chez le vétérinaire si elle n'était pas malade ?

– Puis-je aller la voir chez le vétérinaire ? demanda-t-elle.

Mandy ne répondit pas et Sirin sentit au fond de son ventre le même malaise que lorsqu'on avait transféré sa maman aux soins intensifs. Mandy finit par reprendre :

– Eh bien, Sammi n'est plus vraiment là, Sirin. Tu vois, c'était un vieux chat et…

Sirin comprit tout à coup.

– Vous avez tué Sammi ? s'étrangla-t-elle. Vous avez tué Sammi !

– Mais non, je n'ai pas tué Sammi ! s'indigna Mandy.

– Le vétérinaire l'a tuée, dit Sirin sur un ton catégorique.

Mandy n'exprima aucun désaccord.

Elle n'adressa plus un mot à Mandy. À ses yeux, cette femme avait bien tué Sammi, car si elle l'avait laissée rester, si elle n'avait pas fait tout un plat parce que l'un des petits garçons était allergique aux chats, Sammi serait encore en vie. Mais Sirin savait qu'elle ne devait pas dire ça. Elle devait s'efforcer de rester polie et gentille parce que c'était la maison de Mandy et la voiture de Mandy, et les choses étaient ainsi maintenant. Elle resta donc assise sans bouger et pressa le hibou si lentement qu'il n'émit aucun son, tandis que Mandy expliquait pourquoi c'était beaucoup mieux pour Sammi qui aurait sinon dépéri au refuge.

« Dépérir est un mot étrange, pensa Sirin. Comme le contraire de périr. »

– Et le problème, c'est que Sammi était une chatte plutôt agressive, disait maintenant Mandy. Elle griffait et crachait, si bien qu'il était difficile de lui trouver un foyer. C'était donc vraiment pour le mieux.

Sirin écrasa le hibou jusqu'à le réduire à une petite boule dont elle sentit les bords durs lui entrer dans la peau. Si seulement elle avait pu faire comprendre à Sammi que, quand on n'a pas de maison et qu'on veut survivre, on est obligé de bien se comporter. Et d'être gentille, de ne griffer personne. Mais c'était trop tard maintenant. Sammi était morte.

Aux soins intensifs, Sirin s'assit à côté de maman tandis que les infirmières parlaient doucement à Mandy. Sa mère paraissait toute petite dans ce grand lit, qui ne ressemblait pas du tout à un lit, mais plutôt à ce qu'on trouverait dans un bloc opératoire. De nombreux tubes lui entraient dans le corps et Sirin s'y était habituée, sauf à celui dans sa gorge, qui respirait pour elle. Il produisait un petit *clic* à chaque respiration et, à cause de lui, maman ne ressemblait plus tout à fait à maman. Les infirmières lui avaient dit que même si elle semblait dormir, elle pouvait sans doute entendre ce qu'elle disait, alors elle lui parla de ses devoirs, de ses balades au parc et de ce qu'elle regardait à la télé, ce qui prit peu de temps. Puis elle s'arrêta, parce qu'elle ne pouvait pas lui dire ce qui était arrivé à Sammi. Elle parla plutôt du hibou et le fit couiner pour elle.

Mandy entra peu de temps après et annonça qu'il était temps de partir, et les infirmières lui dirent au revoir et la serrèrent dans leurs bras. À mi-chemin dans le couloir, Sirin se retourna pour adresser un dernier signe de la main aux infirmières, et les prit au dépourvu. Et c'est à ce moment-là qu'elle vit une expression sur leurs visages qui aggrava encore la sensation d'effroi qui lui serrait le ventre.

31

Plans de vol

La rampe conduisit Joss dans les couloirs sonores du niveau un. Retrouvant rapidement son attitude de Lennix, il marchait à grandes enjambées, la tête haute. Les prisonniers faisaient des allers-retours précipités, les mains chargées de nourriture et d'eau, mais désormais, les « traître… traître… traître… » murmurés ne le dérangeaient plus du tout. Il entra d'un pas assuré dans la cuisine de service, choisit une boîte de déjeuner et sortit, sous le regard perplexe du domestique, silencieux.

Quand il atteignit le grand atrium, il s'aperçut qu'il avait un problème : Harry. Le vieil homme avait sorti la chaise de sa pièce annexe et lisait, assis en silence, juste devant le portillon. On aurait pu penser qu'il profitait simplement du soleil matinal qui s'infiltrait par les fenêtres hautes. Mais en réalité, Harry obéissait aux ordres de Bellacrux, comme toujours, et celle-ci lui avait demandé d'empêcher tous les visiteurs d'entrer dans sa chambre, tous sauf un. Depuis sa chaise, le vieil homme regardait Joss d'un air lugubre. Il ne savait pas pourquoi Bellacrux souhaitait voir le nouveau Lennix prétentieux, mais il ne lui serait jamais venu à l'idée d'interroger le vénérable dragon. Tandis que Joss s'approchait, Harry se leva, ouvrit sans un mot le portillon et lui fit signe d'entrer.

Soulagé que l'accès à la chambre soit aussi simple, Joss remercia Harry, à la grande surprise du vieil homme, et passa la porte. À l'intérieur, il fut presque aveuglé par un rayon de soleil éclatant qui passait par la porte d'envol ouverte. Il distingua la silhouette sombre d'Allie à contre-jour, à genoux, qui fixait la pile de coussins, et le long cou puissant de Bellacrux, penchée dans un geste protecteur au-dessus d'elle. Les pointes de sa crête dorsale en dents de scie scintillaient. Joss se sentit soulagé d'une grande inquiétude : avec Bellacrux aux côtés d'Allie, aucun Lennix ne lui ferait plus jamais de mal.

Ce fut seulement lorsqu'il eut traversé la pièce en silence pour se placer à côté d'elle qu'Allie leva les yeux et le vit.

– Oh, Joss ! Regarde, il a éclos !

Là, caché dans le nid de coussins, était allongé un petit dragon vert qui mâchait un grand morceau de coquille d'œuf caoutchouteux.

– Oh, qu'il est beau, s'extasia Joss. Je peux le toucher ?

Allie posa les yeux sur Bellacrux, qui hocha la tête. Le minuscule dragon toléra sa main lissant ses douces écailles pendant quelques secondes, puis il laissa échapper un glapissement puissant et roula sur le dos.

– Oh, murmura Allie, le joli petit ventre.

– Et il y aura un tatouage Raptor dessus ce soir, quand ils sauront qu'il a éclos, murmura Joss en chatouillant le ventre du nouveau-né.

Bellacrux émit un grognement indigné, et sa respiration se fit plus chaude et humide sur sa nuque.

– Et demain, reprit-il, ils veulent que je vole avec Lysandre vers cet autre monde, tu sais, celui que maman appelait les Terres perdues, et que j'emmène Mirra et Tamra sur leur Raptor.

À ces mots, Bellacrux grogna de plus belle et Joss sentit que de la bave de dragon coulait le long de sa nuque. Une expression distante apparut dans le regard d'Allie et il devina qu'elle écoutait son Écho.

– Bellacrux dit que les Terres perdues sont tristes sans les dragons. Elles ont besoin qu'ils reviennent. Mais aucun Raptor ne doit jamais s'y rendre. Elle dit que nous devons emmener uniquement ceux qui sont fidèles à l'Aile.

Joss ne comprenait pas.

– C'est le nom ancien donné aux dragons qui refusaient de devenir des Raptors, expliqua Allie.

Joss adorait l'idée d'une nouvelle vie dans les

Terres perdues, loin des Lennix et des Raptors, mais Allie semblait oublier quelque chose.

– Mais d'abord, nous devons sortir de la forteresse Lennix, dit-il. Et il y a peu de chances qu'ils nous regardent partir en agitant la main et en nous souhaitant bon voyage.

Allie regarda Bellacrux, attendant une réponse.

– Bellacrux dit que la Première et la Deuxième Escadrille partent pour un raid important ce soir. Elles se rassembleront au coucher du soleil. Elle dit que tu dois récupérer Lysandre sous le prétexte des préparatifs et l'amener ici, dans sa chambre. Elle ira comme d'habitude à l'assemblée et reviendra nous chercher quand ce sera sûr pour nous de partir. Elle dit que... (Allie attendit et écouta les pensées de son Écho.) Que nous devons être courageux et saisir notre chance.

Joss regarda Bellacrux dans ses yeux d'un vert profond.

– Je ne sais pas vraiment comment je ferai, mais j'essaierai, dit-il d'un ton dubitatif.

Bellacrux lui lança un regard indiquant qu'elle n'était pas entièrement satisfaite de sa réponse.

– Elle dit qu'essayer ne suffit pas, dit Allie. Que tu *dois* le faire. Ah, et tu dois aussi amener Herlenna.

– Herlenna ? répéta Joss, atterré. Mais elle est enfermée au cachot.

Allie resta silencieuse quelques secondes puis ajouta :

– Bellacrux dit que tu es un Lennix, et que tu as donc un passe.

Elle reprit son ton habituel de sœur.

– Allez, Joss, tu peux y arriver. Je le sais.

Il se leva et regarda les montagnes par l'ouverture de la porte d'envol. Il voulait tellement échapper à cet endroit lugubre, à la tyrannie des Lennix, à leur violence et à leur cruauté, et être à nouveau avec Allie. Mais la forteresse Lennix lui plombait le moral, lui donnait le sentiment d'être piégé, impuissant. Il secoua la tête.

– Je… je ne sais pas si j'en suis capable, avoua-t-il d'un ton triste. J'ai toujours des trucs à faire en tant que Lennix. Et ils m'observent en permanence.

Allie lui prit la main et le regarda droit dans les yeux.

– Joss, tu dois y arriver. Tu dois être là, dans cette chambre, au coucher du soleil avec Lysandre et Herlenna. Il n'y a pas d'autre choix. C'est ce que tu dois faire.

Joss sentit un frisson lui parcourir la nuque. Il savait que ce n'était pas seulement sa sœur qui le regardait, mais aussi un dragon ancien et puissant. Il prit une grande inspiration et se calma.

– Alors c'est ce que je ferai, dit-il. On se voit au coucher du soleil. Avec Lysandre et Herlenna.

Joss traversa lentement la chambre puis s'arrêta.

– Oh ! J'ai failli oublier.

Il revint donner la boîte de déjeuner à Allie.
– Chacun à son tour, je suppose.
Elle le prit dans ses bras.
– Merci, Joss. Sois prudent.
– Toi aussi, sois prudente.
Puis il sortit rapidement. Harry le regarda partir sans dire un mot.
Joss traversa l'atrium hâtivement, mais quand il atteignit le couloir étroit, deux silhouettes apparurent et lui barrèrent le chemin : Tamra et Mirra.
– Hé, le berger, dit Mirra, tu es allé chercher des os, on dirait ?
– Quoi ?
– Un petit *os de sœur* en souvenir ? demanda Tamra.
– Un joli petit os de doigt à accrocher autour de ton cou pour te la remémorer ? ajouta Mirra.
Joss était sans voix. Comment pouvait-on être aussi abject ?
– Tu as de la chance que Bellacrux ait mangé un agneau ce matin, ou tu aurais rejoint ta sœur dans le ventre de la grosse Bella, ha, ha ! renchérit Mirra.
– Et toi tu as de la chance de rire à tes propres blagues, rétorqua Joss, parce que personne d'autre ne les trouve drôles.
Il s'enfuit d'un pas pressé, le cœur prêt à exploser de rage. Et tandis qu'il marchait, il s'aperçut que la méchanceté des jumelles avait chassé toute

peur et tout doute de son esprit. Quoi qu'il lui en coûte, il ferait en sorte qu'ils quittent ce soir ce lieu infâme. Une lucidité calme et apaisée l'envahit, et un plan commença à prendre forme dans sa tête. Il regarda sa montre, qui faisait défiler implacablement chaque seconde, et décida qu'il avait tout juste le temps d'aller au pilon à os, de prendre un peu de cendre d'os et de rejoindre la chambre de Lysandre avant de se rendre à la réunion où on l'attendait pour planifier le raid.

Tamra fixait la double porte qui donnait sur la chambre de Bellacrux et Harry, inébranlable, assis devant.

– La gamine est toujours en vie. Il est allé la voir.

– Nan, dit Mirra. Tu as entendu ce rugissement quand on l'a poussée à l'intérieur. Je peux te dire où elle est en ce moment.

– Où ? demanda Tamra avec intérêt.

Elle n'avait pas l'habitude que sa sœur ait des idées.

– Une petite boule d'os dans la fosse à excréments !

Puis elle s'étrangla de rire.

– Mirra, dit Tamra d'un air hautain, tu es parfois si puérile.

– Et toi si stupide.

– Non. Toi, tu es stupide. Trop stupide pour voir l'évidence. Notre soi-disant frère prépare un coup.

Je vais trouver de quoi il s'agit exactement. Et ensuite…

– Et ensuite quoi ? demanda Mirra.

– Le berger regrettera d'être né.

Mirra se tut. Tamra parlait exactement comme leur mère, et leur mère effrayait Mirra plus que toute autre personne au monde.

32

Une heure

À cinq heures trente-cinq précises, la réunion de planification du raid prit fin.

– Tu as une heure de libre avant l'assemblée de l'escadrille pour le raid aérien bleu de ce soir, dit Edward en se levant rapidement de son siège. Ne sois pas en retard.

– Je ne serai pas en retard, Père, répondit Joss avant de sortir le plus vite possible.

Il avait une heure seulement pour tout faire. Une heure avant que les Lennix ne partent à sa recherche.

Declan le rattrapa dans l'escalier.

– Hé, Joss, tu veux venir avec moi sur le toit ? On pourrait s'entraîner aux atterrissages d'urgence.

– Non, merci, répondit-il en descendant les marches deux par deux.

– C'est très amusant, insista Declan en s'adaptant à sa vitesse. Surtout après un après-midi barbant. Je te montrerai la tyrolienne.

– Merci, mais je dois y aller.

Joss avait l'impression d'être méchant. Il aimait bien Declan, mais quel autre choix avait-il ?

Declan fit une dernière tentative.

– Kaan déteste ça. Il n'y va jamais.

Joss ralentit.

– Hé, je suis vraiment désolé. Ça a l'air formidable, mais Lysandre vient juste de sortir de son sommeil de chandragon. Il faut que j'aille le voir.

Declan acquiesça.

– Bien sûr. Une autre fois. On se voit en haut pour l'assemblée.

– Ouais. À tout à l'heure.

Joss passa en trombe dans l'allée qui menait des appartements Lennix au Perchoir. Il se sentait coupable et un peu triste ; si tout se passait comme prévu, il ne reverrait jamais Declan.

Dix minutes plus tard, Joss trouva Lysandre dans sa chambre, complètement réveillé de son sommeil de chandragon et chantant doucement pour lui-même. Il s'approcha avec le seau de cendre d'os et Lysandre lui parla d'une voix douce et mélodieuse :

– *Harlata té faa, mi soll.*

Joss eut la chair de poule en entendant ce son presque surnaturel.

– Oh, Lysandre, murmura-t-il, quand nous

aurons quitté cet endroit horrible, tu m'apprendras le chandragon ?

– *Yarilla lo !* répondit-il en hochant la tête.

Joss prit cela, à juste titre, pour un oui ferme.

Il lui expliqua ensuite ce que contenait le seau. Il ne s'agissait pas, comme l'avait espéré le dragon, de son dîner. Tandis qu'il commençait à recouvrir Lysandre de cendre d'os, Joss lui exposa les plans du soir. Le dragon restait remarquablement immobile, pleinement concentré, dans une confiance totale en son Écho. Joss ne se rappelait pas avoir déjà été écouté avec autant d'attention. C'était un sentiment agréable. Dix minutes plus tard, le seau était vide et il finissait d'étaler la cendre grise et collante sur les écailles de Lysandre. Il recula d'un pas pour examiner son œuvre et vit en face de lui un dragon banal et poussiéreux. Il sourit, satisfait du résultat : il se fondrait magnifiquement dans la nuit.

Joss trouvait l'odeur de Lysandre répugnante, mais lui pensait exactement l'inverse. Reniflant avec plaisir, il sortit sa longue langue verte et lécha un petit peu du délicieux camouflage sur son museau.

– Lysandre, dit Joss d'un ton sévère, ne lèche pas la cendre d'os, s'il te plaît. Il ne faut pas que tu brilles ce soir.

Le dragon soupira. Pourquoi c'étaient toujours les meilleures choses qu'on n'avait pas le droit de manger ?

Depuis la petite fenêtre du guet, Joss remarqua que le soleil descendait à présent derrière le mont Lennix et un sentiment d'inquiétude commença à l'envahir ; tant de choses pouvaient mal tourner. Les échos de l'agitation au Perchoir tandis que les Raptors s'éveillaient de leur repos, puis les bruits de ferraille des premières portes d'envol qui descendaient rendaient toute la situation effroyablement réelle.

La voix de Lysandre s'invita dans ses pensées.

– *Hé, Joss. On peut y arriver !*

Il hocha la tête, la bouche sèche, et commença à tirer sur les cordes qui mettaient en marche le système de poulies pour ouvrir la porte d'envol de Lysandre. Elle bascula comme un pont-levis et, soutenue par ses chaînes, se transforma en plateforme de lancement. Joss se pencha à l'extérieur et regarda le mur du Perchoir qui s'élevait à pic vers le ciel. Il vit, une à une, les plateformes descendre tandis que le Perchoir se réveillait. À cette vision, il éprouva un étrange accès de chagrin, ce qui le troubla jusqu'à ce qu'il comprenne pourquoi : le Perchoir lui rappelait un mur d'oiseaux de mer, l'une des dernières choses qu'il avait vues avec ses parents. Ils avaient tenté d'échapper à une rafle des Lennix et avaient échoué. Il se souvenait des Raptors qui avaient plongé et emporté ses parents à des centaines de mètres du sol avant de les lâcher dans la mer.

Ce souvenir fit disparaître sa peur, la remplaçant

par de la colère. Il regardait les Raptors qui sortaient et vérifiaient la solidité de leurs plateformes, puis déployaient leurs ailes comme s'ils étaient maîtres de tout ce qu'ils avaient sous les yeux. Il voyait les reflets des griffes affûtées, et les jets brefs, mais éblouissants de flammes de dragon alors qu'ils exerçaient leurs ventres de feu. Et Joss se dit qu'ils n'auraient jamais, au grand jamais, l'occasion de ruiner un autre monde.

– Lysandre, je m'en vais, maintenant. Je serai vite de retour. J'espère. Avec Herlenna.

– On se voit tous bientôt.

Joss allait tapoter le cou du dragon, mais il se retint juste à temps. Il ne voulait pas faire tomber plus de cendre. Il sortit de la chambre de son Écho et rejoignit le couloir désert mais rempli des bruits des poulies qui grinçaient, des chaînes qui s'entrechoquaient, et des portes qui s'ouvraient. Il emprunta l'escalier de service qui descendait au niveau treize et, utilisant son passe pour la première fois, déverrouilla la porte métallique cloutée. Elle s'ouvrit en pivotant dans un crissement plaintif et Joss se figea. Il attendit, le cœur battant à tout rompre, mais comme aucun pas ne s'approchait et qu'aucune voix n'aboyait d'avertissement, il entra avec précaution.

Le cachot était tel qu'on pouvait l'imaginer : froid et humide, saturé d'une odeur de moisissure et d'un relent sous-jacent, doux et écœurant, de chair en décomposition. Malgré la présence de Ramon, le Raptor bleu, et du dragon vert Herlenna, un lourd silence régnait, brisé seulement par le *ploc* d'un égouttement distant et lugubre. Quelques lanternes aux lueurs vacillantes éclairaient le lieu, révélant les traînées de saleté et de moisi sur les murs rugueux taillés dans la roche. Contrairement au reste du Perchoir, ce n'était pas le travail de tailleurs de pierre qualifiés, simplement d'une personne armée d'une pioche et de sa mauvaise humeur.

Juste derrière la porte se trouvait un présentoir contenant des piques à dragon, de longues perches se terminant par des pointes métalliques. Ces objets étaient horribles, mais Joss savait qu'il devait jouer son rôle devant le prisonnier Raptor. Il en saisit donc une.

Le cachot était divisé en cages avec une trappe d'entrée (rarement utilisée comme sortie) pour les dragons du fond. Alors que les yeux de Joss s'habituaient à la faible luminosité, il distingua dans deux des cages les formes caractéristiques des dragons. Les deux créatures étaient allongées, accablées, la tête sur le sol rocheux irrégulier. Joss s'approcha de la Verte et murmura :

– Herlenna ?

Le dragon leva la tête et le regarda d'un air suspicieux. Elle en avait appris assez durant son court emprisonnement pour rester sur ses gardes face à quiconque portait une tunique Lennix, surtout un garçon armé d'une pique à dragon. Kaan Lennix était un visiteur fréquent et cruel.

Conscient de l'attention du Raptor bleu de la cage d'en face, Joss baissa la voix.

– Herlenna, je viens te sauver. Mais je vais devoir me comporter comme un Lennix, sinon le Raptor bleu aura des soupçons. Comprends-tu ?

Comme tous les Verts, Herlenna attribuait une grande valeur à son intuition. Ses yeux se posèrent calmement sur Joss et virent en lui quelque chose qui lui inspirait confiance. Elle fit un hochement de tête presque imperceptible pour montrer qu'elle comprenait.

– Je te demande pardon d'avance, dit Joss.

Elle hocha la tête une nouvelle fois et il hurla d'un ton féroce :

– Recule, recule !

Puis il passa la pique entre les barreaux, dans un geste agressif. Herlenna joua son rôle à merveille : elle se recroquevilla dans un coin et prit une pose de soumission, les oreilles en arrière, et tourna la tête de côté pour ne pas regarder Joss directement.

– Dragon ! Tu as pour ordre de rejoindre l'aire d'atterrissage, aboya celui-ci. Immédiatement.

Dans l'autre cage, Ramon battait le sol de sa queue, en colère. Pourquoi n'y allait-il pas aussi, lui ? Joss rejoignit sa cage à grandes enjambées et passa la pique entre les barreaux.

– Toi, tu attends ton tour, lança-t-il d'une voix hargneuse.

Ramon se calma, se disant qu'il serait le prochain.

Usant de toutes ses forces pour faire glisser les cordes dans les poulies rouillées rarement utilisées, Joss ouvrit l'immense trappe qui donnait sur l'extérieur. Elle se mit en place dans un puissant bruit métallique qui l'effraya. Quelqu'un allait-il venir enquêter à ce sujet ? Mais dans le tourbillon de Raptors qui sortaient du Perchoir, personne n'y prêta attention. D'un air jaloux, Ramon regardait Joss qui menait la Verte à l'extérieur avant de se hisser maladroitement sur son cou pour s'installer dans le creux du cavalier. Il regarda le dragon vert poser ses pattes sur la trappe, déployer voluptueusement ses ailes – oh, comme il aurait aimé en faire autant ! – puis s'élever dans le ciel du soir. Ramon s'allongea pour attendre son tour. L'attente serait longue.

Dehors, dans le crépuscule, Joss et Herlenna étaient secoués par les turbulences causées par les envols nombreux et continus et Herlenna, gênée par son aile déchirée, devait lutter pour empêcher le courant descendant de les projeter contre la paroi rocheuse du bâtiment. Joss vit les formes sombres des dragons décrivant des cercles au-dessus d'eux, le blanc éclatant de leurs ventres arborant le tatouage du trident Raptor tandis qu'ils attendaient que Decimus ouvre la voie et entame sa descente pour l'assemblée du raid aérien bleu. Le grondement grave des battements d'ailes évoquait un essaim d'abeilles.

Joss envoya un message exultant à Lysandre :

– *Lysandre, j'ai Herlenna, on a réussi !*

Il scruta la ligne des trappes ouvertes au niveau supérieur et aperçut un museau gris avec une petite touche argentée. Guidée par Joss, Herlenna prit de l'altitude en direction de la chambre de Lysandre et, tandis qu'elle planait, évaluant l'angle nécessaire pour voler jusqu'à l'entrée, un petit Jaune extrêmement nerveux sortit en trombe de la porte voisine et faillit les percuter. Toutefois, il était si impatient à l'idée du raid qu'il ne prêta aucune attention à la Verte inconnue monté par un garçon Lennix et rejoignit rapidement ses congénères.

La voie désormais libre, Herlenna vola habilement jusque dans la chambre de Lysandre et atterrit juste derrière la porte. Les dragons se saluèrent dans un doux chandragon tandis que Joss se tracassait à cause du camouflage qui s'effritait. Puis ils jetèrent un regard discret au-dehors pour observer l'escadrille tournoyant dans le ciel qui s'assombrissait rapidement, comme des corbeaux au-dessus d'un cimetière par un soir d'hiver.

Joss était surpris par le temps que prenait

l'escadrille pour se former. Il regarda sa montre et son ventre se noua. Dans quelques secondes, il serait en retard pour l'assemblée de l'escadrille et, à partir de ce moment-là, Edward Lennix serait à sa recherche. À la seconde où cette pensée effrayante lui traversa l'esprit, les aiguilles se positionnèrent sur six heures trente-cinq.

33

Querelles d'escadrilles

Edward Lennix avait des affaires plus urgentes à régler que les errances de son fils récemment adopté : il devait gérer une crise. L'assemblée pour le raid aérien bleu tournait au vinaigre : Valkea avait délibérément abandonné l'escadrille et s'était disputée avec Di Mara. À présent, le chandragon corrosif de Valkea, égalé par Di Mara qui haussait le ton, portait dans toute la cour. Un silence tendu régnait maintenant parmi les Raptors. Pas un crissement d'aile, ni un grattement de griffe ou un grognement de feu : tous les dragons écoutaient les mots furieux de Di Mara. Edward était hors de lui : Di Mara prouvait à tout le Perchoir que les Lennix perdaient le contrôle.

– Valkea, disait-elle, je n'accepterai pas qu'un jeune Raptor arriviste comme toi me calomnie. Je n'ai pas manqué à ma parole envers toi. Je ne t'ai rien promis. Tu auras l'opportunité de rejoindre les

Terres perdues, mais tu iras quand je te le dirai et pas avant. Rejoins immédiatement l'escadrille.

Valkea ne bougea pas d'un pouce.

Edward reçut un message de Decimus.

– *Tu dois arrêter ça, Lennix. Regarde ces jeunes Raptors au fond.*

Il suivit le regard de son Écho jusqu'à un groupe de jeunes Jaunes à l'arrière de l'assemblée. Leurs yeux orange, brillant à la lueur des torches, étaient rivés sur Valkea. Edward sentait qu'à tout moment, ils pouvaient aussi partir.

– Laisse-moi m'en occuper, Decimus, grogna Edward.

Suivi des yeux par trente Raptors aux aguets, celui-ci s'approcha à grands pas de Di Mara et Valkea. Ses bottes frappaient bruyamment les pavés dans le silence de mort de l'aire d'atterrissage. Son épouse lui lança un regard furieux – comment osait-il l'interrompre ? –, mais ne dit rien. En situation de crise, les Lennix maintenaient toujours un front uni.

– Bonsoir, Valkea, commença Edward d'une voix doucereuse. Le raid aérien bleu est prêt à partir. Ta présence est requise immédiatement.

Valkea leva la tête, et dans un acte d'agression saisissant, ouvrit la gueule pour montrer ses crocs soignés et luisants, geste classique d'avertissement chez les Raptors. Edward en fut horrifié. Mais il décida que la meilleure chose à faire était de l'ignorer.

– Au premier rang, ajouta-t-il.

Valkea évalua sa position. Passer du dernier au premier rang était une promotion sans précédent. C'était une opportunité immanquable. Décidant de remettre sa querelle avec Di Mara à plus tard, elle se retourna sans effectuer l'inclinaison habituelle de la tête devant un Lennix et rallia lentement les rangs du raid aérien bleu.

Edward poussa un soupir de soulagement.

– La prochaine fois que tu décides de chercher querelle, Di Mara, dit-il à voix basse, fais-le en privé, veux-tu ?

Puis il s'éloigna à son tour, la laissant sans voix. Ce n'était pas sa faute, voulait-elle protester. C'était Valkea qui avait provoqué la dispute, pas elle. Di Mara décida qu'elle parlerait du comportement de Valkea à Bellacrux. Le Raptor vétéran n'avait plus grand-chose à faire à part maintenir l'ordre chez les jeunes Raptors. Bellacrux perdait manifestement de son influence.

Pour maintenir ce front toujours uni des Lennix, Di Mara alla retrouver Edward devant l'escadrille et l'assemblée se poursuivit avec Valkea au premier rang, à côté de Trixtan, l'Écho des jumelles. C'est alors qu'Edward, exaspéré, s'aperçut que ni Kaan ni Joshua n'étaient dans les parages. C'était l'absence de Kaan qui l'agaçait le plus, car il devait voler avec Valkea et cela signifiait que les Lennix perdaient la face une fois encore.

– Où est Kaan ? grommela Edward à l'intention de Di Mara.

Avant que son épouse ne puisse répondre, Tamra, qui devait rejoindre Trixtan, arriva à grandes enjambées.

– Kaan dit qu'il a mal au ventre et qu'il est trop malade pour voler, dit-elle d'un air triomphant. Quel bébé. Je t'avais bien dit qu'il n'était pas à la hauteur pour Valkea. Mauvais choix, maman.

Di Mara lança à sa fille un regard empli d'une colère qui, quelques jours plus tôt, aurait anéanti toute son assurance, mais plus maintenant. Tamra posa un regard froid sur sa mère pendant quelques secondes, puis elle s'éloigna ostensiblement de l'escadrille.

– Laisse-la tranquille, grogna Edward. Mirra peut voler toute seule sur Trixtan.

Di Mara envoya un garde chercher Kaan. Il arriva en traînant des pieds, la mine très pâle, Di Mara dut bien l'admettre. Mais si Kaan avait espéré un peu de réconfort de la part de sa mère, il fut très vite déçu. Celle-ci le regarda comme un misérable vermisseau.

– Je ne veux entendre aucune excuse, Kaan. Tu voleras ce soir. Tu dois apprendre à te contrôler. Et à contrôler ton Écho. Je ne le répéterai plus.

Kaan fixa le sol, mortifié.

– Va distribuer les baguettes de feu, lui ordonna Di Mara. Un étui par cavalier. Essaie au moins de faire ça correctement, d'accord ?

Kaan se ragaillardit. Il adorait les baguettes de feu. C'étaient des armes redoutables : de longues lances en métal avec une pointe qui, une fois armée, rougeoyait, brûlante, et s'enflammait au contact de la chair de dragon. Alimentée par la kératine des écailles de l'animal, une baguette de feu creusait progressivement un sillon dans la chair, toujours plus profond, comme un ver incandescent.

Tandis que Kaan distribuait les étuis, les pensées de Di Mara se portèrent sur son nouvel enfant à problèmes : Joss. Où était-il ? Furieuse, elle vit Edward prendre place sur Decimus en tête de l'escadrille. Kaan se hissa nerveusement sur Valkea, et Mirra s'installa sur Trixtan. Au deuxième rang se trouvait Declan sur Timoléon qui, d'après Di Mara, était un Raptor timide qui ne rendait pas service à son fils aîné. Tous étaient maintenant en position et prêts à partir.

– Je souhaite au raid aérien bleu un grand succès ! lança Di Mara. Une excellente chasse et un retour en toute sécurité !

En réponse, les dragons tapèrent trois fois des pieds, parfaitement synchronisés. Elle se détendit : tout allait bien pour l'escadrille. Sourire aux lèvres, elle regarda Edward et Decimus effectuer la première course de décollage. Elle sentit la vibration qui montait des pavés alors que le Rouge massif courait sur la plateforme de décollage, suivi de près par Valkea. Puis, l'un après l'autre, les Raptors s'envolèrent avec une efficacité qui témoignait d'un entraînement intense. Bientôt, ils furent tous dans le ciel.

Tamra regarda la flèche sombre du raid aérien bleu s'éloigner dans une formation parfaite et se diriger rapidement vers le col en contrebas. Puis, elle saisit une baguette de feu et, entamant son propre raid, elle se dirigea vers le Perchoir. Dans les ombres de la loggia, Bellacrux l'observait. Puis le Grand Lennix sortit d'un pas lent sur l'aire d'atterrissage vide et décolla. Lui aussi avait une mission, et il était temps qu'elle commence.

34

Le Couteau

Depuis la porte d'envol ouverte de Lysandre, Joss regardait les ventres blancs des Raptors qui filaient comme des poissons dans un bassin, tandis qu'ils prenaient tour à tour le virage plongeant derrière le col.

– Ils sont partis, dit-il à Lysandre et Herlenna.

Et en disant cela, il vit apparaître la magnifique silhouette ailée du Grand Lennix, descendant doucement en direction de la chambre.

– La voie est libre. Partons d'ici !

Il se hissa sur Lysandre et se tourna vers Herlenna.

– Herlenna, suis-nous au plus près possible. On va au niveau un, dans la chambre du Grand.

Refroidie par son expérience avec le Grand Lennix jusqu'ici, Herlenna regarda Joss d'un air interrogateur.

– Crois-moi, Bellacrux est avec nous.

Le vol fut éprouvant pour les nerfs, mais Bellacrux

planait de manière protectrice au-dessus d'eux et les guida jusque dans sa chambre. Allie les rejoignit, rayonnante, et veilla à ce que Lysandre évite le nouveau-né ; il avait grandi si vite qu'il ne voyait plus où il mettait les pieds.

– J'avais si peur, dit-elle à Joss tandis que Bellacrux saluait ses deux invités dragons. Je n'arrêtais pas de penser à tout ce qui pouvait mal tourner.

– Moi aussi, admit-il. Et ce n'est pas fini. Ils vont commencer à me chercher, maintenant. Et Tamra soupçonne quelque chose, j'en suis sûr. Il faut vite qu'on parte d'ici.

Mais partir vite n'était pas si simple. Il semblait à Allie et Joss que les dragons n'avaient pas la même notion du temps que les humains. Bellacrux avait des excuses à présenter à Herlenna et elle ne volerait pas avant. Le son du chandragon commença à remplir la chambre, circulant comme le mouvement des vagues sur le sable ; le langage ancien et éthéré des dragons envoyait des salves de frissons aux humains qui écoutaient.

Joss et Allie regardèrent Herlenna lever la tête et toucher doucement le bout du museau de Bellacrux. Puis Allie entendit Bellacrux lui dire :

– Donne son bébé à Herlenna. Je lui ai déjà fait part de ma peine et de mes excuses pour ses souffrances.

Allie posa délicatement le nouveau-né sur le dos

de Herlenna. Le réflexe de se cramponner s'éveilla chez le petit dragon et il s'agrippa à la crête de sa mère.

Au grand désarroi de Joss, le chandragon continuait et il était de plus en plus nerveux. Le risque d'être découvert grandissait à chaque seconde, et il restait bien assez de dragons au Perchoir pour leur donner la chasse et les envoyer à terre dans une boule de feu.

– Allie, s'il te plaît, dis à Bellacrux qu'il faut y aller, maintenant. On n'a plus une seconde à perdre.

– Je sais, murmura-t-elle. Mais je ne trouve pas d'espace pour le dire.

– *Je t'entends, Allie,* dit Bellacrux. *Nous partons maintenant. Herlenna dit qu'elle va nous mener à la cachette des Verts. Nous serons leurs invités d'honneur.*

Tandis que Herlenna sortait sur la porte d'envol, un bruit fracassant se fit entendre et le portillon s'ouvrit brusquement. Trois dragons et deux Échos se retournèrent pour voir Tamra, baguette de feu en main, qui les dévisageait bouche bée, sous le choc.

Déconcertée, elle tentait de comprendre la scène. Elle était venue demander à Bellacrux de l'aide pour trouver le soi-disant frère berger, mais il était déjà là, aux côtés de son affreuse sœur, qui aurait dû être réduite en pâtée pour dragons. Et au-dessus d'eux, les ailes à demi déployées, se tenait Bellacrux qui les protégeait. Tamra essayait de trouver un sens à tout cela. Elle vit le dragon vert sur la porte d'envol à côté d'un petit dragon recouvert de poussière au museau argenté brillant. Et puis, elle finit par comprendre : *Bellacrux les avait trahis.*

Joss eut presque de la peine pour elle quand la prise de conscience de la trahison de Bellacrux apparut sur ses traits nets et concentrés.

– Bellacrux, s'étrangla-t-elle. Que... que se passe-t-il ?

En réponse, le dragon prit une profonde inspiration de feu et Tamra écarquilla les yeux, terrifiée. En une fraction de seconde, elle passa le portillon et le claqua derrière elle. Ses jambes se dérobant soudain, elle s'affala lentement sur le sol. Bellacrux, leur fidèle Grand, qui les avait aimées comme ses propres bébés, les avait fait voler quand elles étaient enfants et leur avait appris le chandragon, avait retourné sa veste.

Tremblant sous l'effet du choc, Tamra écoutait la porte de lancement qui claquait tandis que les dragons s'envolaient un par un. Quand le calme fut revenu, elle ouvrit nerveusement le portillon et traversa la chambre vide. Elle resta devant l'immense ouverture à observer le ciel nocturne, et les formes sombres des trois dragons qui s'éloignaient à vitesse constante en direction d'un col appelé le Couteau en raison de son étroitesse et des roches affûtées qui dépassaient de ses flancs. Bellacrux avait bien choisi, pensa Tamra. Aucun Raptor ne se porterait volontaire pour partir en chasse dans le Couteau de nuit.

Une vague de colère pure l'envahit. Comment Bellacrux osait-elle trahir la famille ? Comment ce soi-disant frère osait-il leur jeter à la figure tout ce qu'ils avaient fait pour lui ? Et comment cette Allinson osait-elle être encore en vie ? La vue des trois dragons qui disparaissaient dans le Couteau poussa Tamra à l'action. Bellacrux et ces gamins ne s'en tireraient pas comme ça. Elle les pourchasserait et se vengerait de leur trahison.

Quelques instants plus tard, elle sortait de la chambre et courait vers l'escalier Lennix. Elle savait où trouver un Raptor assez désespéré pour voler dans le Couteau de nuit, et elle allait le réquisitionner.

35

Rencontres à minuit

Le trio de dragons émergea en sécurité du Couteau et vola au-dessus des plaines désertes. L'aile déchirée de Herlenna la gênait et les forçait à voler beaucoup moins vite qu'ils ne l'auraient souhaité. Passé l'euphorie de la fuite, Joss et Allie commençaient à s'inquiéter de leur lenteur. Aucun des deux ne pouvait croire qu'ils avaient réussi à s'enfuir de la forteresse Lennix. C'était presque trop beau pour être vrai, pensait Joss tandis qu'il regardait en arrière avec sa sœur, dans la nuit, scrutant les montagnes sombres pour y voir des signes de poursuite. Tamra avait forcément alerté le Perchoir.

C'était la toute première fois qu'Allie volait à dos de dragon. Au début, elle avait ressenti une excitation absolue mêlée à un soupçon d'effroi, puis une sensation des plus étranges l'avait saisie : les grandes ailes vertes de Bellacrux lui semblaient faire partie d'elle à présent et elle avait l'impression de voler aussi. Un sentiment d'émerveillement l'envahit : en vol, Bellacrux et elle ne faisaient qu'un.

Joss était très apaisé. Il avait réussi à rendre leur fuite possible, et à présent, pour la première fois, Lysandre et lui étaient vraiment ensemble. S'ils pouvaient seulement arriver à la cachette des Verts, il n'y aurait plus à agir en secret, à avoir peur, à s'inquiéter. Ce serait un rêve devenu réalité. À nouveau, il regarda derrière lui pour vérifier qu'on ne les suivait pas et, à son grand soulagement, ne vit toujours personne. La lune était pleine et le ciel parsemé d'étoiles, dégagé à l'exception de quelques petits nuages. Il n'y avait aucun Raptor en vue, ce qui lui paraissait étrange. Tamra n'allait tout de même pas ignorer leur évasion ?

Ils volaient maintenant au-dessus du cercle de pierres, et Joss et Allie baissèrent les yeux sur les pierres anciennes qui s'élevaient avec fierté dans le clair de lune et les guidaient sur leur route. Allie regarda la maison des Zoll, sombre et figée dans la nuit, et elle sourit en s'imaginant à quel point Mme Zoll serait stupéfaite si elle regardait par la fenêtre et la voyait voler sur Bellacrux, le légendaire Grand Lennix.

Laissant le domaine derrière eux, ils continuèrent leur vol à vitesse régulière, suivant Herlenna et son précieux nouveau-né. Ils survolaient maintenant des collines dénudées vers des forêts dans lesquelles, au cœur d'une vallée cachée, les derniers Verts conservaient une indépendance précaire. Un éclair lumineux à son poignet indiqua soudain à Joss qu'il n'avait pas totalement échappé à la vie des Lennix. Il regarda sa montre et vit l'heure qu'elle lui indiquait : minuit. Il retira ce dictateur du temps de son poignet et le lança en direction du sol, clignotant comme s'il paniquait dans sa chute. La montre atterrit dans un arbre solitaire, où elle passa le restant de ses jours à susciter une fascination sans fin chez une nichée de bébés chouettes.

À l'entrée des soins intensifs, quand les aiguilles de l'horloge se posèrent sur minuit, Sirin était assise sur une chaise dure et regardait les portes battantes de l'entrée. Une lumière rouge vif luisait au-dessus de la porte et des gens vêtus de ce qui ressemblait à des pyjamas bleus entraient et sortaient précipitamment.

Sirin restait assise et fixait des yeux les informations sur le mur opposé, mais son esprit n'en assimilait pas un seul mot. Mandy était assise à côté d'elle. Le visage tendu, elle ne cessait de jeter des coups d'œil nerveux à Sirin, qui l'ignorait délibérément. Elle ne voulait pas tenir la main de Mandy, ni manger un « bon caramel », ni qu'on lui dise de ne pas s'inquiéter. Elle voulait juste un peu d'espace pour se souvenir à quel point maman, Sammi et elle avaient été heureuses dans leur minuscule appartement au milieu des nuages, mais il lui semblait qu'une éternité avait passé depuis. En réalité, elle avait l'impression d'avoir toujours vécu avec Mandy, son mari, leurs deux petits garçons bruyants et leur affreux hamster frénétique.

Tandis que les allées et venues vers les soins intensifs continuaient à côté d'elle, Sirin se réfugia dans les histoires de dragons de sa mère. Elle pensait à ce qu'elle lui avait raconté, qu'on pouvait encore trouver des endroits qui se souvenaient d'eux si on savait où regarder. Il y avait des têtes de dragon dorées cachées dans des puits anciens, des dragons dansants bleu azur gravés au fond de grottes marines et, si on montait sur des collines calcaires au coucher du soleil, on apercevait en contrebas les ombres des immenses formes d'anciens dragons que leurs amis humains avaient enterrés sous le gazon.

Sirin se raccrocha à ces images et tenta de chasser de son esprit ce moment atroce où le téléphone avait sonné. Mandy avait répondu en chuchotant et Sirin avait senti son cœur se transformer en bloc de glace. Au moment où Mandy avait raccroché, elle avait déjà mis sa veste et ses bottes, prête à partir. Mandy n'avait rien dit du tout, elle avait seulement pris son manteau et annoncé à son mari qu'elles partaient pour l'hôpital. Et pour ça, Sirin lui était reconnaissante.

Il n'y avait que quatre pâtés de maisons jusqu'à l'hôpital et la circulation était tellement bloquée qu'elles avaient couru dans les rues. Pendant tout ce temps, Sirin avait lancé des regards insistants à la pleine lune, haut au-dessus des toits, et elle avait laissé sa sérénité emporter un peu de sa peur, l'espace d'un instant.

Et à présent, devant les portes battantes, Mandy s'était enfin tue. Elle avait cessé de répéter que tout irait bien, ce que Sirin apprécia, car elle avait la terrible sensation que, désormais, plus rien n'irait bien. Plus jamais.

36

Poursuite

Une porte pour dragon ouverte, un vent glacial et une cage vide : voilà ce que trouva Tamra à son entrée dans le cachot. Les sourcils froncés, elle s'arrêta et jaugea la situation : le dragon vert qu'ils avaient capturé n'était plus là. Ça paraissait logique. Elle se rendit compte qu'elle ne l'avait pas reconnu dans la chambre de Bellacrux. La trahison ahurissante de leur Grand embrasa la rage de Tamra dans des proportions démesurées. Pendant quelques secondes, elle envisagea d'aller trouver sa mère pour lui raconter toute l'histoire, mais elle n'avait aucune envie de partager quoi que ce soit avec elle. « Laissons-la découvrir la situation par elle-même, pensa-t-elle. Et quand elle l'apprendra, je ferai en sorte que sa précieuse Bellacrux et son soi-disant fils, ce crapaud traître, ne soient plus qu'un tas de cendres fumantes sur une plaine au milieu de nulle part. »

Tamra ouvrit la porte de la cage de Ramon et le Bleu, dont tout l'esprit combatif avait été étouffé par son temps au cachot, se recroquevilla, apeuré.

– Viens avec moi, Ramon, lança-t-elle. Fais ce que je te dis et je te libérerai.

Encouragé par l'absence de pique, Ramon inclina la tête et sortit furtivement.

Tamra le guida jusqu'à la porte pour dragon et, tandis que le hurlement du vent les heurtait, elle se glissa au creux de son dos si peu familier. Exalté par sa liberté inattendue, Ramon s'éleva rapidement au-dessus du mur abrupt du Perchoir et, suivant les instructions de Tamra, se dirigea vers les montagnes.

Depuis sa fenêtre de guet, dans les appartements Lennix, Di Mara fut sidérée de voir s'éloigner à grande vitesse un Raptor bleu familier. Elle attrapa sa longue-vue à vision nocturne et la braqua sur Ramon. Horrifiée de voir sa fille aînée bien installée dans le creux du cavalier, elle frappa du poing sur la fenêtre.

– Tamra ! Tamra ! Reviens ici tout de suite ! hurla-t-elle.

Elle n'obtint aucune réponse, évidemment. Atterrée, elle vit le Bleu s'engouffrer dans la zone redoutable du col du Couteau et resta à regarder le ciel vide. Elle fulminait. Tamra préparait un coup, et elle, Di Mara Lennix, ne la laisserait pas s'en tirer comme ça. C'en était trop.

Ramon volait vite et avec assurance dans le Couteau. Le vent qui s'engouffrait dans l'écart étroit entre les parois le poussait dangereusement contre les rochers, mais il ne s'en inquiétait pas. Il volait pour son avenir. À l'exception d'une petite coupure sur le bout d'une aile, il s'en sortit indemne. Tamra était impressionnée. Elle aimait son attitude de fonceur et, si elle n'avait pas eu d'autres projets sur le feu, elle aurait été tentée de devenir son Écho. Elle en avait assez de partager avec Mirra. Ramon, quant à lui, appréciait la bravoure insouciante de Tamra. Décidant d'apprendre d'elle, il mit sa timidité habituelle de côté et se promit de saisir sa chance quand elle se présenterait. Un jour, décida-t-il, on le connaîtrait sous le nom de Ramon le Vaillant.

Dix minutes plus tard, Di Mara et Krane s'élançaient dans la nuit à la poursuite de Tamra. Évitant le Couteau, ils firent le grand détour qui passait au-dessus des sommets et, pendant la descente, Di Mara approcha sa longue-vue à vision nocturne de son œil. À la lumière de la pleine lune, elle vit au loin un reflet bleu. Elle sourit. Elle était sur la trace de sa fille. Mais malheureusement pour elle, Krane ne disposait plus de la même endurance qu'autrefois. Il n'était pas de taille à lutter contre Ramon et, bientôt, elle ne vit plus sa fille dans la longue-vue. La piste était froide.

La vitesse de Ramon éblouissait Tamra. Tous les Bleus étaient rapides, mais celui-ci lui coupait le souffle. Les vents de la nuit filaient autour d'eux et ils poursuivaient leur vol à grande vitesse dans le ciel étoilé. Il fallut peu de temps pour qu'elle aperçoive ce qu'elle cherchait : un éclair argenté au loin, dans le clair de lune. La cendre d'os ne pouvait coller longtemps à des écailles argentées aussi lisses, surtout au rythme effréné des battements d'ailes. Et sous la pleine lune, au grand plaisir de Tamra, Lysandre brillait comme un phare.

La prudence naturelle de Ramon faisait de lui le poursuivant idéal. Il maintenait une juste distance avec leur proie pour se fondre dans le ciel nocturne. Quand Joss et Allie se retournaient, ce qu'ils faisaient souvent, ils ne voyaient rien d'autre que des étoiles et quelques nuages qui filaient dans le ciel, et ils n'entendaient rien de plus que le sifflement du vent dans leurs oreilles. Une fois, Allie distingua une lueur bleue reflétée par la lune, mais elle disparut rapidement. Le trio volait donc lentement, avançant de manière régulière au-dessus d'une vaste étendue de forêt détruite, brûlée et réduite à quelques troncs carbonisés qui dépassaient comme des dents noires d'une bouche ravagée. Les Raptors aimaient plus que tout déclencher des feux de forêt, et celles, anciennes et autrefois pleines de vie, à proximité de la forteresse Lennix en avaient le plus souffert.

Tamra avait vu tout ce qu'elle voulait voir : le Grand traître et l'Argenté suivaient la prisonnière verte évadée. Il y avait une raison évidente à cela : la Verte montrait le chemin. Et Tamra savait exactement où elle les emmenait : à la cachette, pas si secrète, des Verts en pleine forêt. Inutile de les suivre plus longtemps ; sa fureur s'était apaisée dans l'air froid de la nuit et elle prenait conscience maintenant que Ramon et elle avaient peu de chances face à la puissance de Bellacrux. Son projet de réduire en cendres trois dragons était quelque peu irréaliste. Ce qu'il lui fallait, c'étaient des renforts, et vite. Elle allait s'assurer qu'aucun de ces dragons perfides ne s'approcherait trop près de la colline rocheuse en piteux état, criblée de grottes, au milieu de la forêt. Tamra indiqua à Ramon le chemin de l'île aux Bleus. Il était si rapide qu'ils rattraperaient sans difficulté le raid aérien bleu, qui volait tranquillement pour préserver son énergie. Tamra avait l'intention de rediriger l'escadrille vers la cachette des Verts et de l'anéantir, la traîtresse Bellacrux y compris. Ensuite, ils mettraient le feu au reste de la forêt et termineraient ce qu'ils avaient commencé. Elle sourit. C'était la promesse d'une grande soirée.

Stimulé par l'énergie et l'excitation de Tamra, Ramon volait plus vite que jamais et, peu de temps après, Di Mara fut ébahie de voir sa fille qui fonçait dans sa direction.

– Tamra ! hurla-t-elle d'une voix qui transperça le calme et le silence de la nuit. Tamra !

Le cri de Di Mara coupa court aux rêves de feu et de destruction de Tamra, qui s'évaporèrent dans le clair de lune. Elle contemplait le ciel nocturne, se demandant pourquoi elle avait imaginé la voix de sa mère, puis elle vit Krane, d'un bleu scintillant sous la lune, qui se dirigeait droit sur elle.

– Tamra ! Attends-moi là !

Le cri de Di Mara l'atteignit, puissant, clair et indéniablement réel.

Elle était terrifiée. Comment sa mère avait-elle su où la trouver ? Mais tandis qu'elle volait vers Krane, elle s'aperçut que, pour une fois, elle était contente de la voir. Di Mara, cependant, ne semblait pas partager sa joie.

– Tamra Lennix, commença-t-elle, furieuse, que fais-tu ici toute seule sur ce.... misérable sous-dragon ? Comment oses-tu ?

Tamra éloigna Ramon de la pointe du museau de Krane pour le mettre en sécurité. Elle n'était pas sûre que sa mère n'ordonne pas à son Écho d'éventrer Ramon ici même.

– Le sous-dragon a un nom, mère, dit-elle calmement. Il s'appelle Ramon. Et Ramon a évité que tu ne perdes la trace de l'Argenté.

Di Mara se mit à rire.

– Ah ! Ne dis pas de sottises, Tamra. C'est lui,

l'imbécile qui nous a perdu l'Argenté au départ. Nous l'avons récupéré, et ce n'est sûrement pas grâce à lui.

Tamra faisait décrire à Ramon des cercles nets et rapides autour de sa mère, se délectant à l'idée que Krane n'était pas assez agile pour en faire autant.

– Tu ne sais rien du tout ! hurla-t-elle. Tu crois savoir, mais tu ne sais rien. Tu ne sais pas que ton très cher fils adoptif s'est enfui sur l'Argenté, n'est-ce pas ? Tu ne sais pas que ton soi-disant fidèle Grand Lennix, ta précieuse Bellacrux, est partie avec eux ? Et qu'ils ont emmené la prisonnière verte ? Je parie que tu ne sais rien de tout ça !

– Ne sois pas ridicule, répondit Di Mara.

Restant hors de portée du museau de Krane, Tamra approcha Ramon à faible distance. Elle regarda sa mère droit dans les yeux et ajouta :

– C'est vrai, maman. Chaque mot est vrai. Je te le jure.

Di Mara fixait sa fille avec un sentiment d'horreur grandissant.

– Bellacrux, dit-elle d'une voix faible.

– Ouais, Bellacrux, maman ! Maintenant, on sait pourquoi tous les jeunes Raptors se retournaient contre nous !

Di Mara sut que sa fille disait vrai.

– Notre Bellacrux a volé l'Argenté ? Notre Bellacrux ?

Il lui sembla qu'on l'avait poignardée au cœur. C'était une terrible trahison.

Krane était tout aussi dévasté.

– *Oh, Di, j'aurais dû m'en rendre compte. Je suis tellement désolé.*

– *Trop tard pour les regrets*, répondit-elle.

– *Mais pas trop tard pour se venger.*

– Tamra ! Où sont-ils allés ?

– À la cachette des Verts. Ramon est si rapide, maman ! Il est incroyable ! Je vais détourner le raid aérien bleu. On aura les traîtres ! On les aura !

Di Mara se mit à rire. Parfois, Tamra lui rappelait tellement elle-même dans sa jeunesse.

– Bravo, Tamra. Et si Ramon te conduit à temps au raid, il sera gracié et réintégrera la Première Escadrille.

– Il y arrivera, maman ! On se retrouve chez les Verts ! cria-t-elle tandis qu'elle faisait faire volte-face à Ramon, enchantée par la beauté de ses mouvements, et par l'osmose qu'elle ressentait avec lui.

Elle comprit que Ramon la rendait heureuse.

Di Mara les regarda partir, volant plus vite qu'elle ne l'aurait cru possible. Elle soupira. La joie que la rapidité de Ramon procurait à Tamra lui rappelait que Krane et elle avaient autrefois filé comme le vent. Malheureusement, ce n'était plus le cas. Son dragon et elle se mirent lentement en route pour la cachette des Verts. Malgré la faiblesse de Krane, aucun des deux ne voulait manquer le moment où ils récupéreraient l'Argenté et détruiraient leur Grand traître.

37

La vengeance de l'escadrille

Edward, qui s'était assoupi sur Decimus, s'éveilla en sursaut au son de la voix de sa fille. Il fixait Tamra et Ramon d'un air perplexe. Que faisait-elle sur le prisonnier bleu ?

– Hé, papa ! cria-t-elle par-dessus le bruit des battements d'ailes synchronisés de l'escadrille.

– Tamra, tu n'es pas autorisée à relâcher un prisonnier, lança-t-il, mécontent.

– Mais, papa…

– Nous en parlerons plus tard. Rejoins l'escadrille. Va à l'arrière.

– Je ne rejoindrai pas l'escadrille ! C'est l'escadrille qui va me rejoindre.

Tamra lui rappelait beaucoup trop Di Mara ; il ne pouvait apparemment jamais garder l'avantage, quelle que soit la confrontation.

– Mais que veux-tu dire ? cria-t-il avec colère.

Tamra se rapprocha de Decimus et, tandis que

Ramon s'adaptait à la vitesse tranquille du raid aérien bleu, elle prit un grand plaisir à expliquer à son père exactement ce qu'elle voulait dire, et pourquoi. Son visage blêmit de rage et, avant que Tamra ne termine, Edward Lennix sut qu'il devait exaucer le vœu de sa fille, avec une seule réserve. Ils n'emmèneraient pas l'escadrille complète. Uniquement la famille. Il y avait deux raisons à cela, lui expliqua-t-il. Premièrement, il n'était pas sûr que les Raptors plus anciens du raid aérien bleu prennent volontairement part à l'anéantissement de Bellacrux. Deuxièmement, si un Raptor sans Écho venait à s'impliquer dans la capture de l'Argenté, il pourrait tenter de garder celui-ci pour lui-même, en tant que butin de guerre. La famille devait récupérer son Argenté, et elle devait le faire seule. Il espérait que Tamra serait d'accord avec lui.

Celle-ci fut surprise par le ton respectueux que son père avait soudain adopté envers elle.

– Absolument, papa. Seulement la famille.

– L'escadrille est à toi, Tamra. Tu la dirigeras et tu lui donneras un nom.

– L'Escadrille vengeresse, dit-elle. Parce que c'est ce qu'elle obtiendra. La vengeance.

Les membres de la nouvelle formation de l'Escadrille vengeresse se désolidarisèrent du raid aérien bleu et volèrent à grande vitesse en direction des terres. Les pointes de leurs baguettes de feu brillaient comme des têtes d'épingle rouges dans la nuit. Ils poursuivirent leur route au-dessus des marécages intérieurs, avançant à toute vitesse vers la cachette des Verts.

Lysandre, Bellacrux et Herlenna avaient bien progressé vers leur destination. Les restes brûlés de la forêt étaient derrière eux et ils survolaient à présent une canopée verte pleine de vie. Au loin, brillant sous la lune, ils apercevaient un escarpement rocheux irrégulier qui s'élevait au-dessus des arbres.

– Joss, Bellacrux dit que nous y sommes presque ! annonça Allie à son frère en pointant du doigt le rocher.

Joss leva un pouce.

– *Hé, Lysandre,* dit-il, *on atterrit bientôt.*

Lysandre parut déçu.

– *Oh non. C'est si amusant. On vole encore un peu ?*

Joss regarda son magnifique dragon argenté. La cendre d'os était partie depuis longtemps et il scintillait vivement sous la pleine lune.

– *Mais, Lysandre, tu brilles comme une luciole.*

– *Et alors ? Il n'y a personne pour le voir.*

Mais il se trompait. Cachés dans l'obscurité du ciel, six Lennix et six Raptors le voyaient très bien. Restant dans l'ombre d'un banc de nuages qui dérivait depuis la mer, l'Escadrille vengeresse, complétée à présent par Di Mara et Krane, se rapprochait en silence.

Alors que Herlenna, Bellacrux et Lysandre atteignaient l'escarpement, Joss commença à se sentir mal à l'aise. Les poils de sa nuque se hérissèrent et il se retourna, en sachant soudainement ce qu'il allait voir. C'était exactement ce qu'il avait craint : la flèche sombre d'une escadrille de Raptors.

– Allie ! hurla-t-il. Derrière nous !

Avec un sentiment d'horreur, elle se retourna aussi.

– *Ils nous ont retrouvés,* annonça-t-elle à Bellacrux. *Ils nous ont retrouvés.*

Bellacrux pivota sa tête verte massive d'un mouvement plutôt raide. Elle distingua les formes de son ancienne famille et émit un grognement de dédain.

– *Encore eux,* lui répondit-elle. *Ne t'inquiète pas. On va n'en faire qu'une bouchée.*

Mais sous cette peau verte à l'aspect de cuir, Allie détecta un tremblement de peur. Elle enroula ses bras autour du cou de Bellacrux et murmura :

– Nous les combattrons. Et nous gagnerons.

– *Mais d'abord,* dit Bellacrux, *Lysandre et Herlenna doivent être en sécurité. Dis à Joss d'aller à la cachette des Verts avec Herlenna.*

Allie ne fut pas surprise qu'il refuse catégoriquement de partir.

– Hors de question, Allie ! Je ne te laisserai pas tomber !

Bellacrux n'insista pas. Elle avait été jeune dragon, et elle aussi avait refusé de fuir une bataille. Herlenna, cependant, n'avait pas seulement le nouveau-né à prendre en considération, elle savait aussi qu'avec son aile abîmée, elle serait un poids dans une bataille. Dans un chandragon tremblant d'émotion, elle remercia Bellacrux d'avoir sauvé la vie de son nouveau-né et la sienne et entama à contrecœur une lente descente vers l'épaisse couverture d'arbres en contrebas, dans laquelle elle espérait pouvoir rentrer chez elle sans être vue.

Bellacrux et Lysandre firent demi-tour pour faire face à l'Escadrille vengeresse qui gagnait du terrain.

38

Bataille sous les étoiles

Bellacrux avait pris part à de nombreuses batailles au cours de sa longue vie, et elle les avait absolument toutes remportées. Dans sa jeunesse, on l'avait connue sous le nom que Carli lui avait donné : Dragon de la Mort. Malgré son grand âge, elle demeurait une force de la nature, et ses connaissances en stratégie de combat restaient inégalées. Mais elle se savait en dangereuse infériorité numérique et, bien qu'elle ne doute pas du courage de Lysandre, il n'avait que quelques mois. C'était un bébé. De ses yeux plissés, elle jaugeait les Raptors qui s'approchaient. Elle remarqua qu'ils se plaçaient correctement et qu'ils avaient déjà l'avantage de la hauteur. Vu leur vitesse, elle n'avait pas le temps de renverser la situation. Elle demanda à Allie de dire à Joss et Lysandre de rester près d'elle et de suivre chacun de ses mouvements.

En un clin d'œil, les Raptors se retrouvèrent au-dessus d'eux : formes ailées sombres et menaçantes contrastant avec la clarté du ciel. La lumière de la lune faisait ressortir le blanc de leurs ventres, et une forêt de petits yeux rouges malveillants les regardaient d'en haut : les baguettes de feu.

Grâce à une poussée rapide de ses ailes gigantesques, Bellacrux engagea un mouvement de contournement pour ne pas se retrouver directement sous l'Escadrille vengeresse. Elle montait à vive allure, zigzaguant pour éviter un déluge de traînées rouges, car Kaan, surexcité, vidait son étui de baguettes de feu en les lançant l'une après l'autre dans leur direction. Protégée par le cou large et puissant de Bellacrux et ses ailes immenses, Allie jeta un regard en arrière pour vérifier que Joss et Lysandre suivaient : le reflet argenté des ailes de l'Argenté lui donna la réponse et, le cœur battant à tout rompre, elle se retourna pour faire face à leurs ennemis.

Bellacrux avait décidé d'éliminer les deux éclaireurs à l'arrière de l'escadrille : Di Mara sur Krane et Mirra sur Trixtan. Elle savait qu'ils étaient les deux maillons faibles : Krane parce qu'il était épuisé, Trixtan parce que Mirra perdait facilement ses moyens. Tandis qu'ils se rapprochaient et qu'Allie entendait les battements d'ailes et les grognements des Raptors, un frisson de terreur la traversa. C'était pour de vrai, à présent. Pendant une seconde, son cœur se figea, ses mains moites lâchèrent prise et elle glissa sur le côté. « Reste calme, se dit-elle d'un ton ferme tandis qu'elle se redressait. Bellacrux sait ce qu'elle fait. »

Choisissant de se débarrasser d'abord de Trixtan, Bellacrux commença à avancer en se couvrant d'un feu de défense, un jet de flammes diffus sortant de sa gueule plutôt que de ses naseaux. Mirra paniqua et laissa échapper une poignée de baguettes de feu.

– Pas l'Argenté ! hurla Di Mara, trop tard.

Bellacrux effectua une manœuvre d'évitement : elle replia ses ailes en position de plongée et tomba comme une pierre, suivie de près par Lysandre. Tandis qu'ils chutaient, Allie sentit le sifflement d'une baguette de feu juste au-dessus de sa tête quand l'arme fila dans l'espace entre le cou de Bellacrux et ses ailes. Le cœur d'Allie s'emballa. Ce n'était vraiment pas passé loin.

Le cri de Di Mara les suivit dans leur chute :

– Bellacrux, traîtresse ! Rends-toi ! Rends-toi et nous laisserons l'Argenté et la Verte en liberté ! Si tu te bats contre nous, nous vous tuerons tous !

Cette fois-ci, même Joss ne la crut pas.

– *Dis à Joss que nous n'abandonnerons pas,* lança Bellacrux à Allie.

– *Il le sait,* répondit-elle.

La bataille commençait maintenant pour de bon. Les vagues de baguettes de feu en provenance de l'Escadrille vengeresse déferlaient. Bellacrux et Lysandre les esquivaient tout en décrivant des cercles ascendants, cherchant à regagner la hauteur perdue.

Soudain, l'une d'elles trouva sa cible, sur la pointe de l'aile gauche de Lysandre. Il se jeta sur un côté et l'arme rebondit sur ses écailles argentées blindées. Ce brusque écart fit glisser Joss hors du creux du cavalier. Juste à temps, il agrippa la pointe de la crête la plus basse du cou du dragon et tint bon, les jambes pendant dans le vide.

– *Lysandre, aide-moi,* demanda-t-il en regardant la baguette de feu qui plongeait en direction des arbres, terrifié à l'idée qu'il allait peut-être la rejoindre dans un instant.

Lysandre se mit à planer, espérant que Joss serait capable de se hisser sur lui. Mais tandis que celui-ci luttait pour trouver une prise sur les écailles glissantes, une autre baguette de feu siffla.

– *Tiens bon, Joss !* lança Lysandre.

Il bascula sur le côté, évitant la baguette et permettant à Joss de retomber à sa place.

Bien plus haut, Di Mara hurla :

– J'ai dit : laissez l'Argenté ! Il est à moi ! Tuez le Grand. Tuez le Grand !

À bout de patience, Di Mara détacha Krane de l'Escadrille vengeresse et descendit en piqué en direction de Lysandre. Joss vit la pointe affûtée du museau de Krane qui scintillait comme une dague sous la lune, et la peur lui serra le ventre. Il sentit les muscles de son dragon se contracter, se préparant au combat à venir, et Joss prit une grande inspiration pour se calmer. « On peut y arriver, se dit-il. On peut y arriver ! »

Di Mara et Krane étant désormais à leur niveau, la volée de baguettes de feu s'arrêta. Joss regarda Krane s'approcher dans un étrange vol de côté, avançant en crabe, ce qui le troubla, avant qu'il ne réalise que c'était sans doute pour pouvoir fuir plus rapidement. Cela encouragea Joss. Manifestement, Di Mara n'était pas aussi sûre d'elle qu'elle voulait le faire croire, et Krane en était responsable. Un soudain soubresaut dans le vol du Raptor confirma cette intuition. Il commençait à comprendre qu'une bataille n'était pas seulement une question de force, mais aussi d'observation et de tactique.

– *Krane est faible,* dit-il à Lysandre. *Tout ce que nous avons à faire, c'est l'épuiser.*

– *Parfait !* répondit-il. *Baladons-le !*

Prenant Krane complètement par surprise, Lysandre fila effrontément devant la pointe de son museau et plongea. Cette fois-ci, Joss était prêt. Resserrant ses genoux, il resta fermement à la place du cavalier même lorsque, dans un mouvement audacieux et provocateur, Lysandre pivota soudain sur le dos pour voler directement au-dessus de Krane qui s'approchait, rasant le haut des ailes du Raptor. Tandis qu'ils volaient, virevoltaient et viraient de bord, Joss s'aperçut qu'il ne pouvait cesser de sourire ; dans les airs, Lysandre et lui ne faisaient qu'un. Les ailes du dragon étaient ses ailes, ses écailles étaient sa peau, et il ne voyait qu'à travers ses yeux. Lui, Joss Moran, était un dragon. Un pur dragon argenté.

Le cri de Di Mara le sortit de sa transe :

– Joshua Lennix ! Tu viens de signer ton arrêt de mort, traître. Tu vas mourir !

Tandis qu'ils prenaient de l'altitude, Joss se retourna et hurla :

– Ouais ! Joshua Lennix est déjà mort ! Et Joss Moran est vivant !

Joss et Lysandre continuaient leur ascension fulgurante, zigzaguant comme un éclair d'argent et perturbant toujours plus un Krane exténué. Ce dernier prenait du retard, jusqu'à ce que ses dernières forces quittent ses ailes et que Di Mara soit forcée d'admettre que sa bataille personnelle pour l'Argenté avait pris fin. Tentant de cacher son désespoir, elle murmura à son Écho :

– Krane, mon amour, tu ne peux en faire plus. Descends en vol plané jusqu'à la forêt tant que tu le peux et nous nous reposerons.

Le dragon était trop épuisé pour répondre. Désespéré à l'idée qu'il venait de décevoir la seule créature qu'il avait jamais aimée, il déploya ses ailes et entama une descente lente et maussade. Di Mara leva les yeux sur le petit éclair argenté qui montait à une altitude incroyablement élevée dans le ciel nocturne et ses yeux se remplirent de larmes de frustration. Finirait-elle par avoir son Argenté ?

Joss observa Krane qui descendait lentement vers les arbres et se mit à rire.

– *Un de moins, plus que cinq*, lança-t-il à Lysandre.

– *Cinq sources de problèmes*, répondit-il sobrement. *De sérieux problèmes. Lève les yeux, Joss.*

Il obtempéra et son cœur se serra. Là-haut, à une quinzaine de mètres au-dessus d'eux, se trouvaient les cinq Raptors restants avec, au milieu, Allie et Bellacrux, prises au piège. Un des Raptors, un Jaune, dont Joss savait qu'il était avec Declan, volait au-dessus, un autre, un Rouge long et sinueux, volait en dessous, et les trois derniers – Decimus, un Vert et un petit Bleu agile – les encerclaient en formation serrée. C'était une manœuvre extrêmement efficace qu'Edward appelait le « nœud coulant ».

– *Que pouvons-nous faire ?* demanda Lysandre à Joss.

– *Observer et attendre. Dès qu'on voit une ouverture, on y va.*

Piégée au centre du nœud, Bellacrux était furieuse contre elle-même de s'être laissé prendre. Elle connaissait par cœur le fameux nœud coulant d'Edward et, pourtant, elle avait volé droit dedans. Elle avait tenté de s'échapper, mais quelle que soit la direction qu'elle prenait, sa fuite était coupée par un jet de flammes ou une baguette de feu bien placée. Elle avait lancé trois salves de feu longues et puissantes qui avaient temporairement desserré le nœud, mais il se refermait à présent, et à chaque seconde qui passait, Bellacrux avait moins d'espace pour voler. Elle savait que d'ici peu ses battements d'ailes seraient empêchés par un feu de Raptor ou d'un coup de griffes bien placé et qu'elle décrocherait en plein ciel. Alors, ils la blesseraient mortellement et les regarderaient, Allie et elle, tomber inexorablement vers le sol. C'était, elle le savait, ce qu'Edward attendait le plus : la « grande chute », comme il l'appelait.

Allie s'agrippait si fort à la crête du cou de Bellacrux que ses doigts avaient blanchi. Elle était terrifiée. Il était évident que les Lennix étaient décidés à les tuer. Elle vit Edward et Decimus descendre en piqué à côté d'elles, dans une forme de provocation, frôlant dangereusement l'aile droite de Bellacrux. Elle sentit le souffle chaud de Decimus quand ils passèrent et vit le sourire cruel d'Edward. Elle savait qu'il savourait chaque seconde de sa terreur et elle le haït pour cela.

– *Petit Écho, la bataille n'est toujours pas perdue,* lança Bellacrux.

Mais Allie avait l'horrible sensation qu'elle l'était. Elles étaient coincées.

– *Continue d'observer,* lui conseilla Bellacrux. *Observe chacun de leurs mouvements. On attend notre chance, et on la saisit.*

Allie se baissa quand Trixtan passa près d'elles, Mirra criant des insultes sur leur passage. Derrière eux arrivait un petit Bleu rapide et les railleries de Tamra se mêlaient déjà à celles de Mirra.

Mais Bellacrux regardait en haut. Au-dessus d'elles, elle voyait le ventre blanc d'un Raptor jaune qui, lentement mais sûrement, se déplaçait jusqu'à lui laisser juste assez d'espace pour passer. Allie sentit son Écho prendre une grande inspiration de feu, puis, projetant soudain un large faisceau de flammes défensives, Bellacrux s'éleva si rapidement que Mirra et Trixtan furent propulsés en arrière par le courant d'air descendant. Elle montait encore et encore, dépassant Declan et Timoléon qui, à la grande surprise d'Allie, ne firent rien. Timoléon battait seulement régulièrement des ailes, maintenant sa place sur un côté du nœud coulant tandis que Declan les regardait partir. C'était délibéré, Allie en était persuadée. Cependant, Bellacrux ne voulait pas prendre de risques. Elle poursuivait son ascension rapide, fouettant l'air avec sa queue pour maintenir d'éventuels poursuivants à distance. En contrebas, Allie entendit le rugissement de fureur d'Edward, mais au-dessus, elle vit pour son plus grand bonheur un ciel dégagé, avec seulement la pleine lune et quelques étoiles brillantes. Il n'y avait aucun ventre de Raptor en vue.

C'est à cet instant que Valkea saisit sa chance. Ignorant les cris de colère d'Edward, qui souhaitait rassembler le nœud coulant et partir en chasse, Valkea brisa les rangs et monta en flèche, dépassant Declan et Timoléon, à la poursuite de Bellacrux et Allie. Tandis qu'elle s'approchait de la queue qui battait violemment, elle cracha un jet de flammes long et précis. Il toucha le bout de la queue de Bellacrux, mais causa peu de dégâts, car ses battements éteignirent les flammes et la brûlure alerta le Grand de la présence de la poursuivante. Immédiatement, elle pivota pour faire face à son attaquante, et quand elle vit qu'il s'agissait de Valkea, elle ouvrit toutes grandes ses ailes et se pencha en arrière, projetant Allie contre ses épaules osseuses. Puis elle poussa un extraordinaire grondement de rage qui résonna jusqu'aux Raptors en contrebas et donna la chair de poule à Edward. Il avait oublié à quel point leur Grand pouvait être terrifiant quand il était furieux. Valkea, cependant, ne parut pas impressionnée.

Bellacrux la détestait. Se réjouissant de cette occasion de lui montrer ce qu'elle pensait vraiment d'elle, elle décocha un jet long et brillant de flammes orange droit sur le museau de Valkea. La Rouge roula en arrière et les flammes touchèrent l'avant doux et vulnérable de son cou, et Kaan hurla de terreur tandis que le feu effleurait le haut de sa tête et lui brûlait légèrement les cheveux. Valkea poussa un cri de douleur. Elle se lança dans un plongeon en spirale rapide, mouvement classique pour éteindre les flammes, ce qui réussit, mais pas avant qu'une longue rangée d'écailles ne soit réduite à une fine pellicule craquante. Tandis que Valkea se stabilisait, Kaan commença à sangloter de peur.

– Rentrons à la maison. Oh, je t'en prie, rentrons à la maison…

Valkea ne lui prêta aucune attention. Souffrant terriblement de la brûlure, elle balançait le cou d'avant en arrière, tentant de refroidir la plaie, tandis que Kaan se calmait, n'émettant plus que de faibles gémissements plaintifs. Edward et Decimus les dépassèrent en trombe, se dirigeant vers Bellacrux. « Tue-la, pensa Valkea. Tue-la et je serai ton Grand. »

Loin en haut, Bellacrux observait avec délectation Decimus qui s'approchait. L'envie de combattre cette brute arrogante lui démangeait les griffes depuis des années. Ses naseaux se contractèrent et son ventre de feu gronda : elle était prête. Allie aurait aimé partager sa rage de combattre, mais à cet instant précis, elle ne ressentait que de la peur. Et la vue de Decimus s'approchant en rugissant, ses babines retroussées pour montrer ses crocs dans une expression guerrière, la terrifiait. Mais elle ne laisserait pas tomber son Écho. Elle redressa ses épaules, prit une grande inspiration et concentra toute son attention sur Bellacrux. Elle donnerait à son Écho tout ce dont elle avait besoin. Elles se battraient en équipe, ensemble.

Decimus avait à présent atteint leur altitude et, au grand soulagement d'Allie, décrivait des cercles à distance, battant paresseusement de ses immenses ailes rouges comme s'il n'était pas pressé d'agir. Entre chaque battement d'ailes, Allie voyait Edward Lennix dans le creux du cavalier, resplendissant dans son équipement de cuir, sa ceinture de soie rouge flottant dans la nuit comme un torrent de sang. Elle était sûre que Decimus et lui planifiaient la manière dont ils allaient les tuer. Elle avait la bouche sèche, les mains moites. Elle regrettait de ne pas être plus courageuse. Elle reçut alors un message de Bellacrux :

– *Mais tu es courageuse, mon petit Écho, et réfléchie aussi. Rappelle-toi, les courageux et réfléchis remportent la bataille.*

Alors, le combat commença. Bellacrux se mit à tourner, imitant chacun des mouvements de Decimus. Elle reproduisait le rythme de ses battements d'ailes, leur style et leur cadence, lui donnant une fausse impression de sécurité. Allie sentit qu'elle prenait une inspiration de feu, les muscles de son Écho se contractèrent puis, soudain, le Grand bondit en avant, prenant Decimus complètement au dépourvu. Un immense jet de feu sortit des naseaux de Bellacrux alors qu'elle passait en trombe devant lui, crachant des flammes qui roulèrent sur l'aile gauche de Decimus. Elles causèrent peu de dégâts, mais c'est l'insulte qui le blessa. Un cri de rage commun s'éleva d'Edward et de son Écho et, tandis que le Raptor tournoyait et entamait son inspiration de feu, Allie entendit Edward hurler :

– Vise les yeux, vise les yeux ! Tue-les, tue-les !

Decimus n'avait pas besoin qu'on le lui dise. Avalant de l'air pour remplir son ventre de feu, il se dirigea vers Bellacrux, visant sa tête. Elle planait calmement, prenant elle aussi une inspiration, mais longue, lente et profonde, destinée à créer un énorme réserve de feu. Ses flammes couvaient et elle attendait le bon moment. Elle connaissait assez bien la stratégie Lennix pour savoir ce qui viendrait ensuite, et elle y était préparée.

Decimus arriva en rugissant dans un bref jet de flammes brillantes. Bellacrux ne s'était pas trompée. Tandis que le feu du Raptor s'éteignait, celui-ci fit ce qu'elle avait prévu : il se cabra, puis il vola au-dessus d'elle, essayant d'atteindre ses yeux avec ses pattes arrière et ses griffes. Bellacrux relâcha alors son jet de flammes. Il toucha Decimus au ventre, mais il n'y prêta aucune attention. Il avait une tâche à effectuer et les Raptors étaient entraînés à résister aux premiers jets de flammes. Cependant, le courant de feu du Grand ne faiblissait pas et Allie sentit bientôt la puanteur âcre de la chair de dragon brûlée. Sans interrompre le torrent de feu, Bellacrux plongea, prit un virage serré et remonta rapidement sous le ventre de Decimus. Et dans un mouvement classique, elle y enfonça son museau. Avec force. La puissance de la collision avec la chair brûlée paralysa le diaphragme de Decimus et le fit tituber en cherchant l'air qu'il ne trouvait pas.

Tandis que son Écho tombait en faisant d'épouvantables bruits, Edward lança sa dernière baguette de feu en direction de Bellacrux. Elle toucha la pointe la plus éloignée de son aile droite et y resta accrochée, se balançant comme une longue aiguille, rouge à une extrémité. Allie regarda avec horreur le bout de l'aile commencer à se consumer.

– *Retire-la, petit Écho. Retire-la,* fut la requête étonnamment calme de Bellacrux.

Se penchant sur un côté pour garder l'équilibre, elle rapprocha avec précaution son aile de son corps. La baguette de feu pendait, accrochée par sa pointe rouge, et Allie voyait les petites flammes qui dansaient autour de la blessure. Elle savait qu'à tout moment l'aile entière pouvait s'enflammer. En équilibre précaire, elle se mit debout dans le creux du cavalier et tendit le bras pour saisir la baguette qui oscillait au-dessus de sa tête, tout juste hors d'atteinte. Elle essaya encore, se grandissant le plus possible. Le bout de ses doigts en effleurait l'extrémité, mais elle ne pouvait pas la faire bouger. Allie sentit la douleur dans le message suivant de Bellacrux :

– *Retire-la, petit Écho. Retire-la. Vite.*

Et alors elle sauta. L'espace de quelques secondes terrifiantes, ses pieds perdirent le contact avec son Écho et elle fut seule dans les airs, à plusieurs centaines de mètres au-dessus du sol. Elle attrapa la baguette de feu, la jeta le plus loin possible et retomba lourdement dans le creux du cavalier. Elle sentit un immense soupir de soulagement venant de son Écho, avec ce message :

– *Juste à temps, mon courageux petit Écho, juste à temps.*

Allie ne put répondre. Elle resta assise, tremblante, et regarda la baguette dépasser Decimus et Edward, puis tournoyer en direction de la forêt.

Decimus tombait à vive allure. Tandis qu'il passait devant Declan et Timoléon, Edward cria :

– Declan ! Règle son compte à cette traîtresse ! Baguettes de feu, mon garçon, baguettes de feu !

Declan leva les yeux et vit la silhouette de leur ancien Grand se dessiner à la lumière de la lune, agitant délicatement ses ailes déployées. Elle était magnifique. Et là, perchée dans le creux du cavalier, presque entièrement cachée, si bien qu'il ne voyait que les semelles de ses bottes, se tenait la fille qui avait eu le courage de devenir l'Écho du Grand Lennix et qui avait survécu, contrairement au précédent. Declan pensa à toutes les mises à mort et à toute la misère qu'il avait vues et qu'il avait fini par haïr, et il sut soudain qu'il ne voulait plus y prendre part une seconde de plus. Si Bellacrux, leur Grand sage et ancien, qu'il avait toujours admirée, avait décidé de partir, pourquoi devrait-il rester ? La voix sévère de son père interrompit ses pensées.

– Fais-le, Declan ! Fais-le tout de suite !

« D'accord, pensa-t-il. Je vais le faire. Tout de suite. »

Sous le regard approbateur de son père, Declan fit voler Timoléon à grande vitesse en direction de Bellacrux et Allie.

– *Tim, je laisse tomber,* dit-il à son Écho. *Je ne veux plus être un Lennix une seconde de plus. Tu es avec moi ?*

– *Avec toi jusqu'au bout,* répondit Timoléon.

Declan serra son Écho dans ses bras.

– *Rien que toi et moi. Nous serons libres. Ensemble.*

Il s'approchait maintenant de Bellacrux et il savait qu'elle le verrait comme un ennemi. Il devait se montrer prudent. Quand il s'approcha, il la vit ouvrir la bouche pour une autre inspiration de feu.

– Ne crache pas ! lança-t-il. S'il te plaît. J'ai quelque chose pour toi.

Bellacrux observait Declan d'un regard plein de sagesse. Elle savait qu'il était le meilleur des Lennix – quoique ça ne veuille pas dire grand-chose – et même s'il avait une baguette de feu en main, elle décida de lui faire confiance. Néanmoins, elle le regarda approcher avec un reste de méfiance.

– *Harlarla te faa*, dit Declan en chandragon, je vous souhaite le meilleur.

Bellacrux hocha la tête. Declan se pencha et posa son étui à baguettes de feu dans les mains d'Allie.

– Prends-le, dit-il. Fais ce que tu as à faire. Je m'en vais. Souhaite bonne chance à Joss de ma part. Peut-être se reverra-t-on un jour.

Sur ces mots, Timoléon vira et, l'instant d'après, Declan s'éloignait de l'escadrille, de sa famille, et volait en direction du reste de sa vie.

Loin en contrebas, tandis que son Écho blessé luttait à chaque respiration, Edward regardait Declan, incrédule. Que faisait le garçon, à donner son arme à l'ennemi et à s'enfuir comme un lâche ? Ce n'était rien de moins qu'une désertion. Et puis, il comprit. Declan avait bien déserté, mais pas seulement la bataille. C'était pire que ça : il avait déserté sa famille.

– Declan ! cria-t-il. Declan ! Reviens ici tout de suite !

Mais il ne tourna même pas la tête, et Edward sut qu'il venait de perdre son fils. Il frappa des poings sur le cou dur de Decimus, désespéré, et réprima des sanglots de rage.

Soudain, Tamra et Ramon apparurent à ses côtés. Le jeune Bleu planait avec enthousiasme. Il semblait frais et débordant d'énergie, à tel point qu'Edward se sentit vieux et fatigué.

– Qu'y a-t-il, Tamra ? demanda-t-il d'un air las.

– On l'aura, papa ! Ramon et moi. Personne ne déserte mon escadrille. Personne !

– Laisse-le, Tamra. Il est mort pour nous désormais. Monte et tue ce traître de Grand. Tu es notre seul espoir.

Mais la rage de Tamra envers son frère surpassait tout le reste.

– C'est mon escadrille, et je décide ce que j'en fais. Je vais chercher Declan.

Sur ce, Tamra et Ramon se séparèrent de l'Escadrille vengeresse, et Edward regarda sa fille préférée se mettre en route vers sa mission de vengeance personnelle. Tandis qu'il observait le Bleu plein d'entrain disparaître rapidement dans la nuit, Edward se pencha en avant et passa les bras autour du cou de Decimus. Il sentait les muscles de son Écho se contracter pour remplir d'air ses poumons douloureux.

– Vas-y doucement, Decimus, murmura-t-il. Prends ton temps. Nous n'en manquons pas. Nous n'en avons pas fini.

39

Mise à mort

Tamra et Ramon volaient à toute vitesse à la poursuite de Declan, et il leur fallut peu de temps pour être à portée de baguette de feu. Declan, la tête encore pleine de l'immensité de son acte, n'avait pas conscience qu'on le suivait. Ramon volait de manière efficace. Il n'était pas seulement rapide, mais aussi presque totalement silencieux ; aucune énergie ne se perdait dans des bruits d'ailes révélateurs ou des respirations bruyantes. Tandis qu'ils s'approchaient, Tamra observa sa cible, qui ne se doutait de rien et, avec un sourire macabre, stabilisa son bras droit, visa, et lança. La baguette de feu fila dans l'obscurité, dessinant un arc rouge dans le ciel, puis toucha sa cible.

La queue de Timoléon s'embrasa.

Declan, sortant brusquement de ses pensées, pivota et vit le désastre qui les attendait, son Écho et lui.

– Tim, Tim ! hurla-t-il en sentant l'odeur de la chair de dragon qui brûlait.

Timoléon poussa un terrible rugissement d'agonie.

Tamra poussa un cri d'horreur. À l'instant où la baguette avait quitté sa main, elle l'avait regretté. Mais c'était trop tard, et l'Écho de Declan était désormais en feu, entamant une chute mortelle qui emportait aussi son frère.

– Declan, Declan, je ne voulais pas faire ça ! cria-t-elle avant de faire plonger Ramon à la poursuite de son frère.

Véloce et intrépide, le Bleu se laissa tomber comme une pierre et se retrouva bientôt à la hauteur de Timoléon, l'accompagnant dans sa descente, tandis que les flammes creusaient leur chemin sur sa queue, consumant tout sur leur passage.

– Declan ! hurla Tamra. Nous allons nous mettre sous toi et tu sauteras. Compris ?

Il jeta à sa sœur un regard de dégoût absolu. Tous ses doutes quant à l'abandon de sa famille s'étaient évanouis. Son ignoble sœur meurtrière avait tué son Écho, son Timoléon adoré, une créature douce au tempérament incompatible avec la condition de Raptor, la seule au monde que Declan avait été capable d'aimer vraiment. La vue brouillée par les larmes, il regarda derrière lui et vit que les ailes de Timoléon étaient en feu. Il regarda le dragon dans les yeux et les découvrit éteints et voilés. Son Tim n'était plus.

– Saute, Declan ! Saute ! hurla Tamra, sous lui.

– *Farlérara mi soll, sa nar Mifra a té*, murmura Declan. Adieu, mon frère spirituel. Que l'esprit de l'air soit à jamais avec toi.

Il sortit du creux du cavalier et regarda la canopée des arbres quelques centaines de mètres plus bas, puis il déglutit à l'idée de la chute vertigineuse et se laissa tomber.

Il atterrit sur les épaules de Ramon, juste devant ses ailes. Il se glissa derrière Tamra et, à travers un torrent de larmes, regarda la boule de feu qui était autrefois son Écho tomber lentement en tournoyant vers l'obscurité de la forêt. Puis il se pencha en avant et s'adressa à sa sœur, dans une rage froide :

– Emmène-nous loin d'ici. Tout de suite. Tu ne tueras personne d'autre ce soir, Tamra. Et si tu essaies, je te tuerai d'abord. Je le jure. Compris ?

La haine dans la voix de son frère la fit frissonner.

– Oui, murmura-t-elle. Oui, je comprends.

Lentement, Tamra les emporta sur Ramon.

Au loin, Edward les regardait partir, incrédule. Qu'arrivait-il à ses enfants ? Il avait offert à sa fille sa première escadrille, lui avait laissé choisir son nom, et voilà qu'elle venait de tirer sur son fils aîné en pleine bataille pour l'emporter ensuite au loin. C'était une double désertion de ses deux enfants préférés. L'opinion d'Edward sur sa progéniture ne s'encombrait d'aucun sentimentalisme paternel, il savait qu'il ne lui restait que les rebuts. Mais il faudrait faire avec.

– Kaan, Mirra, appela-t-il. L'honneur de la famille dépend de vous !

Kaan fit mine de ne pas entendre. Il n'aimait pas du tout le ton de cette phrase. Mais Valkea avait bien entendu. Et, la brûlure sur son cou devenant supportable, elle commença à élaborer un plan.

40
La dernière carte

Herlenna n'avait pu se résoudre à abandonner ses amis. Elle s'était retirée à une certaine distance et planait dans l'ombre des arbres, observant la bataille, le cœur gonflé de peur. Tandis que le ciel s'illuminait des jets de flammes et des rugissements du combat, elle avait fait de son mieux pour envoyer des pensées apaisantes à Bellacrux et Lysandre. C'était peu, mais elle ne pouvait faire plus. Et à présent, elle regardait, horrifiée, ce qui avait autrefois été Timoléon tomber en vrille dans une boule de feu.

– *Farlérara mi soll, sa nar Mifra a té*, murmura-t-elle en se forçant à regarder pour attester du plongeon mortel de Timoléon.

La mort de tout dragon, Raptor ou non, était un drame pour une Verte d'une grande sensibilité comme Herlenna.

L'agitation soudaine du nouveau-né qui s'ennuyait

de plus en plus détourna son attention. Elle se retourna pour le calmer et tandis qu'elle s'affairait, tentant de recoucher le bébé dans le creux du cavalier, elle ressentit une brusque et terrible chaleur au-dessus d'elle. Herlenna bondit sur le côté, mais elle mit une seconde de trop. Les os carbonisés de la queue de Timoléon percutèrent son aile déchirée. Il y eut un bruit sec comme un coup de fusil, et soudain son aile pendait, inerte. Herlenna se mit à hurler.

Loin au-dessus d'elle, Lysandre l'entendit. Sans hésiter une seconde, il pointa le museau vers le sol, replia ses ailes en arrière et entama un plongeon pour se précipiter à sa rescousse.

– Lysandre ! cria Joss, s'agrippant au cou de son Écho. Que fais-tu ?

À cause du vent sifflant dans ses oreilles, Joss ne perçut qu'un seul mot de sa réponse :

– *Herlenna.*

Pour lui, le plongeon dura une éternité. La cime des arbres semblait se précipiter à sa rencontre, et il commença à craindre que Lysandre ne perde le contrôle. Mais au moment où les arbres furent si près que Joss aurait juré pouvoir compter chacune de leurs feuilles, le dragon déplia ses ailes, leva le museau et Joss sentit enfin la poussée de l'air sous eux. Tandis qu'il reprenait son souffle, soulagé, il entendit le craquement violent des branches qui se brisaient et un jet de flammes monta du sol. Timoléon venait d'atteindre sa destination finale, un lit de cendres au pied des arbres.

À la lueur du feu, ils voyaient à présent Herlenna, une aile ballante, qui descendait vers une petite clairière de la forêt. Lysandre se rapprocha d'elle pour la soutenir, mais elle n'avait qu'une chose en tête : éviter au nouveau-né l'atterrissage en catastrophe qui s'annonçait.

– *Praya. Picola tira-té*, dit Herlenna à Lysandre en chandragon. Je t'en supplie, prends le bébé.

– *Yarilla lo*, répondit Lysandre. Bien sûr.

Faisant appel à toute son énergie, Herlenna fit un soudain écart et délogea le nouveau-né. Il s'envola en poussant des cris de panique, ses petites ailes boudinées remuant frénétiquement, le ralentissant juste assez pour que Lysandre puisse l'attraper dans sa gueule. Il tourna la tête pour donner le bébé qui se débattait à Joss, mais tandis que celui-ci tendait le bras pour saisir la petite créature glissante, elle donna un coup de queue qui l'éloigna de sa main et l'envoya dans les airs. Lysandre, forcé de choisir entre secourir Herlenna ou le nouveau-né, choisit le nouveau-né.

Il se plaça sous lui et attendit. À la vue impressionnante du dragon argenté brillant, le nouveau-né oublia aussitôt comment voler. Il piqua subitement du nez en poussant un cri aigu. Lysandre l'attrapa habilement dans son aile droite et le fit rouler jusqu'à Joss. Celui-ci tendit la main, saisit une patte qui lui échappa, saisit l'autre, et réussit enfin à traîner le nourrisson énervé et rebelle sur ses genoux. Puis il lui replia soigneusement les ailes et referma son bras autour des petites griffes affûtées.

Quand le bébé dragon fut enfin en sécurité, les dernières forces de Herlenna la quittèrent. Elle chavira sur le côté et, dans un bruit de branches brisées, disparut dans la canopée comme un nageur emporté par les vagues. Lysandre et Joss entendirent un grand bruit sourd, puis tout devint silencieux.

Ils baissèrent les yeux sur la grande déchirure dans la forêt et virent, horrifiés, que Herlenna avait atterri sur les restes brûlants de Timoléon. Les flammes se ravivèrent et ils entendirent le crépitement du feu qui reprenait. Une vague de tristesse les submergea. Deux dragons étaient partis pour toujours. Joss serra le nourrisson fort dans ses bras et murmura :

– Nous prendrons soin de toi, mon petit.

Lysandre s'éloigna du feu pour rejoindre Bellacrux et lui apporter de mauvaises nouvelles, et une nouvelle vie.

Ce qui restait de l'Escadrille vengeresse s'en allait lentement, mais Valkea traînait en arrière, réticente à partir. Voir le Grand traître, serein dans sa victoire, était trop dur à supporter pour la jeune

Rouge ambitieuse. Elle décida de jouer sa dernière carte contre Bellacrux.

Tandis que Lysandre remontait lentement, Joss regardait lui aussi la magnifique silhouette de Bellacrux qui volait devant la lune. Il pensait à sa sœur sur son Écho et sourit. Contre toute attente, ils avaient vaincu les Lennix et à présent, un avenir radieux les attendait, en liberté et en sécurité dans les légendaires Terres perdues. Mais alors, il vit Valkea, lancée comme une flèche en direction de Bellacrux, visant directement son ventre. Parfaitement inconscientes du danger, Allie et son Écho continuaient de voler en toute sérénité.

– Allie ! Attention ! hurla Joss, sa voix transperçant l'air calme de la nuit.

Elle baissa les yeux et vit Valkea.

– *Bellacrux,* envoya-t-elle, *vire à droite.*

Celle-ci roula sur le côté juste à temps et, son attaque déjouée, Valkea passa près d'elles en trombe. Tandis qu'elle les dépassait, Allie entendit les cris de Kaan. Elle vit Valkea s'arrêter à une certaine distance au-dessus et planer en réfléchissant à sa prochaine manœuvre.

Cette fois-ci, pensa Allie, c'était différent. C'était elle qui avait la puissance de feu. Elle s'aperçut, surprise, qu'elle attendait réellement le moment de se battre. Elle prit une grande inspiration et se prépara au combat. Elle sortit une baguette de feu de l'étui de Declan, qu'elle avait mis sur son dos, et visa soigneusement le bas-ventre blanc. Mais ce n'était pas aussi simple qu'il y paraissait. Elle manqua sa cible et s'aperçut avec horreur que la baguette commençait à retomber vers elles. Bellacrux se tenait prête. Elle roula rapidement sur le côté et le projectile décrivit un arc en descendant vers la forêt. Un éclair argenté lui indiqua que Lysandre était en chemin. Allie sourit. Ils allaient vaincre Valkea ensemble.

– *Garde ton calme, Allie,* lui dit Bellacrux. *Valkea va plonger d'une minute à l'autre. Attends qu'elle soit proche. Ne détourne pas ton regard d'elle une seule seconde. Je te dirai à quel moment lancer.*

– *D'accord,* répondit-elle, puis elle commença à extirper une autre baguette de feu.

L'éclair d'argent à côté d'elle l'informa de l'arrivée de Joss et Lysandre. C'est à ce moment que Valkea tenta sa chance. Elle entama un plongeon risqué, à pic, offrant la plus petite zone de frappe possible. Sans les hurlements de Kaan, la manœuvre aurait été silencieuse, tant Valkea était profilée. Décidée à ne pas rater une seconde fois, Allie lâcha la crête du cou de son Écho pour tenir sa baguette à deux mains et attendit le feu vert de Bellacrux.

Mais soudain, voyant la trajectoire que prenait Valkea, elle se déplaça latéralement, surprenant Allie. Celle-ci glissa hors du creux du cavalier, dérapa sur les écailles rugueuses et s'agita frénétiquement pour trouver une prise. Puis, dans un moment terrifiant, elle ne sentit plus que l'air léger de la nuit. Elle poussa un cri bref et aigu, et tomba.

– Allie ! hurla Joss, le cœur au bord des lèvres.

Lysandre plongea à sa poursuite et, suivi de près par Bellacrux, horrifiée, descendit en piqué sous Allie. Celle-ci atterrit lourdement sur sa queue et se mit à glisser rapidement à reculons sur les écailles lisses et brillantes. Arrivée au bout, la pointe l'arrêta, et tandis qu'elle tenait bon en usant de toutes ses forces, Lysandre releva la queue et Allie descendit lentement en direction de son dos. Joss aurait aimé l'aider, mais il était coincé dans le creux du cavalier avec le bébé dragon. Il pivota pour voir sa sœur qui rampait avec précaution, glissant à plusieurs reprises, le long de la crête en dents de scie de l'épine dorsale de Lysandre.

Juste au-dessus d'eux à présent, Bellacrux planait, les protégeant de Valkea grâce à ses ailes déployées. Elle représentait toutefois une cible facile. À l'instant précis où Allie tombait dans le creux du cavalier derrière Joss et le nourrisson, Valkea arriva en mugissant. Mais Bellacrux se tenait prête. Elle cracha un long jet de flammes droit sur le cou brûlé de son ennemie. Elle savait que viser une blessure de cette manière était déloyal, mais elle s'en moquait désormais. Elle savait très bien que Valkea n'aurait pas hésité à en faire autant. Hurlant de rage contre sa propre faiblesse et ce nouvel obstacle à ses plans, celle-ci s'éloigna et prit un peu d'altitude tout en veillant à se tenir hors de portée du feu. Puis elle attendit là-haut que la brûlure à son cou devienne à nouveau supportable.

Valkea partie, les deux Raptors Lennix restants, Trixtan et Decimus, prirent leur position. Trixtan demeurait à une distance sûre au-dessus de Bellacrux, hésitant, attendant que Mirra décide quoi faire. Cependant, celle-ci n'en savait rien. Elle jeta un regard à son père dans l'espoir d'obtenir des conseils. Il tournait à bonne distance sur Decimus, et Mirra ne voyait que le ventre blanc musclé du dragon et les semelles des bottes rouges de son père.

Soudain, Edward offrit les conseils tant attendus. Il se pencha pour regarder en bas et cria :

– Pousse-toi de mon chemin, idiote !

Mais le vent emporta ses mots.

– Quoi ? répondit Mirra. Qu'as-tu dit ?

Edward était exaspéré. Pourquoi son imbécile de fille ne bougeait-elle pas, nom d'un Raptor ? Que faisait-elle là, plantée sur la trajectoire vers la cible ? Était-elle complètement niaise ? Il avait beau jurer haut et fort, Mirra n'entendait rien. Elle regardait le petit dragon argenté en contrebas et venait de remarquer qu'il portait sur son dos deux enfants et un bébé dragon. Lent et chargé, il faisait une cible parfaite, mais malgré cela, elle avait peur de l'attaquer. Que dirait sa mère si elle blessait le précieux Argenté ? Mirra tergiversait donc, et loin au-dessus, Edward et Decimus bouillaient de rage.

Allie, en revanche, n'hésita pas une seconde. Voyant en Trixtan une cible idéale, elle sortit deux baguettes de feu de son étui. Elle en tendit une à Joss, qui l'accepta avec joie, et visa le ventre blanc et étroit de Trixtan. Puis, ensemble, ils tirèrent. À la grande surprise d'Allie, les deux baguettes atteignirent leur but. L'une d'elles heurta le trident tatoué et rebondit, mais l'autre se logea entre les pointes, et immédiatement, des flammes commencèrent à sortir de la couche de graisse sous la peau semblable à du cuir. Avec un terrible rugissement de douleur, le Raptor s'élança pour prendre de l'altitude, mais au bout de quelques secondes, tandis que le feu commençait à creuser son ventre en profondeur, Trixtan retomba, passant devant Lysandre, suivi d'un jet de flammes. Tandis qu'il plongeait, Allie et Joss virent Mirra blottie dans le creux du cavalier, la bouche grande ouverte dans un cri silencieux.

Loin au-dessus, Edward Lennix soupira ; sa famille n'était vraiment bonne à rien. Il fut tenté de laisser Mirra récolter les fruits de sa stupidité, mais la pensée de ce qu'en dirait Di Mara l'arrêta. À contrecœur, Decimus et lui descendirent en piqué et se précipitèrent pour rejoindre Trixtan.

Sur la ligne de touche, Kaan regardait les deux

derniers membres de sa famille qui chutaient en direction du sol et, soudain submergé par la pitié, se mit à sangloter et hoqueter. Ses cheveux étaient complètement roussis, et il avait beau crier à Valkea de cesser le combat, elle ne lui prêtait aucune attention. Bellacrux le terrifiait, et Valkea encore plus. C'était un cauchemar atroce et il voulait seulement rentrer à la maison. Mais il savait que ça n'arriverait pas de sitôt. Valkea ferait exactement ce qu'elle voudrait et il redoutait de découvrir de quoi il s'agissait. Il s'accrochait à sa crête couverte d'épines et fermait les yeux en serrant les paupières. Il sentit qu'elle se penchait en avant, puis que ses ailes se repliaient vers l'arrière tandis que, dans un cri strident, elle se lançait dans une descente vertigineuse. Kaan ignorait où elle allait. Il s'en moquait et ne voulait rien en savoir.

Elle fonçait sur Lysandre.

Bellacrux la vit aussitôt. Elle se lança à la poursuite de Valkea qui volait comme une flèche mortelle en direction de Lysandre et de l'Écho précieux de Bellacrux. Mais la Rouge était jeune et rapide, et Bellacrux âgée et lente. Tandis que Valkea s'approchait de sa cible, elle sut qu'elle ne pourrait pas la rattraper, et elle envoya un cri d'avertissement à son Écho.

– Lysandre ! hurla Allie. Fais attention !

Lysandre tenta de changer de trajectoire, mais

avec deux cavaliers et un bébé dragon, il était lent. En un clin d'œil, Valkea se retrouva à une longueur de feu. Elle cracha un jet de flammes visant à brûler ses cavaliers, mais juste à temps, Lysandre leva ses ailes comme des boucliers pare-feu. Les flammes roulèrent dessus comme de l'eau sur les plumes d'un canard, mais Valkea ne se découragea pas. Elle voyait à quel point Lysandre était chargé, et elle savait que sa proie n'était plus la flèche qu'il avait été. Elle tenait sa chance de l'avoir.

Joss et Allie la virent arriver, pattes postérieures tendues, griffes sorties, prête à les arracher du dos de Lysandre et à les jeter dans la forêt en contrebas. Ils savaient qu'il n'allait pas assez vite pour fuir. Et lui le savait aussi. Il roula vers l'arrière pour échapper aux terribles griffes tandis qu'Allie et Joss s'agrippaient à son cou et que le nourrisson y enfonçait ses griffes.

Bellacrux regardait la scène, horrifiée, lorsqu'elle aperçut un éclair argenté aveuglant et, soudain, Lysandre et ses cavaliers disparurent. Bellacrux fixa pendant quelques secondes l'espace vide d'un air confus avant de comprendre. Un immense cri de soulagement et de triomphe se fit entendre dans le ciel nocturne.

Bellacrux vit Valkea interrompre sa chute, puis s'arrêter et regarder, perplexe, l'endroit où aurait dû se trouver Lysandre. Le Grand lança un jet de flammes en guise d'avertissement et les cris perçants de Kaan reprirent dans l'instant. Le Grand Dragon Lennix sourit en voyant Valkea, découragée, se mettre lentement en route pour rejoindre les vestiges du clan Lennix, vaincu, les cris aigus de son cavalier malmenant ses tympans délicats.

Tandis que Valkea et Kaan s'éloignaient dans la nuit, le ciel éclairé par la lune retrouva la paix. Bellacrux planait à côté de l'espace vide où son Écho s'était évaporé. Elle attendrait près du portail le retour de son dernier et plus bel Écho, et elle monterait la garde au prix de sa vie.

Quelque part dans l'espace entre les deux mondes, Lysandre, Joss, Allie et le bébé dragon traversaient le tunnel de lumière, tournoyant et vrillant à une vitesse infernale. Allie crut que c'était son dernier voyage.

– Non ! hurla-t-elle. Non. Pitié, non !

41

Retour à la maison

– Non… pitié, non, murmurait Sirin pour elle-même. Je vous en prie, ce n'est pas possible. Ce n'est pas vrai.

Mais elle savait que toutes les supplications du monde n'y changeraient rien. On l'avait fait entrer en silence dans le service des soins intensifs et, à partir de ce moment-là, elle s'était sentie comme dans un rêve : le sol brillant sous ses pieds, ses chaussures qui couinaient, les faibles lumières rouges reflétées sur la vitre, l'étrange silence et la peur ressentie face au calme de tout le monde. Puis cette vision de sa mère dans son lit, tous les tubes retirés, si immobile et si pâle, qui semblait dormir, mais qui ne dormait pas, parce qu'elle n'était plus là.

Sirin se trouvait désormais devant l'hôpital avec Mandy, elles attendaient leur taxi, et il était deux heures du matin, une heure à laquelle sa mère ne l'aurait jamais autorisée à sortir. Elle posa les yeux sur la lune pour vérifier si elle était toujours là. Elle flottait très haut dans le ciel, petite et brillante, parfaitement ronde. La lune était toujours là, mais sa mère non. Comment cela avait-il pu arriver ? Sa mère et la lune, c'était pour toujours, non ? Elle se mit à frissonner et Mandy posa son manteau sur ses épaules.

– J'aimerais bien que ce taxi se dépêche un peu, marmonna-t-elle. Ce n'est pas parce qu'on est au sud du fleuve qu'on n'a pas besoin de taxi.

Sirin ne voulait pas en prendre. Elle ne voulait pas partir à toute vitesse à l'arrière d'une voiture pleine de publicités, de vidéos et de gens qui discutent. Elle voulait s'éloigner de sa mère en marchant lentement et être avec la lune.

– Pourquoi est-ce qu'on ne marcherait pas ?

– Parce que ce n'est pas une bonne idée après minuit, mon cœur, répondit Mandy. Il y a des gangs et d'autres dangers. On ferait mieux de prendre un taxi.

Elles attendirent encore dix longues minutes, puis Sirin insista :

– Je ne veux plus être ici. Marchons, s'il te plaît.

Mandy soupira. Elle avait froid sans son manteau, une marche rapide leur ferait du bien à toutes les deux, et la nuit semblait calme.

– Dacodac, dit-elle. On ne traîne pas, hein ?

Elles partirent. Quelques voitures les dépassèrent en trombe et, à chaque fois, Mandy se retournait pour voir si c'était un taxi, mais non. Elles s'engagèrent dans une rue aux maisons mitoyennes, aux fenêtres aussi sombres que leurs habitants, emmitouflés dans leur petit monde sans danger, endormis jusqu'au lendemain. Sirin regardait sans cesse la lune, tout en serrant dans sa main la pierre de dragon pour se réconforter. Elle était chaude et apaisante et lui donnait l'impression que, d'une certaine manière, sa mère avait quitté l'hôpital avec elle et qu'elles marchaient ensemble vers la lune.

Au bout de la rue, elles durent emprunter une ruelle entre deux rangées de garages. C'était le passage que Mandy n'aimait pas. Elle longea précipitamment les garages, sans remarquer que Sirin, heureuse d'être libérée de son agitation pleine de bonnes intentions, traînait le pas. Soudain, la lune réapparut après le passage d'un nuage et un rayon de lumière vive descendit. Sirin s'arrêta. Elle sortit la pierre de dragon et la prit dans la paume de sa main, observant son scintillement.

– Ça, c'est pour toi, maman, murmura-t-elle. Rien que pour toi.

Supposant que Sirin suivait, Mandy avançait rapidement. Elle venait d'atteindre l'espace ouvert après les garages où plusieurs poubelles étaient regroupées lorsqu'un cri soudain, « Non ! », la fit se retourner. Horrifiée, elle vit que Sirin se trouvait à l'autre bout de la ruelle, encerclée par trois silhouettes aux capuches remontées. Dans le clair de lune, Mandy aperçut le reflet d'une lame.

– Sirin ! hurla-t-elle.

Mais alors qu'elle remontait la ruelle en courant, une autre silhouette sortit de l'ombre et lui barra la route.

– Ne vous en mêlez pas, m'dame, dit la fille.

Mandy baissa les yeux et vit la pointe d'un couteau cranté appuyée contre son gilet bien trop fin. La voix de Mandy sortit dans un couinement aigu :

– Mais on revient de l'hôpital, et…

– La ferme. La gamine est sur notre territoire. Elle ne fait pas partie de notre gang, alors elle paie son tribut, d'accord ?

– Une tribu, quelle tribu ? demanda Mandy, trop effrayée pour trouver un sens à ce qu'on lui disait.

– Ne joue pas à la plus maline avec moi, vieille bique.

Mandy se hérissa, elle s'estimait bien trop jeune pour qu'on la traite de vieille bique, mais la pression de la pointe du couteau la calma. Les yeux rivés sur Sirin, elle pria pour qu'elle donne au gang tout ce qu'il demandait.

Mais celle-ci n'en avait pas l'intention. Les filles voulaient la pierre de dragon. Sirin la remit dans sa poche, mais elle n'y resta pas longtemps. Une des filles enroula son bras autour de son cou, l'étranglant à moitié, et une autre lui tira les bras en arrière tandis que la troisième plongeait la main au fond de sa poche.

– Non ! cria-t-elle. Non, elle est à ma mère ! Rends-la-moi !

– Oh, mamounette va se fâcher très fort, hein ? railla la fille.

Sur le point de pleurer, Sirin secoua la tête.

La fille relâcha sa clé de bras et sortit un couteau, dont elle passa la pointe sur le ventre de Sirin.

– On sait qui tu es, gamine. Toi et ta petite copine, vous nous devez un sacré pactole. Si tu fais encore des histoires, t'auras ça en cadeau. Compris ?

Un mouvement dans le ciel attira soudain l'attention de Sirin et elle leva les yeux. Au-dessus des garages, elle vit… Elle en eut le souffle coupé. Non, c'était impossible… Et pourtant, il était bien là. Brillant plus fort que la lune, un dragon argenté descendait en vol plané au-dessus des garages, les ailes déployées. Tandis que Sirin le fixait, les yeux écarquillés, le regard calme du dragon croisa le sien. Ses yeux émeraude scintillaient, comme animés par des flammes vertes.

Le temps ralentit. Rien ne semblait plus réel. Sa mère était morte. Il y avait un gang de filles armées de couteaux. Et maintenant, un dragon argenté. Mais malgré l'irréalité de la situation, Sirin était persuadée d'une chose : il s'agissait là du moment le plus important de sa vie. Un sentiment de puissance extraordinaire la traversa. D'un coup de pied dans le tibia de sa ravisseuse, elle se libéra de son emprise. Elle pivota et reprit brusquement la pierre de dragon. Puis elle s'enfuit, passant en trombe devant Mandy. Elle courait pour sauver sa peau et rejoindre un futur merveilleux où plus jamais personne ne lui ferait de mal. Elle courait plus vite que jamais et derrière elle, le gang la poursuivait, leurs lames sorties luisant sous la lune.

Lysandre planait au-dessus des garages. Il ne savait pas pourquoi il avait volé vers cet endroit, mais il savait que quelqu'un avait des ennuis et besoin de son aide.

– *Hé, Joss, on devrait l'aider,* dit-il.

Joss acquiesça.

– Elles sont aussi cruelles que Tamra et Mirra, dit-il en regardant le gang foncer en direction de la fille, leurs couteaux scintillant au clair de lune. Allez, Lysandre, sortons-la d'ici.

Le dragon descendit dans un espace ouvert et sombre qui sentait la nourriture en décomposition. Il se posa en douceur, s'équilibrant sur la pointe des griffes, prêt à repartir en un clin d'œil. Au bout de quelques secondes, la fille arriva en courant.

– Hé ! cria Allie. Par ici !

Sirin savait où aller. Le dragon argenté occupait toutes ses pensées, elle ne voyait que lui. Et tandis qu'elle courait à sa rencontre, elle sut que d'une certaine manière sa mère le lui avait envoyé. C'était sa façon à elle de lui dire qu'elle irait bien et qu'elle veillait sur elle, exactement comme elle l'avait promis.

Sirin grimpa tant bien que mal sur les écailles argentées et lisses du dragon, tirée par des mains accueillantes, et se glissa dans le petit espace entre les deux enfants. Elle vit le gang s'arrêter, bouche bée, au bout de la ruelle. Elle ressentit la puissance des ailes du dragon tandis qu'elles montaient et s'abaissaient et, une seconde plus tard, elle était dans les airs. Elle baissa les yeux sur le gang et Mandy et vit leur expression ahurie tandis qu'elle s'envolait. Sur un dragon argenté.

Loin en bas, Mandy observait la scène, médusée. Son premier placement familial d'urgence s'élevait dans le ciel sur un dragon. Soudain, elle prit conscience que sa carrière de mère d'accueil se terminait avant d'avoir commencé. Sous le choc, elle se précipita hors de la ruelle en hurlant :

– Sirin ! Descends immédiatement de cette chose. Descends !

Mais Mandy n'avait aucune chance. Impuissante, elle vit le dragon prendre de l'altitude, ses battements d'ailes envoyant rouler sur le bitume les vieux sachets de chips et les papiers de bonbon. Elle prit vaguement conscience que le gang l'avait rejointe. L'une des filles la saisit par le bras comme si elles étaient soudain devenues meilleures amies.

– C'est quoi, ce truc ? murmura la fille, le doigt levé vers le ciel.

Mandy sentit l'exaspération s'emparer d'elle. La soirée avait été très éprouvante et elle avait perdu toute patience. D'un geste irrité, elle secoua son bras pour se défaire de la main de la jeune fille.

– C'est un dragon argenté, dit-elle. Ça se voit, non ?

– Il est à vous ? demanda la fille, admirant le sang-froid de Mandy.

Celle-ci n'aimait pas mentir, mais juste pour cette fois, elle décida de faire une exception.

– Oui, il est à moi, répondit-elle d'un ton sec et, dans son esprit agité, le dragon et le taxi qui n'était jamais arrivé ne firent plus qu'un. Je l'ai appelé il y a une éternité. Je ne comprends pas ce qui a pu le retarder autant.

– Bon sang, t'es vraiment toquée, ma vieille.

En silence, elles regardèrent le dragon argenté s'élever lentement, mais à vitesse régulière, au-dessus des toits. Elles suivirent des yeux sa silhouette argentée et chatoyante qui rétrécissait jusqu'à ce qu'un nuage passe devant la lune et qu'elles la perdent de vue.

À un monde de là, quelqu'un d'autre avait des problèmes de transports en commun : Tamra. Declan venait de l'abandonner au sommet froid et venteux d'une colline qui surplombait le cercle de pierres anciennes et elle regardait son frère s'éloigner sur Ramon. Pour aller où, elle n'en savait rien, à part que ce ne serait pas à la forteresse Lennix. Les larmes ruisselaient sur son visage, mais pas parce que son frère la quittait, parce qu'elle avait compris trop tard qu'elle aimait Ramon comme jamais elle n'avait aimé rien ni personne. Elle regrettait de tout son cœur de ne pas être devenue son Écho tant que c'était encore possible, au lieu de se réserver pour la puissante mais froide Valkea. Et à présent, tandis que la jolie tache bleue disparaissait dans le ciel gris précédant l'aurore, Tamra comprit que l'amour rendait plus heureux que le pouvoir. Elle s'assit sur l'herbe chargée de rosée et observa les étoiles qui s'éteignaient une par une.

Quelques instants plus tard, elle vit le reste de sa famille apparaître dans le ciel, s'extirpant lentement de l'obscurité. Elle bondit, agita les bras et aperçut le visage pâle et froid de sa mère qui baissait les yeux sur elle. Pendant quelques secondes, Tamra pensa qu'ils allaient la laisser rentrer à pied, mais soudain, Valkea se détacha de la formation et descendit vers elle.

– Maman m'a demandé de te récupérer, expliqua Kaan. Je vois pas pourquoi.

Tamra ne daigna pas répondre. Elle se hissa derrière son frère et sentit la puissance de Valkea lorsqu'elle s'éleva dans les airs. Celle-ci ne lui procurait pas le même bonheur que Ramon, mais c'était quand même agréable. Tandis qu'elle rejoignait les restes amochés de son Escadrille vengeresse vaincue, elle vit que Trixtan manquait aussi et que sa sœur, en sanglots, était assise avec son père. Decimus ne semblait pas en grande forme non plus et émettait un affreux râle sonore.

Et ainsi, les derniers membres maussades de l'escadrille rentraient tant bien que mal chez eux. Comme ils s'approchaient des montagnes Noires, Tamra passa à l'action. Elle se pencha en avant et siffla à l'oreille de Kaan :

– Hé, Kaan, j'ai brisé ton lien d'Écho.

– Hein ? fit-il.

– Valkea est à moi désormais. Pour ta gouverne.

Kaan se retourna et la dévisagea.

– Comment ça ?

– Nous sommes devenues Échos. Valkea et moi.

– Mais tu n'as pas le droit ! protesta-t-il. C'est mon Écho.

Tamra éclata de rire.

– Tu n'as jamais été son Écho, Kaan. Tu faisais semblant.

– C'est pas vrai !

– C'est complètement vrai. Tu es un imposteur, Kaan. Tu ne pourrais pas être Écho avec un cafard même s'il te grimpait dessus et te mordait.

– Si, je pourrais !

– Ouais, bon, tu pourrais peut-être. Avec un cafard vraiment désespéré.

Il s'aperçut que cette discussion sur les cafards ne valait pas la peine de se battre, et il se tut. Les yeux rivés sur la nuque musclée de Valkea, les pointes de sa crête le long de son épine dorsale scintillant d'un rouge profond sous la lune, il sentit l'énorme puissance du dragon tandis que son corps se penchait en avant à chaque poussée de ses ailes massives. Il se rendit compte que derrière la colère qu'il éprouvait contre sa sœur et la honte d'avoir perdu son dragon, il avait surtout l'impression qu'on lui retirait un énorme poids des épaules.

Et dans un autre monde, dans un lieu tout autre, Sirin avait l'impression que toutes les histoires de dragons de sa mère devenaient réalité. Ils volaient à présent si haut au-dessus de la ville que tous les sons et les lumières s'étaient éteints, remplacés par le silence du nuage froid et humide qui les enveloppait de calme. Au plus profond de ce nuage, avec le battement régulier des ailes du dragon argenté comme seul bruit de fond, Sirin finit par se détendre et s'autorisa à ne plus penser à rien, à seulement être dans l'instant.

Le garçon devant elle se retourna et sourit.

– Salut, je m'appelle Joss !

– Je m'appelle Sirin.

Soudain, quelque chose de pointu appuya contre son dos et la fille derrière elle dit :

– Je suis désolée, mais on dirait qu'il veut s'asseoir avec toi. Je m'appelle Allie, au fait.

Sirin se retourna et, à sa grande surprise, se rendit compte qu'Allie tenait dans ses bras un tout petit dragon vert qui se tortillait.

– Oh ! fit-elle en souriant vraiment pour la première fois depuis des semaines. Oh, il est trop mignon !

– Et trop nerveux aussi, répondit Allie. Fais attention à ses dents. Elles sont pointues. Et à ses griffes.

Elle passa la petite créature à Sirin, qui dut lâcher Joss pour la prendre. Elle serra un peu plus les genoux en espérant que cela suffise.

– Oh, il est tellement adorable ! s'extasia-t-elle tandis que le dragon s'installait calmement sur ses genoux.

– On ne sait toujours pas si c'est un mâle ou une femelle, lui dit Allie. Ni quel pourrait être son nom.

– Sammi, murmura Sirin. Elle dit qu'elle s'appelle Sammi.

Sirin sourit. Elle avait le sentiment étrange que, désormais, le petit dragon et elle resteraient ensemble. Pour toujours.

L'auteure

Enfant, **Angie Sage** adore lire et dessiner. Elle a même pensé devenir illustratrice avant de se consacrer à l'écriture et de publier *Magyk*, les aventures de Septimus Heap, apprenti magicien. Une saga de sept tomes traduite dans vingt-huit langues et vendue à plusieurs millions d'exemplaires à travers le monde. Angie Sage vit aujourd'hui dans le Somerset, en Angleterre, dans une demeure très ancienne qui abriterait, dit-on, un passage secret…

ON LIT
PLUS
FORT.
COM

L'ACTUALITÉ DES ROMANS
GALLIMARD JEUNESSE

Le papier de cet ouvrage est composé de fibres naturelles, renouvelables, recyclables et fabriquées à partir de bois provenant de forêts gérées durablement.

Mise en pages : Françoise Pham
Loi n° 49-956 du 16 juillet 1949
sur les publications destinées à la jeunesse
ISBN : 978-2-07-513748-5
Numéro d'édition : 360228
Dépôt légal : février 2021
Imprimé en Italie par Grafica Veneta